픽셀로 그린 심장

픽셀로 그린 심장

초판 1쇄 펴냄   2025년 12월 5일

지은이	이열
발행인	박민홍
책임편집	허문원
디자인	최계은
인쇄	디앤와이 프린팅
발행처	그래비티북스
등록	2017년 10월 31일 (제2017-000220호)
주소	13595 경기 성남시 분당구 황새울로200번길 36 (수내동, 동부루트빌딩 711호)
전화	031-711-4501
팩스	070-4170-4608
전자우편	say2@cremuge.com
ISBN	979-11-89852-25-2 03810

그래비티북스 _ 주식회사 무게중심의 출판 전문 브랜드입니다.

픽셀로 그린 심장

이열 SF 연작소설

GRAVITY BOOKS

차 례

Layer 1

침묵하는 사랑 · 009
화마 · 035
만화 속의 나 · 057
교차로 · 078

Layer 2

비터 스위트 셰이커 · 125
잔에 담긴 기억 · 145
강철과 불꽃 · 154
버려진 왕관 · 178
락스타 북카페 · 188
픽셀로 그린 심장 · 201

Layer 3

공존의 심리학 · 231
용이 된 남자 · 257
폐허 위 삼중주 · 267

Layer 4

공전의 궤적 · 313

― 연대기 ― · 342

Layer 1

– 2040년대 –

내 가슴에 두 영혼이 살고 있다.
"Zwei Seelen wohnen, ach! in meiner Brust."

— 괴테, 《파우스트》(1808)

대한심리학회 학술지 — 2040년 1월 —
『이상심리연구』 제45권 3호
「최근 보고되는 특이 현상에 대한 심리학적 고찰」

최근 몇 년간 심리 상담 현장에서 기이한 보고들이 증가하고 있다. 내담자들이 '불가능한 일'을 경험했다고 주장하는 사례가 늘고 있다.

대부분은 스트레스 상황에서 발생한다고 보고된다. 한 10대 내담자는 "화가 날 때 물건이 저절로 움직인다."라고 했고, 다른 사례에서는 "상처가 비정상적으로 빨리 아문다."라는 증언도 있었다.

이러한 현상들은 대체로 해리성 장애나 망상의 범주로 분류됐다. 하지만 일부 연구자들은 다른 가능성을 제기하고 있다.

(중략)

결론적으로, 현재로서는 과학적 검증이 어려운 상황이다. 하지만 이러한 보고들이 단순한 정신 질환으로만 치부되어서는 안 될 것 같다는 조심스러운 의견을 제시한다.

침묵하는 사랑

소녀는 항상 도서관 창가 네 번째 테이블에 앉았다. 햇빛이 책상 위로 부드럽게 나부끼는 그곳을 자신이 자리를 잡으면 완성되는 퍼즐이라고 생각했다.

하지만 그날, 건너편 테이블에 앉은 낯선 소년이 반듯하게 맞춰진 그림을 흐트러뜨렸다. 그는 책에 깊이 몰두하고 있는 것처럼 보였다. 하얀 얼굴에 꿈틀대는 짙은 눈썹과 긴 손가락, 그 손가락이 책장을 넘길 때 나는 사라락 소리가 공간을 흔들었다.

소년은 자주 소녀를 힐끔거렸다. 그러다 눈길이 마주치면 황급히 책에 발그레한 얼굴을 묻었다.

소녀의 입가 위에 실내로 미끄러지던 햇살이 걸렸다. 소년은 선홍색 입술 위에 시선을 멈췄다. 잘 익은 사과처럼 건

강해 보이지만, 또 어딘가 서늘해 보인다고 생각했다.

소년이 자리에서 일어나 책을 들고, 소녀의 테이블로 다가갔다. 걸음을 옮길 때마다 몸에서 삐거덕 소리가 나는 것만 같았다.

소녀는 기척을 느꼈지만, 책에서 눈을 떼지 않았다. 심장이 요동치기 시작했다.

"그 책 재밌어요?"

그가 물었다. 고개를 들고 당황한 척 웃었다.

"네?"

동그란 안경을 손가락 끝으로 치켜올리며 말을 이었다.

"아, 마음에 드는 구절이 많아서……."

"엄청 집중하길래요. 어떤 글이에요?"

그가 앞에 앉았다. 책을 살짝 들어 제목──붉은 꽃이 피어나도, 우리는 침묵할 뿐이다──을 보였다.

"시집이에요."

"와, 저는 시가 너무 어렵던데."

"아, 어려운 것만 있는 건 아닌데……."

"저기."

소년이 머리를 긁적였다.

"나는 강민기예요. 3반. 전학생이죠? 2반? 같은 학년인데 말 편하게 할까……요?"

"아, 저, 그럴까요? 홍재이예요."

"말 편하게 하자니까."

그는 하얀 이를 드러내며 웃었다.

"알았어. 저기, 책 좋아해?"

따라 웃었다.

"응, 주로 역사. 내가 지금 읽고 있는 책은 《사피엔스》인데……."

민기가 자신의 책을 가리켰다. 볼이 살짝 붉어졌다.

"아, 그거 유명하잖아. 나도 한번 읽어 보고 싶었어."

"다 읽으면 빌려줄까?"

실내로 봄볕이 강하게 내리쬐었고, 도서관의 먼지 입자들이 빛 속에서 춤을 추었다. 두 사람의 대화는 계속되었고, 해는 평소보다 빠르게 저물었다.

벚꽃잎이 눈처럼 흩날리던 날, 재이는 민기가 잠시 자리를 비운 사이 살며시 그의 책을 펼쳤다. 페이지 여기저기에 메모가 적혀 있었다.

인간의 상상력이 공동체를 형성하는 힘, 허구는 사회를 어떻게 결속시키는가?

입가에 미소가 어렸다.

"거의 다 읽어 가. 금방 빌려줄게."

양손에 커피 캔을 든 그가 다가왔다. 허둥지둥 책을 제자리에 놓으며 가볍게 입술을 깨물었다.

"미안, 궁금해서."

"아니야, 괜찮아."

그는 커피를 재이 앞에 내려놓고 멋쩍게 웃었다.

"악필로 메모를 많이 해 놔서 좀 창피하긴 한데."

"절대 창피한 거 아니야. 오히려……."

말끝을 흐렸다.

"그런데 책에서 가장 인상적인 부분은 뭐야?"

민기는 눈을 반짝이며 몸을 앞으로 기울였다.

"음, 인간 사회가 허구를 통해 발전했다는 해석이 흥미로워. 우리가 공유하는 종교, 법, 경제 모든 것이 결국, 우리가 함께 믿기로 한 이야기일 뿐이라는 거지."

"사람과 역사에 대해 관심이 많구나?"

"들켰네."

"말할 때, 열정이 느껴져."

재이는 미소 지었다. 그는 손을 휘저으며 말했다.

"역사를 보면 인간을 알게 되고 역경에 대처하는 법을 배울 수 있는 것 같아. 그것도 남들의 실수를 통해서 말이야."

"네가 좋아하는 역사 속 인물은 누구야?"

"간디. 폭력이 아니라 신념으로 세상을 바꿨으니까. 나도, 옳다고 믿는 것을 위해 내 방식대로 용기를 내는, 주체적인 사람이 되고 싶어. 넌?"

머리를 숙였다.

"난, 아직 생각해 본 적 없어. 하지만 이제 알아봐야겠다."

민기의 얼굴이 발그레해졌다.

"혹시 내일도 여기 올 거야? 이 책 다 읽고 빌려줄게."

재이는 고개를 힘차게 끄덕였다.

초여름, 갑작스럽게 소나기가 내렸다. 학교 앞 버스 정류장에 우두커니 서 있던 재이의 머리 위에 작은 우산이 얹혔다.

"이렇게 비 맞고 있으면 감기 걸려."

민기가 재이 옆에 바싹 붙어 왔다.

"민기야!"

소녀의 얼굴에 환한 미소가 번졌다.

"어떻게 여기?"

"그냥 지나가다 우연히."

소년의 귀가 빨개졌다.

"우산 안 가져왔구나?"

"응, 비 온다는 얘기 없었는데 갑자기……."

우르릉 쾅. 천둥소리가 울렸다. 젖은 머리카락을 손으로 훑어 뒤로 넘기는 재이를 바라보며 민기는 천둥소리가 멀리서 들려오는 건지 머릿속에서 울리는 건지 분간할 수 없었다.

"같이 갈래?"

민기는 우산을 그녀 쪽으로 기울이며 물었다.

"버스 같이 타자."

태양광 패널 도로 위를 미끄러지듯 움직이는 고요한 버스 안에서, 소녀와 소년은 이따금 서로를 바라보며 말없이 웃었다.

버스에서 내린 둘은 좁은 우산 아래서 천천히 걸었다. 빗소리가 귓가에 리듬을 만들고, 거리의 불빛이 물웅덩이에 반사되어 흔들렸다. 그녀는 가끔 민기의 팔이 스치면 아래를 보며 수줍게 웃었다.

"네 냄새……."

재이가 속삭였다.

"응? 뭐라고?"

민기가 고개를 숙였다. 서로의 얼굴이 가까워졌다.

"아니, 비누 향이 좋아."

그녀가 얼굴을 붉혔다. 그녀의 눈길이 민기의 목선을 스쳤다가 위로 올라갔다.

"아, 그냥 일반 비누인데."

민기는 재이와 눈을 맞추지 못했다. 비가 더 세차게 내렸다. 둘은 발걸음을 재촉했다.

"저기, 이번 주말에 시간 있어?"

민기가 앞만 보며 말했다.

"왜?"

"이머시브 영화 보러 갈래?"

목소리가 떨렸다.

"아니면 그냥 카페에서……."

"영화! 영화 좋아해."

"그럼, 토요일 오후에 만날까?"

그녀는 고개를 크게 두 번 끄덕였다.

그날 밤, 재이는 미리 입을 옷을 고르느라 옷장을 뒤엎었다. 함께 방을 쓰는 쌍둥이 언니가 고개를 절레절레 흔들며 이불을 머리끝에 뒤집어쓸 때까지.

여름의 끝자락, 소녀와 소년은 이제 학교 밖에서도 자주 만났다. 공원 벤치에 나란히 앉은 두 사람, 민기는 재이에게 자신의 꿈을 이야기했다. 조경 휴머노이드 한 기가 희끄무레한 옥잠화 화단 옆을 지나가고 있었다.

"아빠는 자기처럼 의사가 되면 좋겠다고 하시지만, 질색이야. 내가 하고 싶은 건, 언젠가 사람들에게 과거의 이야기를 들려주는 거야."

 민기는 하늘을 바라보았다. 저녁노을이 그의 얼굴을 오렌지 빛으로 물들였다.

 "역사 속에서 배울 점을 알려 주는 사람 말이야. 이머시브 크리에이터라든지…… 어쩌면 선생님 같은. 너는 어때? 꿈이 뭐야?"

 재이는 손바닥으로 벤치 끝을 문질렀다.

 "꿈? 글쎄, 그건 아직 잘 모르겠어."

 머뭇머뭇 말을 이었다.

 "언제부턴가 다른 사람들에게 말하는 게 조심스러워져서 그런지. 그런데 너랑은 편안하게 얘기할 수 있어서……."

 그가 손을 잡았다.

 "네 얘기는 항상 재미있어. 너랑 있으면 시간 가는 줄 모르겠다니까."

 "고마워."

 가볍게 웃었지만 눈을 내리깔았다. 자기 손을 그의 손 위에 포갰다.

 "있잖아, 도서관에서 널 처음 봤을 때 정말 신기했어. '아직도 나처럼 책을 읽는 아날로그 인간이 있다니.' 하고 말이야. 넌 내가 본 사람 중에, 가장 특별해."

 그는 활짝 웃었다.

"역시 우린 소울메이트인 건가?"

따라 웃었다. 소년과 소녀의 웃음소리가 공원을 밝게 물들였다. 그의 어깨에 머리를 기댔다.

"우리 앞으로도 계속, 함께 있을 수 있을까?"

"물론이지."

그가 재이의 머리카락을 가볍게 쓰다듬었다.

"왜 그런 걸 물어봐?"

"그냥."

목소리가 낮아졌다.

"너무 행복해서 가끔 두려워."

"두려워할 필요 없어."

맞잡은 그의 손에 힘이 들어갔다.

"난 항상 여기 있을 거야."

"약속해?"

"약속해."

진심을 전하고 싶었다. 천천히 입술을 뗐다.

"넌, 항상 내 곁에 있어야 해."

그는 한동안 말이 없었다.

"그래."

마침내 입을 열었다.

"항상 네 곁에 있을게."

짙은 단풍에 거리 위 색채가 만발한 어느 날, 재이는 화장을 하며 데이트를 준비하고 있었다. 민기에게서 전화가 왔다.

"정말 미안해. 역사 동아리 미팅이 갑자기 잡혔어. 축제 준비 때문에."

PI(Personal Interface) 화면 너머 주눅 든 그의 얼굴이 보였다. 표정이 굳어졌다.

"축제? 뭐 준비하는데?"

"부스에서 가상 역사 시뮬레이터를 운영할 계획인데……." 말을 끊었다.

"그런데 왜 갑자기? 우리 오늘 영화 보기로 했는데."

"콘텐츠 만드는 일이 여간 만만한 게 아니더라고. 게다가 진우가, 원래 보기로 한 날 안 된다고, 오늘밖에 시간이 없다고 해서."

민기의 목소리가 기어들어 갔다.

"내일 만나자, 응?"

"어디서 누구랑 만나는데?"

"학교 뒤편 카페에서, 동아리 애들. 진우, 서현이, 태호 그리고……."

"그래, 알았어. 다음에 봐."

빗방울이 창문을 타고 흘러내렸다. 재이는 멍하니 창밖

을 쳐다보다가 크게 심호흡했다. 두 손으로 얼굴을 쓸어내렸다가, 머리카락을 잡아당겼다가 손가락으로 비비 꼬았다.

 벌떡 일어나 옷을 갈아입었다. 무작정 그가 말했던 카페로 향했다. 문을 열자 멀리 안쪽 민기가 보였다. 그는 만면에 미소를 띠고 친구들과 대화를 나누고 있었다. 재이는 입구 근처 구석에 앉아, PI에서 홀로그램 로그를 띄워 얼굴을 가렸다.

 친구 한 명이 무언가를 말하자 그가 크게 웃음을 터뜨렸다. 익숙한 웃음과는 달랐다. 더 밝고 활기차 보였다. 옆에 앉은 여학생이 그의 팔을 쿡쿡 찌르며 따라 웃었다. 재이는 무언가 목에 걸린 것 같아 윗가슴을 어루만졌다.

 불현듯 민기가 재이가 앉은 테이블 쪽을 바라보았다. 재이는 황급히 엎드렸다. 눈앞이 흐려졌다. 연신 눈을 깜빡였다가 손으로 훔쳤다. 그 길로 조용히 카페를 빠져나와 집으로 향했다.

 그날 저녁, 재이는 책상 앞에 앉아 멍하니 중얼거렸다.
 "민기의 마음속에, 나 하나만 있었으면 좋겠어."

 다음 날, 둘은 카페에서 만났다. 재이는 그의 손을 붙잡았다.
 "민기야, 잠깐 나 좀 봐 줘."

그가 다정하게 물었다.

"왜, 무슨 일 있어?"

"이번 주말에 그 친구들 만나는 거…… 연기해 줘."

조용한 속삭임이 그에게 천천히 스며들었다. 민기의 눈동자가 빠르게 흔들렸다가 이내 멈췄다.

"그래, 연기할게. 너랑 더 많은 시간 보내고 싶어."

마치 잠꼬대를 하는 것처럼 말했다.

"서현이라는 친구 말인데…… 너랑, 잘 안 맞는 것 같아."

"서현이? 성격이 세서 그렇지 괜찮은 아이인데."

억양에 높낮이가 없었다.

"너한테 좋은 사람이 곁에 있었으면 좋겠어. 내 느낌에, 서현이는 뭐랄까…… 아닌 것 같아. 가까이 지내지 않았으면 해. 그럴 수 있지?"

"알았어. 그렇게 할게."

고개를 끄덕였다.

카페를 나서며, 재이는 굳은 표정으로 입술을 깨물었다. 밤의 경계에 핀 어스름이 그녀의 코트를 검붉게 물들였다.

바람 시린 날이 늘었다. 재이는 민기의 생활에 더 깊이 관여했다. 소녀의 마음에 들지 않는 친구들과의 약속은 소년의 머릿속에서 잊혔다. 그는 점점 재이와만 시간을 보내게 되었다.

"재이야, 요즘 내가 좀 이상한 것 같아."

둘은 나란히 공원을 걷고 있었다.

"뭐가 이상한데?"

재이는 마른 입술을 적셨다.

"모르겠어. 그냥, 가끔 기억이 이상하게 느껴져. 분명히 있었던 일들인 것 같은데 생각나지 않거나……."

그는 한숨을 쉬었다.

"가끔은 내가, 내가 아닌 것 같은 기분이 들어."

지그시 민기를 바라보는 재이의 눈동자가 고요히 들어앉았다.

"그런 생각은 그냥, 바람처럼 흘려보내."

목소리가 짙어졌다.

"나는 네가 내 곁에 있을 때, 가장 행복해 보이거든. 그걸, 기억해 줘."

민기가 멍한 표정을 지었다.

"그래……. 난 행복해."

"오늘은 뭐 할까?"

재이는 즐거운 척 미소 지었다.

"너 하고 싶은 거 하자."

그가 따라 웃었다.

그의 손을 꼭 잡으며 말을 삼켰다. 그저 둘만의 시간이 더 많아지길 바랐을 뿐이라고. 너도 나와 같은 생각이면 좋겠다고. 말하지 않아도 알아주었으면 하는 말을.

밤이 낮보다 길어질 무렵, 민기는 방 책장 안에서 낯선 디지털 페이퍼를 발견했다. 잠금 화면을 열자, 자신의 글씨체로 쓰인 글이 떠올랐다.

기억이 반복적으로 사라지거나 바뀌는 것 같다. 나는 나를 잃어 간다.

얼굴을 찌푸렸다. 기억에 없는 글이었다. 페이지를 넘기자 비슷한 문장들이 날짜를 달리하며 반복적으로 적혀 있었다.

10월 15일 : 진우와의 약속을 재이에게 말한 후 완전히 잊어버렸다. 마치 기억이 지워진 것 같다.

10월 28일 : 서현이가 다가와 나에게 실망했다고 쏘아붙이고는 뒤돌아 가버렸다. 나는 영문을 알 수 없었다.

손이 떨리기 시작했다. 마지막 페이지에 특히 눈에 띄는 메모가 있었다.

재이의 목소리. 뭔가 이상하다. 집중하게 만든다. 지시를 따르게 한다. 그녀가 원하지 않는 사람들은 내 기억에서 사라진다. 재이를 만나기 전에 항상 메모를 확인하자. 더 이상

이렇게 살 순 없어.

아래에 시도해 볼 만한 것들을 적자. 그리고 결과를 기록하자. 목록이 늘어날수록 선택지는 점점 좁아지겠지.

1. 선택적 청각 차단술 → 존재하지만, 특정 사람의 목소리를 차단하는 것은 불가능.

2. 학교 전학 요청 → 명분이 있어야 하는데, 누가 믿어줄까?

3. 부모님께 도움 요청하기 → 아직은 아니야. 내가 해결해야지. 최후의 수단.

4.

민기는 우두커니 앉아 한동안 움직일 수 없었다. 자기가 쓴 것이 분명하지만 기억나지 않는 글.

창백한 얼굴로 뉴럴넷을 검색했다. '음성 최면', '기억 조작', '뇌파 동조'……. 2040년대 들어 이런 연구들이 급증했다는 기사들이 나왔다. 하지만 곧 법으로 금지됐다.

앱을 종료했다. 배경 화면은 재이와 함께 찍은 셀카. 미소에 눈이 부셨다.

"말도 안 돼."

책상 위를 손가락으로 톡톡 두드리다가 통화 기록을 확인했다. 재이, 재이, 재이……. 몇 차례 스크롤 끝에 진우, 서현, 태호 — 친구들의 이름이 보였지만 통화 내용은 기억나지 않았다. 재이와 함께한 기억만 선명하고 나머지는 모두 허상처럼 느껴졌다.

마른침을 삼키며 친구들에게 전화를 걸었다. 서현의 목소리는 차가웠다. 바쁜 일이 있다며 금세 끊었다. 진우는 격했다. 동아리 일이 무언가 잘못되었다는 것을 겨우 알 수 있었지만, 구체적으로 무엇 때문인지는 전혀 기억나지 않았다.

녹음 앱을 띄웠다.

"민기야, 잊지 마. 너 자신을 믿어. 재이는, 일반적인 여자애가 아닌 것 같아. 재이와 만났다 헤어지면 친구들 얼굴도 가물가물하고, 했던 약속도 기억나지 않아. 이상해. 내가 내가 아니게 돼. 친구들도 나 때문에……."

한 손으로 얼굴을 쓸어내렸다.

"의도적으로 그러는 걸까? 하지만 분명한 건, 재이의 말에 어떤 힘이 있다는 거야."

잠시 멈추고 녹음 내용을 확인했다. PI에서 들려오는 목소리는, 떨고 있었다.

"내일 재이를 만나서, 확실히 하자. 그런데, 어떻게든 영향받지 않는 방법을 찾아야만 해. 귀마개? 아니, 대화가 안 되잖아. 뉴로버드? 그건 이상하게 보일 텐데……. 혹시 말이야, 네가 이 녹음 기억이 안 난다면 그땐 정말 당한 거야. 그럼 무슨 방법을 써서라도 도망쳐."

창밖에 눈이 내리고 있었다. 민기는 하얗게 물든 세상을 한참 동안 바라보았다.

민기는 재이를 공원으로 불러냈다. 그녀를 기다리며, 귀에 꽂은 뉴로버드의 음량을 최대로 올려 보았다. 질주하는 일렉 기타와 드럼, 둥둥거리는 베이스 소리만이 귀청을 가득 메웠다. 볼륨을 조금 내리고, 주먹을 꽉 쥐었다.

재이가 다가오고 있었다. 흰색 코트에 빨간 목도리를 두른 그녀의 모습이, 크리스마스 카드에 그려진 일러스트 같다고 생각했다. 그녀가 환하게 웃으며 가까이 다가왔다.

"민기야, 추운데 왜 여기서 보자고 했어?"

희미한 목소리와 입술의 움직임을 보며 대답했다.

"할 말이 있어."

"왜 그렇게 큰 소리로 말해?"

재이가 민기를 살폈다.

"뉴로버드? 지금 음악 듣고 있어?"

허둥지둥대다가 간신히 대답했다.

"아, 신곡이 나와서. 잠깐만."

볼륨만 조금 더 낮추었다. 그녀는 고개를 갸웃거렸다. 진지한 얼굴로 그녀를 바라봤다.

"재이야, 사실대로 이야기해 줘."

"민기야, 뭘?"

"혹시 내 기억을 바꾸고 있니? 나를, 조종하고 있어?"

그녀의 얼굴이 새하얗게 질렸다. 천천히 고개를 저으며 눈시울을 붉혔다.

"민기야, 나는 너랑 있을 때, 가장 행복해. 너도 같은 마음이었으면 좋겠다고, 그냥……."

"내 생각이 맞았구나. 도대체 어떻게……?"

재이는 고개를 푹 숙였다. 눈물이 그녀의 뺨을 타고 흘러내렸다.

"어렸을 적부터, 사람들이 내 말을 들으면 이상해졌어. 그래서 말하는 게 무서웠어. 하지만 네가 나타났을 때……."

물기를 가득 머금은 눈이 민기를 바라봤다.

"너는 내가 유일하게 기댈 수 있는 사람 같았어. 그런데 네 친구들, 네 주변 사람들이 너를 데려가려고 하니까, 난 그래서……."

"데려가다니 어디로? 그만해 줘. 이건 정말 아닌 것 같아. 넌 날 꼭두각시처럼……."

"민기야, 그렇게 보지 마. 우리 함께 있으면 행복하잖아. 항상 내 곁에 있기로 했잖아."

공기 중에 미세한 떨림이 일었다.

"네 목소리……."

민기는 재빨리 손으로 귀를 틀어막았다. 몸이 덜덜 떨리기 시작했다.

"제발 내 머릿속에 들어오지 마!"

그녀가 민기의 손을 잡으려 다가섰다.

"민기야, 잠깐만. 나, 믿어 주지 않을래? 모든 게 괜찮아질 거야. 우리가 함께라면."

"안 돼!"

거친 소리가 터져 나왔다.

"더는 안 돼."

뒤돌아 그대로 달아났다. 하얀 눈 위에 까만 발자국이 찍혔다. 그대로 얼어붙은 재이는 그가 사라지는 모습을 멍하니 바라보았다.

민기는 필사적으로 재이를 피했다. 학교에서도, 집에서도 그녀를 마주치지 않기 위해 애썼다. 항상 뉴로버드를 끼고 다녔고, 가능한 한 사람들 사이에 섞여 다녔다.

하지만 사흘째 되는 날 아침, 집을 나서려는데 재이가 현관 앞에 서 있었다.

"민기야."

눈은 벌겋게 물들어 있었고, 목소리는 가늘었다.

"잠깐만 나랑 같이 걷자. 조금만, 그냥…… 같이 있어 줘."

민기는 귀에 꽂은 기기에 필사적으로 매달렸지만, 그녀의 간절한 목소리가 파동 사이 공간을 파고들어 그의 의식에 가닿았다. 끝까지 저항하려는 마음과 다르게, 발이 재이 쪽으로 움직였다.

"싫어. 난……."

말과는 다르게, 이미 재이를 향해 걷고 있었다.

두 사람은 나란히 학교로 향했다. 민기의 얼굴엔 핏기가 가셨고, 눈길은 어디에도 닿지 않았다. 입술은 굳게 닫혔고, 발걸음은 무거웠다.

재이는 옆에서 입술을 깨물며 눈물이 나오려는 것을 꾹 참았다. 그의 마음이 돌아오기를 바라면서도, 이미 끝나 버린 관계를 혼자만 모른 척하고 있는 건 아닌지 두려웠다.

재이는 도서관에서 민기를 기다렸다. 물론 그가 오지 않는다는 걸 알고 있었지만. 스스로에게 물었다. 어쩌다 그를 이렇게까지 만든 것일까? 그저 사랑하고 사랑받고 싶었을 뿐인데.

누군가가 재이의 어깨를 두드렸다. 눈길을 돌린 곳에 차가운 표정의 서현이 서 있었다.

"네가 재이지?"

"어……."

"민기는 좋은 애였는데……."

아무 말도 할 수 없었다.

"너랑 만나고 나서, 완전히 달라졌어. 친구들한테 차갑게 대하고, 웃음도 잃어버리고. 왜 그렇게 만든 거야?"

"그, 그런 의도가 아니었어."

"그럼 뭐야? 실수?"

서현의 눈꼬리가 파르르 떨렸다.

"남자 친구 바보 만드는 거야, 그거."

그녀는 대답을 기다리지 않고 홱 돌아서 가 버렸다. 뒷모습이 빠르게 흐릿해져 갔다.

그날 밤, 민기는 지난 일들을 떠올렸다. 재이와의 만남, 행복했던 시간, 그리고 시작된……. 추억 하나가 선명하게 돌아났다.

함께 뉴스를 보고 있었다. 실연당한 여자가 헤어진 연인이 이사한 곳을 찾아가 그의 얼굴에 염산을 뿌린 사건이었다.

"아니, 사람이 어떻게 저럴 수 있지? 헤어지면 끝 아니야? 진짜 무섭다."

민기가 말했다.

"그래? 나는 이해 가는데."

재이가 말했다.

"으응?"

"만약 네가 나 차고 도망가면 저렇게 할 거야."

그녀는 그를 바라보며 혀를 내밀었다.

그때는 웃고 말았지만. 등에서 식은땀이 흘렀다. 재이는 진짜 그럴지도 몰랐다. 어디에 숨든 그 목소리가 자신을 찾아내 다시 쥐고 흔들 것만 같았다.

민기는 아버지의 서재 문에 노크했다. 의사인 아버지라면 혹시 자신의 상황을 이해해 줄지도 모른다고 생각했다.

"아빠, 얘기 좀 할까요?"

"무슨 일이야?"

조심스럽게 입을 열었다.

"사람의 기억이 인위적으로 조작될 수 있다고 생각하세요?"

아버지는 의외라는 표정을 지었다.

"갑자기 왜 그런 걸 물어보니?"

"만약 누군가가 목소리로 제 행동을 조종할 수 있다면요?"

"민기야, 요즘 스트레스를 많이 받고 있구나. 그런 건 영화에서나 나오는 일이야. 혹시 잠을 제대로 못 자고 있니?"

목소리에 걱정이 묻어났다.

"아빠, 제 친구가……."

"일단 충분히 쉬어라. 그리고 그런 생각이 계속 들면 상담을 받아 보자."

더 이상 말할 수 없었다. 방을 나왔다. 문이 닫혔다.

모두 잠든 시각, 책상 서랍에서 작은 상자를 꺼냈다. 안에 든 하얀색 약병 한 통을 손에 쥐었다. 멍한 표정으로 작은 거울에 비친 자신을 보았다. 매끈했던 하얀 피부는 이제 푸석하고 희멀겋기만 했다.

거울 속 얼굴이 낯설었다. 언제부터인가 달라진 눈빛. 맑았던 것들이 흐려지고 밝았던 것들이 어두워졌다. 다시 '나'로 살고 싶었다. 예전으로 돌아가야 했다. 재이를 해치지 않으면서도 자유로워질 방법은 하나밖에 없어 보였다. 최후의 저항.

천천히 일어나 아버지의 오디오 룸으로 들어갔다. 딸깍. 문을 잠갔다. 뉴로버드를 귀에 꽂고 고출력 앰프에 연동했다. 음악 앱에서 볼륨 제한 설정을 풀고 음량을 MAX로 높였다. 'DAHLIA'를 검색했다.

"마지막 노래네."

방 안에 누웠다. 약병에서 캡슐 네 알을 꺼내 이로 살짝 물었다. 그 상태로 긴 시간을 보냈다.

그리고 마침내, 캡슐을 꽉 깨물고 플레이 버튼을 눌렀다.

순간, 재이가 결국 마음을 돌릴지도 모른다는 생각이 들었지만 이내 무의식의 바다 아래로 깊숙이 빨려 들어갔다.

재이는 어제처럼 민기의 집 앞에서 기다렸다. 그에게 용서를 빌고, 기억을 돌려주기로 결심했다. 상대를 위하던 마음이 어느덧 자신만 위하고 있었다. 그가 떠난다 해도 받아들일 수밖에 없다고 생각했다. 오히려 그 편이 나을지도 몰랐다. 할 수 있는데 하지 않고 견딜 수 있을지 자신할 수 없었다.

눈이 소복이 쌓인 길 위로 민기가 모습을 드러냈다. 애써 미소 지으며 손을 흔들었다. 그가 다가올수록 눈을 점점 크게 뜰 수밖에 없었다.

"이렇게까지, 이렇게까지 해야 했던 거야?"

두 손으로 얼굴을 감쌌다. 양쪽 귀를 붕대로 감싼 그가 공허한 눈으로 재이를 바라보다가 PI를 꺼내 메시지를 보냈다.

-이제 네 목소리 들을 수 없어 이제 나는 나로 살 수 있어

재이는 그 자리에 주저앉았다. 숨을 쉬기 어려워 목 아래를 연신 작은 주먹으로 내리쳤다. 떨리는 손으로 PI 화면을 눌렀다.

-미안해 정말 미안해 내가 다시 되돌려 줄게

그는 메시지를 읽고 잠시 멈춰 섰다. 그리고 천천히 답신을 입력했다.

-이미 늦었어 무슨 말을 해도 난 널 들을 수 없어 내가 결

정한 거야 내가 책임질 거야 이제 그만 물러나 줘

그는 뒤돌아섰다. 천천히 걸음을 옮겼다. 그리고 돌아보지 않았다.

비가 내리기 시작했다. 쏟아지는 빗방울이 눈을 녹이고, 세상 온 색채를 희미하게 거뒀다. 소녀의 울음소리가 메아리쳤지만, 소년의 귀에는 완전한 침묵만이 남았다.

며칠 후, 재이는 도서관 창가 자리에 홀로 앉았다. 책을 몇 장 넘기다, 눈물을 왈칵 쏟았다. 민기가 빌려준 책이었다. 페이지 귀퉁이에 적힌 메모들, 밑줄 그은 구절들.

"서툴기만 한 내가 결국 널 망가뜨렸어……."

힘없이 중얼거리는 작은 입술에 핏기가 가셨다.

다시 세차게 비가 오는 밤, 병원 침대에 누워 있던 민기는 정적 속에서 깨어났다. 의료 휴머노이드가 다가왔다. 가슴에 달린 화면에 메시지가 깜빡였다.

―수술 날짜 잡을까요?

그는 말없이 고개를 저었다. 휴머노이드는 조용히 물러갔다.

민기는 귀를 감싼 붕대를 풀어 내렸다. 여전히 아무 소리도 들리지 않았다. 가만히 귀에 손을 대고, 부르튼 입술을 깨물다 창밖을 바라보았다.

가로등 불빛이 빗방울에 반사되어 여리게 번졌다. 마치 누군가의 수줍은 웃음소리처럼.

화마

　아비는 화마火魔였다. 190센티미터가 넘는 덩치에, 말 그대로 불을 장난감처럼 다룰 수 있는 인간. 정부 등록을 거부한 무허가 능력자. 그의 능력은 신의 축복이 아닌, 악마의 심술이었다.

　불은 생명을 꺼뜨리기도, 불붙게 하기도 한다. 그 남자는 그 사실을 너무나 잘 알고 있었고, 불을 단순한 도구로 사용하는 정도가 아니라, 마치 살아 있는 생명처럼 길들이려 했다. 불꽃을 주무르는 두툼한 손가락을 볼 때마다, 찌릿한 닭살이 등줄기를 타고 스멀스멀 올라왔다. 아비의 능력은 눈길을 잡아끌다가도 끝내 고개를 돌리게 했다.

　공기 중에서 불꽃을 만들어 담뱃불을 붙이고, 손아귀에서 뜨겁게 달군 돌을 재미 삼아 길거리 동물에게 던지곤 했다. 나에게 화를 낼 때면 ──무척 자주 냈다. 양념을 살짝 치자면, 10분에 한 번꼴이었던 것 같다.── 눈동자에서 불꽃이 일렁이는 것 같았다. 씩씩거릴 때마다 뿜는 열기가 숨통을 서서히 조였다. 으레 주먹질도 따라붙었는데, 불맛이 더해져서 그런지 매콤했다.

아비의 폭력에는 이골이 났다. 그 짓거리는 어느 순간부터 나를 흔들지 못했다. 그저 맞는 동안 눈을 질끈 감고 '시간아, 빨리 가라.' 주문을 외우게 했을 뿐.

"넌 내 아들이야. 내 피를 물려받았잖아. 불을 두려워할 필요가 없어. 나도 처음엔 그랬지. 처음 불을 만졌을 때, 나는 내 손이 다 타 버릴 줄 알았다."

목소리가 음험했다.

"하지만 불은 다루는 놈이 강하면 머리를 숙여. 네가 약하다면, 널 집어삼키겠지."

나는 맞받아쳤다.

"무슨 되지도 않는 소리야. 불장난은 당신이나 실컷 하라고, 애새끼한테 위험한 짓 시키지 말고. 아동 학대야!"

"이 새끼 버르장머리하고는. 사내놈이 또 징징대는구나. 잘됐다. 내친 김에 오늘 뜨거운 맛 좀 보자."

내 멱살을 잡더니 벽으로 몰아붙이고는 머리에 가스 토치를 들이밀었다. 심장이 쪼그라드는 기분이었다. 나는 불을 열망하는 동시에 두려워했다.

"넌 날 닮았어, 피하지 마라. 받아들여야 해. 세상은 약한 놈들을 씹어 먹는다. 난 너를 보호해 줄 생각이 없어. 대신, 강하게 만들어 줄 거다."

결국 내 머리를 향해 점화했다. 이런 걸 진정 가스라이팅이라고 하는 거겠지.

"야, 이 미치광이야!"

아비의 손에서 필사적으로 벗어나려 했지만 소용없었다. 불꽃이 계속 쉭쉭거리며 위협적인 소리를 냈다. 아홉 살 인생이 영화처럼 스쳐 갔다. 제발 눈 깜짝할 새에 천국에 도착할 수 있게 해달라고 하늘 어딘가에 있을 높으신 분에게 싹싹 빌었다.

분명 몇 분이나 지난 것 같았는데, 천사들은 보이지 않았다. 간지러운 느낌에 살짝 눈을 떠보니 머리에 불꽃이 바짝 닿아 있었다. 나는 타지 않았다. 아프지 않았다. 아비는 역겨운 표정으로 웃고 있었다.

새어 나오는 웃음을 뱉지 않고 씹었다. 나도 특별하다는 걸 알게 됐지만, 그 남자와 닮았다는 사실은 끔찍이 싫었던 것이다.

열두 살 때였다. 그가 처음으로 나를 '일터'에 데려갔다.

"이제 네 차례야."

허름한 식당 뒤편, 검게 그을린 뒷골목에서 그는 한 남자를 짓밟고 있었다. 남자는 '회사'에 빚을 졌고, 이제는 갚을 돈이 없다며 애원했다.

화마는 '회사'에서 돈을 걷으러 다니는 팀의 '팀장'이었다. 회사의 정식 명칭은 '이터널 시큐리티'였지만 다들 그냥 '회사'라고 불렀다. 미등록 이능력자를 고용해 '일반인들이 해결하기 어려운 문제를 신속하게' 처리하는 용역 업체였다.

나는 비 맞은 개처럼 덜덜 떨며 옆에 서 있었다. 벽돌 담이 가로지르는 좁은 골목, 매캐한 휘발유 냄새와 함께 바닥에 반사된 희미한 불빛이 밤공기를 붙들었다.

"네가 직접 해 봐."

아비가 손을 내밀었다. 손바닥 위에는 감귤 크기만 한 불꽃이 살아 숨 쉬고 있었다. 주황빛과 청색이 섞인 불꽃은 마치 작은 생명처럼 꿈틀거렸다.

"자, 받아라."

손을 뻗기가 두려웠다. 그 불꽃이 내 삶을 나락으로 끌고 갈 것만 같았다. 하지만 아비의 날카로운 눈빛에 못 이겨, 떨리는 손을 내밀었다. 불꽃이 내 손으로 천천히 옮겨졌다. 뜨거움은 느껴지지 않았다. 손바닥 위에서 살랑이며 간지럼만 태웠을 뿐. 불은 이제 내 것이 되어, 손바닥 위에서 작은 춤을 추기 시작했다. 그것은 마치 나를 탐색하듯이, 내 피부 위에서 고요히 일렁이고 있었다. 푸른빛이 도는 중심부가 가장 뜨거워 보였고, 바깥쪽으로 갈수록 투명한 노란색과 주황색이 물결처럼 번졌다.

"던져, 이제. 그놈한테 보여줘. 네가 어떤 놈인지."

정지 버튼이 눌린 것처럼 몸을 움직일 수 없었다. 도망치고 싶었지만, 화마의 존재가 나를 옴짝달싹 못 하게 묶었다. 내 안의 천사와 악마가 서로 으르렁거렸다.

그가 한숨을 쉬며 불을 걷어 갔다. 그리고 무심히 바닥에 던졌다. 불길이 맹렬히 달려가, 빚쟁이의 발밑을 감쌌다.

비명.

연기.

타는 냄새.

다리에 힘이 풀려 그 자리에 털썩 주저앉았다.

그가 내 머리채를 휙 잡아채더니 화재가 발생한 쪽으로 얼굴을 돌렸다.

"똑똑히 봐라. 이게 힘이야. 모두가 벌벌 떠는 공포! 저놈이 감히 우리 돈을 떼어먹을 수 있을 것 같냐? 하하하하."

아무런 대답도 하지 못했다. 그는 손을 거두고 길게 한숨을 내쉰 후 한심하다는 듯한 표정으로 나를 내려다보았다.

"네가 태어나기 전, 난 가진 것도 내세울 것도 없었다. 사람들이 나를 어떻게 대했는지 아니? 개보다도 못했어. 내 손에서 불길이 일렁이자, 그제야 다들 벌벌 떨며 존댓말을 쓰더군."

아비는 턱을 매만졌다.

"한바탕 뒤집어엎고 있는데, 우연히 사장님 눈에 띈 거야. 그때부터 난 진정한 사내가 되었다. 충성과 의리. 나는 조직에 헌신하고, 조직은 나를 보호해. 너도 회사 식구나 마찬가지다. 다음번엔 네가 직접 해야 해. 그래야 진짜 내 아들이라고 할 수 있지."

목 놓아 울고 싶은 기분이었지만, 단박에 걷어차일까 봐 그저 파르르 떨기만 했다.

그날 이후, 그 남자는 나를 점점 더 구렁텅이 아래로 끌어내렸다. 차를 부수고, 가게를 털고, 돈을 뜯어내는 일. 지저분한 일이라면 모두 가르쳤다. 어떻게 사람을 겁줄 것인지, 어떻게 불을 이용해 그들을 조종할 것인지. 정상적인 부모라면 절대 상상도 못 해봤을 일들.

"세상은 착한 놈들을 위한 곳이 아니야. 우리같이 우월한 종자가 군림하는 곳이지."

멈칫할 때마다, 사정없이 폭력을 행사했다. 거울 앞에 서서 퉁퉁 부은 얼굴을 바라보다 입안에 고인 피를 뱉으면, 부러진 이가 함께 나올 정도였다. 개자식. 반면 어쩌다 거칠고 과감한 모습을 보여주면, 어깨를 툭 치며 다독였다.

"그래. 너도 할 수 있잖아."

당근과 채찍에 별수 없이 길들었다. 어느새 그와 한바탕 일을 벌이는 시간이 기다려질 정도였다. 부당한 처사와 잦은 폭행으로 쌓인 울분을 애꿎은 다른 이에게 마음껏 토해 낼 수 있었으니까. 어쩌면 유일한 혈육에게 인정받고 싶었는지도.

우리는 하루걸러 하루 수금을 하고, 힘없는 자들을 협박해서 이득을 챙기고, 회사를 골치 아프게 하는 자들을 굴복시켰다. 나는 그와 함께 일으키는 폭력과 범죄의 불길 앞에 어느덧 무감각한 얼굴을 보일 수 있었다. 불꽃이 허공을 가르고, 비명이 뒤섞여도 표정이 바뀌지 않았다. 피가 튀고 타는 냄새가 나도 아무렇지 않은 얼굴을 할 수 있었다.

양심? 거기에 가까운 나는 패악질을 일삼을 때마다 한 움큼씩 타 버렸다. 거울을 보면, 눈동자에 박힌 불씨가 내가 무엇이 되어 가고 있는지 말해 주었다.

"뭐야, 넌?"

"화마."

"씨바, 그 아비의 그 아들이로구먼."

"피가 어디로 가겠냐?"

"야, 좀 다른 버전은 없냐? 불꽃 히어로라든지."

"가서 눈 씻고 아비를 봐**라** 돌대가리 좀 굴려 그게 되겠**냐**? 순진한 소리 말고 받아들여 씨**바**."

"뜬금없이 왜 갑자기 랩을 하고 지랄이야, 이 시키가? 없애 버린다!?"

"해보시든가."

퍽. 악.

우리는 왜 둘로 나뉘었나? 너는 누구인가? 너는 왜 그저 받아들이는 수밖에 없다고 부추기는가? 나는 씨발 왜 비참한 현실에 주저앉는가? 답을 알 수 없는 질문이 꼬리에 꼬리를 물었다.

그는 자주 술을 마셨다. 거나하게 취하고 나면 특별한 이유 없이 나를 때리는 날도 빈번했다. 익숙한 일이라 대체로 참고 넘겼지만, 가끔 미칠 듯한 분노가 터져 나올 때가 있었다. 고주망태가 되어 바닥에 널브러진 화마 옆에서, 그를 없애 버릴 백만 가지 방법을 상상하며 혼자 낄낄대기도 했다.

한 번은 조심스레 칼을 쥐고 그를 내려다본 적도 있었다. 하지만 관뒀다. 쿨하지 않았다. 나는 불덩이지만, 반대가 끌리는 법이니까. 그리고 그가 뒈질 때는 누구에게, 어떻게,

왜 당하는 건지 똑똑히 알아야 한다고 생각했다.

화마가 숙취에 시달리던 어느 날, 간단한 아침거리를 사 왔는데 정장 차림의 낯선 남자 둘이 집 안에 들어와 있었다. 반짝거리는 구두를 신은 채로.

"씨발 니들 뭐야?!"

내가 말했다. 그들은 무심한 표정으로 나를 힐끗 한 번 돌아보고는 다시 눈길을 돌렸다. 그들 앞에 아비가 무릎을 꿇고 있었다.

"정말 죄송합니다, 이사님. PI가 꺼진 줄 몰랐습니다."

회사 사람들이었다. 스킨헤드가 구둣발로 화마의 어깨를 걷어찼다.

"똑바로 안 하냐, 이 새키야. 내가 요즘 비상이라고 술 처먹지 말라고, 했어? 안 했어?"

아비가 뒤로 나동그라졌다가, 개처럼 황급히 기어 와 다시 무릎을 꿇었다. 내가 보고 있다는 것도 의식하지 못하는 것 같았다. 그의 눈에 어린 공포를 읽었다. 괜스레 주먹이 꽉 쥐어졌다.

얼굴 한가운데 칼자국이 길게 난 젊은 남자가 주머니에 손을 넣은 채로 무심하게 말을 뱉었다.

"팀장님, 요즘 얼굴 보기 힘들어서 지나가는 길에 한번 들

화마

렸어요. 지금 업무 시간인데 술 냄새가 좀 심하네요."

화마는 거듭 머리를 조아렸다.

"이사님, 다시는 이런 일 없을 겁니다."

칼자국이 스킨헤드에게 눈짓을 보냈다. 스킨헤드는 쭈그리고 앉아 아비와 눈을 맞췄다.

"애 앞에서 이게 무슨 꼴이냐. 잘하자, 인마. 이따 회사에서 보자."

둘은 무표정한 얼굴로 돌아섰다. 칼자국이 다가오더니 품에서 지갑을 꺼냈다.

"아빠 회사 삼촌이다. 사회가 좀 가혹해. 잘못하면 벌도 받고, 뭐 그런 거지. 별 감정은 없어."

그는 이십만 원을 건넸다. 나는 아비를 바라봤다. 꼬리 내린 개 같은 남자가 고개를 끄덕였다. 한 손으로 지폐를 낚아챘다. 스킨헤드가 으르렁거렸지만, 칼자국이 그를 제지하더니 아무 말 없이 내 머리를 툭툭 치고 지나갔다.

상사들이 떠나자, 화마는 쌍욕을 하며 주먹으로 바닥을 몇 번이고 내리쳤다. 등신.

다소 늦게 찾아온 사춘기에 여러 번 가출을 시도했다. 하지만 마땅히 갈 곳이 없었고, 그는 내가 어디로 튀든 귀신같이 찾아냈다. 마지막으로 잡혔을 땐 죽기 직전까지 맞다가 이틀 동안 지하실에 갇혀 굶주렸다.

빛 한 줄기 들어오지 않는 공간에서 나는 생각했다.

'이렇게 죽는 건가. 어쩌다 개자식의 개자식으로 태어나 그냥 이용만 당하다 가는 것 같은데. 씨바 억울하다. 나는 그냥 재밌게 살고 싶은데, 인생은 왜 이다지도 나에게 무자비한 거야? 짜증이 치민다. 개쌍. 화마고 회사고 더러운 자식들, 그리고 지들끼리 행복하게 웃으며 날 비웃는 모든 씨발 연놈들 싸그리 다 태워 버리고 싶다. ……뭐, 관계없는 사람들까지 원망할 필요……. 시궁창을 벗어나려면 힘이 필요한데……. 씨바 나에게도 불을 만들어 낼 수 있는 능력만 있다면…….'

푸념 속에서 욕지거리하다가 어느새 작은 불씨가 일렁이는 모습을 생생하게 머릿속에 그릴 수 있었다. 불꽃은 점점 맹렬하게 치솟았다.

감금에서 풀려난 지 얼마 후, 손에서 진짜 불을 만들어 낼 수 있었다. 끓어넘치는 분노가 어떻게든 쏟아져 나와야 했던 건가. 영롱하게 타오르는 불꽃을 보며, 드디어 나에게도 힘이, 든든한 친구가 생긴 것 같아 기뻤다.

치기 어린 마음에 아비에게 멋쩍게 자랑했다. 그는 언제나 나의 성장——정말?——을 바랐으니까.

"이거 봐. 이제 나도 가능해!"

손에 거세게 불을 피웠다. 아비는 아무렇지 않은 척 고개를 끄덕였지만, 탐탁지 않은 표정이었다.

"별거 아냐."

그가 짧게 뱉었다. 그리고 그날 밤엔 유난히 독한 술을 들이켰다.

인적 드문 놀이터에 홀로 앉아, 기세 좋게 타오르는 불길을 보며 화마가 유독 기분이 가라앉은 이유를 따져 봤다. 내 불꽃이 더 커서 질투가 난 건지, 아니면 내가 그의 그림자를 찢고 튀는 날이 생각보다 빨리 올 수도 있다는 걸 알아차렸기 때문인 건지.

'회사'에서 남자 한 명을 쫓고 있었다. 경영진이었으나, 몇 개월 전 아내를 잃은 뒤 퇴직한 인물. 최근 그가 곳곳에 나타나 회사 일을 방해하고 있었다. 아내의 죽음에 회사가 연루돼 있다고 오해한단다. 회사에서 수배령을 내렸다.

아비에게도 수색 업무가 떨어졌다. 그는 나에게 성공하면 보너스가 나오니 그 돈으로 좋은 술집에 데려가 준다고 했다. 개똥만 한 기대도 하지 않았다.

"마크? 뭐야, 교포야? 비리비리한데?"

수배 사진을 보며 아비가 말했다.

"재수 없게 생긴 말라깽이네. 한주먹거리 아냐?"

나는 동의했다.

"흐음, 젊은 나이에 이사 자리까지 올랐었다고는 하지만…… 뭐, 힘으로만 올라가는 구조도 아니니까."

그는 입맛을 다셨다. 우리는 최근에 마크라는 남자가 목격된 곳 주변을 수소문하며 행패를 부리고 주민들을 들들 볶았다. 얼마 지나지 않아 행운이 찾아왔다. 그가 제 발로 눈앞에 나타난 것이다.

큰 키에 아무렇게나 기른 듯한 곱슬머리. 허름한 코트를 입고, 찢어진 청바지에 낡은 운동화를 신은 그는 누가 봐도 남루한 행색이었지만, 퀭한 얼굴 위 형형한 눈빛은 식은땀이 나게 할 정도로 서슬 퍼랬다.

"인제 그만 하시죠. 아직 어린아이까지 데리고 뭐 하는 짓입니까?"

마크가 말했다.

"형씨, 반갑수다. 찾느라 좀 힘들었네. 다행히 우리 말을 하는구려. 나랑 같이 좀 가야겠어. 그런데…… 왜 재수 없게 영어 이름이야?"

아비가 위협하는 제스처로 손을 들어 올리자, 마크는 갑자기 번개 같은 속도로 아비의 명치를 가격했다. 거구가 족히 5미터는 뒤로 나동그라졌다. 나는 그저 입이 떡 벌어져서 어린애처럼 —— 쪽팔리게 —— 쩔쩔맸다. 마크가 주먹을 보더니 고개를 갸웃했다.

"좀 세게 쳤나?"

그러고는 얼어붙은 나에게 천천히 다가왔다. 눈빛은 여전히 날카로웠지만, 어딘가 따뜻한 기운이 배었다.

"놀랐니?"

내 어깨에 손을 얹었다. 침을 꿀꺽 삼키고 눈을 치켜떴다.

"넌 강한 아이구나."

나를 지그시 바라보며 말했다.

"네 눈을 보면 알 수 있지. 이름이 뭐냐?"

"게, 겐지다!"

목소리가 떨렸다.

"겐지? 켄지?"

그의 눈썹이 꿈틀거렸다.

"특이한 이름이네."

바닥에 쓰러진 아비를 힐끗 보더니 다시 나를 향해 고개를 돌렸다.

"아무튼, 켄지야. 나도 예전엔 저치와 비슷한 놈이었다."

그의 손이 주책맞게 떨고 있는 내 손을 잡았다.

"하지만 불꽃이 너무 강하면 언젠가 자신을 태우지."

"그게, 무슨……?"

마크가 나지막이 말을 이었다.

"어쨌든 세상은 살기 힘든 곳이야. 네가 이곳을 더 지옥으로 만들 필요는 없잖니?"

그가 눈을 기름하게 떴다.

"지금 주저앉은 그 자리에서 하루빨리 빠져나와라. 아직 어리니까, 앞으로 더 나은 사람이 될 수 있어."

무어라 할 말을 찾을 수 없었다. 마크의 눈에서 저의를 읽으려 했으나, 고요한 눈동자를 보고 있자니 나만 발가벗겨지는 기분이었다.

"이 새끼가 미쳤나!"

정신을 차린 아비가 불꽃을 태우며 달려왔다. 그런데 마크에게 가까이 다가갈수록 불이 사그라드는 것처럼 보였다.

마크는 제자리에서 우아하고 ──분하지만, 다른 말이 떠오르지 않는다.── 간결하게 몸을 회전해 화마를 옆으로 흘려 보냈고, 이어서 번개같이 후두부를 갈겼다. 괴물은 다시 기절했다. 속수무책으로 당한 아비를 보고 꼴좋다는 생각도 잠시, 왠지 모르게 울컥하는 마음이 치밀어 마크를 향해 손을 뻗었지만 불은 피어오르지 않았고 나는 크게 당황했다. 마크는 나를 주시한 채 천천히 옆걸음을 걸었다.

"너도 능력자인가 보구나. 켄지야, 불이 항상 타오를 필

화마

요는 없다. 어쩌면 네 불꽃은 남을 태우기 위한 게 아닐 수도 있고. 이렇게 살기엔 네 인생이 너무 아깝지 않니?"

잠깐 고개를 갸웃했다가 금세 정신을 차렸다.

"켄지가 아니라 겐지라니까!"

짐짓 기세 좋게 악을 썼다.

"이 자, 자식아! 이, 이리 와서 한판 붙자!"

두 주먹으로 가드를 올리고 양손 가운뎃손가락을 폈다. 손가락 위에 꼬마 불이 솟았다.

마크는 실소를 터뜨리더니, 이내 혀를 찼다.

"어른을 공경해야지, 요 녀석아! 이래서 가정 교육이 참……."

"가족은 건들지 마, 이 새끼야!"

달려가며 주먹을 내지르려던 찰나, 그의 주먹이 먼저 내 눈앞에 나타났다. 코앞에 벼락이 치는 듯싶더니 세상이 깜깜해졌다.

"야, 이제 그만 일어나."

정신을 차려보니 아비가 나를 툭툭 차고 있었다.

"이제 정신이 드냐? 쯧쯧. 아놔, 이 말라깽이 자식 잡히기만 해 봐라."

그는 한동안 팀원들과 함께 어영부영 마크를 찾아다녔다.

아마 찾는 시늉만 하다 그쳤을 거다. 아비는 그냥, 그 정도 배짱의 남자였다.

마크의 말은 내 가슴속에 불씨로 남았다. 다시 만나고 싶었다. 화마로 살지 않아도 된다고 말해 주었으니, 어떻게 하면 씨발 이 통풍을 벗어나 제대로 살 수 있는지 방법도 함께 알려 줘야 했다. 내가 아비에게 배운 거라곤 비뚤어진 남자다움과 좆같은 범죄 기술밖에 없으니까. 나는 자유를 갈망했지만, 아비 손아귀를 벗어나면 혼자 무얼 할 수 있을지 막막했다. 더 이상 세상이 두렵기만 한 어린이는 아니었지만, 방향을 못 잡고 헤매긴 싫었다. 이미 잃어버린 세월이 십수 년이었으니까.

꼴에 아비랍시고 하는 말, "너는 나보다 강해져야 한다." 어디서 주워들었을 거다. 명백한 개사기였다. 그는 내 능력을 시기하면서도 두려워했다. 내가 항상 "당신보다 강해지면 복수할 텐데 두렵지 않아?"라며 바락바락 대들었기 때문인지도 모르지만.

언젠가부터 그는, 나에게 날리던 무차별 폭행을 줄이고 조용히 나를 감시하기 시작했다. 문득문득 그가 드러내는 불안감이 보였다. 아비는 동물적인 육감으로 전에 없던 쎄함을 느꼈을지도 모른다. 내 힘이 빠르게 커지고 있었으니까. 같이 일을 벌이다 시선을 돌리면 항상 그의 눈길이 나를 쫓고 있었다. 부러움을 가득 담은 눈초리로 내 불꽃을 핥다가 이내 얼굴을 돌리는 것이었다.

점점 질투를 노골적으로 드러내는 늙은 괴물 앞에서 자중하기로 했다. 악마에게 내 패를 까는 것만큼 멍청한 일이 또 있을까.

이제 원한다면 끝내주는 불꽃을 터뜨릴 수 있었다. 어쩌면 그마저 한입에 삼켜 버릴 수 있을 만큼. 에너지 소모가 크고 때때로 감정 변화에 따라 컨트롤이 어려웠지만, 어쨌든 아비를 존나 찜 쪄 먹을 화력이었다. 그를 쓰러뜨릴 수도 있겠다는 희망이 생겼지만, 아직은 그냥 상상만으로 남겨 두기로 했다.

그러나 마침내, 그가 먼저 움직였다.

일터에서 집으로 돌아가는 길, 인적 드문 곳에서 그가 말했다.

"이제 확실히 해야겠지."

아비는 담배를 물고, 손끝에서 불꽃을 피웠다. 공터에 어두운 그림자가 일렁였다. 나는 천천히 숨을 들이마셨다.

"무슨 말이야?"

"요즘 네가 쓸데없는 생각이 많아진 것 같은데, 누가 위인지 확실히 보여 주마. 덤벼 봐."

그가 한 걸음 다가왔다. 손에서 불꽃이 일렁였다. 묘하게 기분이 가라앉았다. 나는 영롱한 붉은색 기운을 차분하게 지켜봤다.

"자신 있다면, 네 손으로 나를 넘어서 봐라."

아비는 기선을 제압하려 하고 있었다. 단순한 힘겨루기가 아니었다. 나를 아예 짓밟고 다시는 일어나지 못하게 하려 한다는 생각이 들었다. '아들' 대접까진 아니더라도 '똘마니' 정도로는 생각해 주길 바랐는데, 이건 뭐 그냥 복날 개가 된 기분이었다.

이해가 안 되는 건 아니다. 그는 두려울 것이다. 자신이 마음껏 부릴 수 없는 존재가 되어 가고 있는 나를. 내가 조만간 얼굴을 맞대고 으르렁거리다가 목을 물어 버릴지도 모른다는 사실을. 그러니까 씨바 평소에 잘했어야지.

서글펐다. 그러나 나는 웃었다.

"이제야 솔직해지네."

그도 씩 웃었다. 담배꽁초를 떨구고 발로 쓱 비비더니 숨을 거칠게 몰아쉬었다.

"나야 늘 솔직하지. 네가 들어오지 않으면 내가 먼저 간다."

화마가 손을 들어 올려 허공에서 불꽃을 잡아챘다. 주위 공기가 일렁였다. 나는 조용히 눈을 감았다. 다 끝내 버려야 할 때였다.

"겐지!"

그가 불 주먹을 내질렀다. 뜨겁고 강렬한 분노가 다가왔다. 피하지 않았다. 대신, 그를 향해 달려들었다. 그리고 힘껏 끌어안았다.

"뭐, 뭐 하는 짓이야!"

"딱 한 번만 안아 줘. 아…… 아버지."

그는 나를 팔꿈치로 사정없이 내리쳤다. 하지만 나는 더욱 강하게 껴안았다. 우리는 그 옛날 처음처럼 하나가 되었다. 이윽고 나는, 온몸을 발화시켰다.

펑!

폭발적인 열기가 터져 나왔고, 우리는 거대한 불꽃 덩어리가 되었다. 그는 타지 않을 터였다. 다만 거대한 불꽃을 통해 공기를 집어삼켜 볼 뿐이었다. 불길이 계속해서 타오르며, 주위의 산소를 빠르게 태워 버렸다.

처음에 그는 헛웃음을 터뜨렸다.

"이딴 장난질로 날 이길 수 있을 것 같냐?"

하지만 그 웃음은 오래가지 못했다.

"뭐야……?"

그는 깊게 숨을 들이마셨다. 또 한 번. 그리고 또 한 번. 하지만 산소가 없었다.

돌고 도는 불길을 헤집고 작은 틈을 만들었다. 순간순간 그곳을 통해 바깥 공기를 들이마셨다. 하지만 아비는 다르다. 그의 영역에는 오직 타 버린 공기뿐이었다. 필사적으로 숨을 쉬려 했지만, 가슴이 점점 오그라드는 듯했다. 불길 속에서, 익어 가고 있었다.

"하…… 하아…… 하…….'

아비의 숨이 점점 더 거칠어졌다. 처음엔 짜증 섞인 눈빛이더니, 이제는 분명한 당혹감이 배어 나왔다.

"꺼, 빨리 끄라고…… 망할…….'

나를 밀어내려 했지만, 악착같이 매달렸다.

"이제 끝내자."

나는 중얼거렸다. 힘들었다. 불길이 약해지고 있었다. 영혼까지 땔감으로 쓸 각오로 불꽃을 쥐어 짜냈다. 아비의 손이 허공을 휘젓다 점점 느려졌다.

"겐지…… 이거 놔…….'

눈에 공포가 떠올랐다.

"젠……장…….'

그를 바닥 없는 구렁텅이로 끌어내렸다.

"허…… 흐억…….'

꺽꺽대며 숨을 쉬어 보려 했다. 하지만 불꽃 안에 갇혀 공연히 입만 뻐끔거릴 뿐이었다.

"당신도 힘들었겠지. 이제 편히 쉬어."

축 늘어진 아비가 무릎을 꿇었다. 때맞춰 불길이 사그라들었다. 가만히 팔을 풀었다. 거칠게 숨을 몰아쉬며 마지막으로 아비의 얼굴을 내려다보았다. 생의 불꽃이 꺼진 눈동자에 공허만이 남았다. 더 이상 화마는 세상에 없었다. 그리고 겐지도.

멀리서 경찰 드론 부대의 사이렌 소리가 울려 퍼졌다. 지친 몸을 이끌고 어둠 속에 몸을 숨겼다. 손바닥에 작은 불씨를 띄웠다가 이내 주먹을 쥐어 꺼뜨렸다. 이제 나는 켄지다.

만화 속의 나

 창문을 통해 들어온 햇살이 거실을 포근하게 밝혔다. 틈새로 드나드는 바람을 따라 커튼이 살랑거렸다.

 커피를 마시며 잠시 창밖을 바라봤다. 오늘따라 유난히 그림 같은 하늘, 파스텔 톤의 푸른 배경과 솜사탕처럼 몽글몽글한 구름.

 재미있는 걸 보고 싶었다. 맞은편 소파에서 TV를 보고 있는 아빠를 바꿨다. 〈짱구는 못 말려〉에 나올 법한 2등신 강아지 캐릭터로. 커다란 머리에 짧은 다리, 키득거릴 때마다 툭툭 튀어나오는 말풍선에 쓰인 글자들 ― "낄낄", "크크".

 웃다가 커피가 목구멍에 걸려 기침이 터져 나왔다.

 "푸학."

 황급히 냅킨을 입으로 가져갔다. 강아지가 발짓으로 TV

를 음소거했다.

"예지야, 괜찮니?"

그의 머리 위로 "??" 말풍선이 튀어나왔다. 고개를 젓고, 눈가를 훔쳤다.

"아, 아무것도 아니야. 그냥 사레들렸어."

어렸을 적 엄마가 돌아가신 뒤부터 시작된 이 현상. 처음엔 의지와 상관없이 세상이 만화로 바뀌었다. 하루에도 몇 번씩. 사람들은 캐릭터가 되고, 그들이 뱉는 말은 말풍선이 되어 깜빡였다.

이젠 익숙해졌다. 고등학생이 되고 나서부터 내 마음대로 세상 풍경을 다르게 바꿀 수 있었다.

"뭐가 그렇게 웃기니?"

강아지가 물었다.

"응?"

"아까부터 계속 웃고 있잖아. 뭐 재밌는 일 있어?"

"그냥 재밌는 생각이 나서."

괜스레 미안한 마음이 들어 강아지를 지웠다. 아빠는 고개를 끄덕이고는 뉴스가 방영 중인 TV로 시선을 돌렸다.

「정부 인공 신경망 서버 해킹 사건, 이능력자 소행으로 밝혀져……」

나는 이 능력──'만화 렌즈'라고 부르기로 했다.──을 특별히 의식하지 않았었다. '다들 이런 걸 보며 사는 거겠지.'라고 생각하며.

중학생 때 처음 내가 남들과 다르다는 걸 알아차렸다.

중학교 2학년 어느 점심시간, 친구 세원이와 함께 급식을 먹다가 무심결에 물었다.

"세원아, 너도 사람들 모습이 가끔 이상하게 보일 때 있지 않아?"

세원이는 젓가락질을 멈췄다.

"뭐? 무슨 소리야?"

"그러니까……."

수저를 내려놓으며 기대에 찬 얼굴로 말했다.

"선생님이 갑자기 돼지 캐릭터로 변하고, 애들이 꽥꽥거리는 오리 떼처럼 보일 때 있잖아. 만화책에서 튀어나온 것처럼."

"뭐, 뭐라고?"

그녀가 눈을 동그랗게 떴다.

"그러니까, 어제 수학 선생님 봤잖아. 갑자기 돼지 코가 삐죽 나오고, 말풍선에서 '콜록콜록' 글자가 튀어나오는 거 못 봤어?"

세원이는 나를 빤히 바라봤다. 아마 내가 웃음을 터뜨리면서 농담이었다고 얘기해 주길 기다리고 있었을 거다. 하지만 그녀의 기대를 저버렸다. 별수 없었는지 그녀가 먼저 까르르 웃었다.

"농담하는 거지? 그런 게 보인다고? 너 요새 웹툰을 너무 많이 보는 거 아니야?"

얼굴이 화끈거렸다. 웃음소리가 점점 멀게 들렸다. 모두가 나처럼 세상을 보고 있지 않았다. 다급히 화제를 돌렸다.

"농담이야, 농담. 어쩌다 그렇게 보이면 재밌겠다는 거지."

그날 밤, 방 안에 앉아 디지털 페이퍼를 꺼냈다.

나는 다르다.

이 문장을 쓰고 잠시 멈췄다. 처음엔 불안했다. 하지만 이내 웃으며 덧붙였다.

이거 끝내주는데? 세상을 다르게, 나만의 방식으로 볼 수 있다는 거.

인생에서 슬픈 일이 일어날 때마다, 만화 렌즈를 끼기 시작했다. 이를테면 남자 친구가 이별을 고할 때, 그를 짱구로 만드는 거다. 그의 말은 말풍선 속에 갇히고, 얼굴은 귀여운 개구쟁이가 된다. 그러면 이별이 우습게 보인다. 그의 표정도, 말투도 다 나를 웃게 만든다.

사람들은 내가 만화처럼 세상을 본다고 하면 정신병자처

럼 보겠지. 그들이 허우적대는 정상이라는 세계가 얼마나 따분한지, 단조로운지 모를 테니까. 나는 세상을 더 흥미롭게 만드는 방법을 알고 있을 뿐인데. 내가 울지 않고 계속 웃을 수 있도록.

어둡고 슬픈 일은 싫어. 내 인생은 언제나 만화처럼 유쾌해야 해. 우스꽝스럽게 만들어야 편해. 나만의 방식으로 슬픔을 찢어 버리는 거지. 그런데 혹시 내가 보고 있는 이 만화 같은 세상이 진짜고, 현실이라고 부르는 것들이 전부 잘못된 게 아닐까?

하지만 가끔은 기억을 우습게 만들어도 뒤에 남는 감정이 있다. 방 안에 홀로 앉아 정신없이 디지털 페이퍼에 그림을 그리다 보면, 기괴한 얼굴에 왜곡된 신체들로 화면이 가득 찼다.

내가 어떤 사람인지 사람들은 잘 모르겠지? 눈치채는 순간 날 어떻게 생각할까? 남들 눈엔 내가 그냥 평범하게 보일까? 아니, 어쩌면 이미 다 알고 있으면서 말을 안 하는 건지도 몰라. 내가 얼마나 불안정한 사람인지. 아니야, 아니야. 그럴 리 없어.

하지만…… 만약 내 눈으로 보는 세상을 잠깐이라도 엿본다면? 내 그림을 본다면? 나를 피할까? 두려워할까? 왜 나는 남들과 다를까? 남들처럼 하나의 세상만 보고 싶다. 남들이 웃을 때 웃고, 울 때 울고 싶다. 눈을 파 버리고 싶다.

나는 만화 렌즈를 사랑하는 동시에 혐오하며 살았다.

미대에 입학했다. 기대와 다르게 수업은 대부분 따분했다. 미술사 강의 시간, 하품을 참다가 교수님을 커다란 펭귄으로 바꿨다. 부리 옆에 커다란 말풍선이 떠올랐다.

"…… 이 문제에 대해 답해 볼 사람?"

고개를 푹 숙였지만, 결국 웃음을 참지 못했다.

"학생, 왜 웃고 있나요?"

"아, 죄송합니다. 그냥 갑자기 생각난 게 있어서요."

그는 탐탁지 않은 얼굴로 강의를 이어 갔다. 친구 민지가 팔꿈치로 찌르며 속삭였다.

"야, 너 곽 교수님한테 찍히면 힘들어져."

얼굴을 옆으로 기울이며 대답 대신 빙긋 웃었다. 아무런 걱정할 필요 없다는 듯이. 민지는 표정을 구기다 이내 함께 웃었다.

아침저녁으로 바람이 상쾌해진 계절, 강의관을 나서던 중 갑작스레 비가 내렸다.

채도를 잃어 가는 캠퍼스를 바라보며 잠시 걸음을 멈췄다. 나뭇잎을 때리는 빗방울, 깔깔대며 달리는 친구들, 우산 속 꼭 붙은 연인들. 모두를 한 프레임씩 느리게 재생되는 만화 속 장면으로 초대했다. 흐뭇하게 감상하려던 찰나 모든 것이 허상처럼 느껴졌다.

'내가 보는 것들이 정말 저기 있는 걸까? 아니면 내가 사라지면 함께 사라질 것들일까? 귀엽고 유쾌한 풍경일 뿐인데, 왜 가끔 무섭게 느껴지지? 내가 만든 세계가 나를 삼킬 것 같은 기분. 그래도, 그냥 이대로 살아도 괜찮지 않을까? 매력적이잖아. 이상하게 느껴져도, 내가 보는 모두가 행복하고 나도 행복하면 되는 거잖아?'

멀리 좁은 계단에서 손오공을 닮은 캐릭터가 발을 헛디딘 듯 위태롭게 휘청거렸다. 본능적으로 손을 내뻗었더니, 갑자기 그가 공중에서 멈췄다.

손끝에서 무언가 퍼져 나가는 감각이 있었다.

'내가…… 한 거야?'

"여기서 뭐 하고 있어?"

깜짝 놀라 뒤를 돌아봤다. 민지였다. 세상을 다시 정상으로 돌려놓았다.

'아니, 어쩌면 내가 보는 만화 세계가 정상인 걸까.'

나는 찡긋 웃으며 답했다.

"너 기다렸지. 밥 먹으러 가자."

손오공이었던 남자는 아무 일 없었다는 듯이 계단을 오

르고 있었다.

"그래, 치폴레 어때?"

민지가 말했다.

"좋아. 어…… 그런데 나 돈이 좀 모자랄 것 같은데? 다른 데 갈까?"

민지가 제안하는 곳은 보통 가격대가 높다.

"이번엔 내가 살게. 다음에 쏴."

그녀가 가볍게 윙크했다.

"근데…… 전공 책 사는 데 돈이 필요하다고?"

아빠가 머리를 긁적이며 말했다.

"응응, 아빠앙. 나 아르바이트 열심히 하는데도 교통비에 식비에, 어휴. 책 살 돈이 모자라용."

애교를 한껏 끄집어 올렸다. 아빠는 쿡 웃더니 PI 화면을 두드렸다. 굽은 어깨가 눈에 거슬려 창밖으로 시선을 돌렸다.

"김예지 양, 이 돈으로 멋지고 훌륭한 사람 되세요."

워치가 진동했다. 오십만 원 입금. 나는 환호하며 아빠에게 윙크하고 가게를 나왔다.

'아빠는 내가 남들과 다르다는 걸 알면 어떤 반응을 보일까? 아마 내가 세상을 어떻게 바꿀 수 있는지 이해할 수 없을 거야. 물론 이해하려 노력하겠지. 따스한 미소로 나를 다독이며. 하지만 내 그림까지 본다면, 나를 어떻게 생각할까? 그래도 웃어 줄까? 아니면 낯설게 느낄까? 어쩌면 내 안의 기괴함도 사랑하려 할 거야. 하지만 이해할 수 없는 존재를 진정으로 사랑할 수 있을까? 털어놓을 수 없어. 아빠와 어색한 관계가 된다면 견딜 수 없을 거야.'

시험공부를 마치고 밤늦게 캠퍼스를 나섰다. 공기는 선선했고, 가로등 빛이 낙엽 쌓인 길을 희미하게 비추고 있었다. 거리는 적막했지만, 머릿속은 소란스러웠다.

'어둡고 잔혹한 잔상마저 밝고 귀여운 세상으로 끌어낼 순 없을까? 그런데…… 그럴 필요 없잖아. 빛을 환하게 밝히려면 불부터 꺼야 하니까. 둘 다 나야. 그래서 내가 빛나는 거지.'

가로등 불빛이 깜빡이더니 어둠이 내렸다가 다시 걷혔다. 발밑에서 낙엽이 바스락거렸다. 골목 저편에서 웅성거리는 소리에 고개를 들자, 남자 한 무리가 비틀거리며 다가오고 있었다.

"야, 저기 봐."

짧은 검은 재킷을 입은 남자가 손가락으로 나를 가리켰다.

어느새 다섯 명의 남자가 키득거리며 원을 그리듯 내 주변으로 몰려들었다. 모두 얼굴이 붉게 상기되어 있었고, 술 냄새가 바람을 타고 코를 찔렀다. 키가 제일 큰 남자가 한 발짝 다가섰다.

"언니, 혼자 다니기 위험하지 않아? 우리가 집까지 데려다줄게."

나긋한 목소리와는 다르게, 손에 쥔 칼은 서슬 퍼랬다.

눈을 깜빡였다. 만화 렌즈 착용. 키 큰 남자에게 문어 머리가 달렸다. 둘, 셋, 넷……. 모두 우스꽝스러운 문어 캐릭터로 변했다.

웃음이 터져 나왔다. 무리가 당황했다. 문어 한 마리가 다가와 내 멱살을 잡아챘다.

"까불지 마. 장난 같아?"

입김이 덥고 불쾌했다. 내 안에서 묘한 차가움이 일렁였다.

'이러지 마. 안 귀엽잖아.'

손을 뻗었다. 무언가가 퍼져 나갔다. 서늘한 파동이 팔을 타고 번지더니 주변 공기가 마치 거센 파도처럼 밀려갔다. 시간이 느려지고, 소리는 희미해졌다. 내 멱살을 잡은 문어 목을 잡았다(고 생각했지만 실제로 손이 닿진 않았다).

문어가 말풍선을 띄웠다.

"아파! 아프다고!"

고통스러워하는 표정마저 하찮았다.

'언니한테 까불면 안 되지.'

나는 그를 가볍게 하늘로 띄웠다.

'벌이야.'

팔을 거뒀다. 바닥에 널브러진 문어가 곡소리를 냈다. 나머지 문어들은 화들짝 놀라 눈알을 굴리며 뒷걸음질.

"뭐, 뭐야!"

말풍선이 여럿 깜빡였다.

'이게 내가 가진 힘이었구나. 짜릿해. 최고야! 내 세계에선 내가 원하는 대로 할 수 있어.'

문어들이 도망치기 시작하자, 다시 손을 뻗어 힘을 주었다. 그들은 그 자리에 얼어붙었다.

'내가 어디까지 할 수 있는지, 우리 함께 알아보자.'

웃음이 멈추지 않았다.

"어디 가? 데려다준다며."

내 목소리가 낯설게 들렸다. 상관없었다. 모두 위로 던져 버렸다. 땅에 떨어져 울어 젖히는 문어들을 뒤로하고, 나는 천천히 자리를 떴다.

발걸음을 옮길 때마다 주위가 화려한 색채로 물들었다. 손짓 한 번에 가로등은 고개를 숙이고, 나무들이 노래했다.

눈에 보이는 모든 것들을 지휘할 수 있었다. 마치 세상 모든 것이 내 손바닥 안에 들어와 있는 것 같은 기분. 이상하면서도, 좋았다.

멀리서 경찰 드론의 적색 불빛이 깜빡였다. 발걸음을 재촉했다.

중간고사 마지막 시험을 치렀다. 강의실을 빠져나왔을 때 민지와 마주쳤다.

"예지야, 나 주말에 피부과 예약할 건데 같이 갈래? 다음 주 방송 준비해야지."

아빠의 어깨가 눈앞에 스쳤다.

"어, 나는 그냥 팩만 좀 해도 될 것 같아."

"마음 바뀌면 얘기해. 둘이 가면 할인해 준단 말이야."

목소리에 서운한 기색이 담겼다.

"그래, 알았어."

이번 학기가 시작될 무렵, 민지는 내게 종이 한 장을 들이밀었었다.

"예지야, 우리 여기 같이 나가 보면 어떨까?"

방송 출연 지원서. 〈지상 최고의 커플〉이라는 제목에 '픽' 하고 웃음이 터졌다.

"어우. 얼굴 팔려, 애."

"너 남자 친구랑 헤어진 지 좀 됐잖아. 여기 나가서 남친 생겨도 좋고, 아니면…… SNS 팔로우라도 좀 늘지 않겠어?"

민지는 내게 팔짱을 끼며 말했다.

남자 친구. 그 단어에 미묘한 감정이 일었다. 이제 내가 기댈 수 있는 사람이 존재하긴 하는 걸까. 현실 속 개념들이 왠지 낯설고 멀게 느껴졌다.

"그럴까? 경험 삼아 나가 볼까?"

나는 마음을 바꿨다.

'어쩌면 지구 밖으로 날아가 버릴 것만 같은 내 현실 감각을 붙잡아 줄 남자가 나올지도 모르잖아.'

여러 차례 면접 끝에 출연이 결정되었고, 촬영이 드디어 다음 주로 다가왔다.

기대 반 걱정 반으로 들어선 숙소 안, 참가자들이 밝게 웃으며 인사를 건넸다. 부지불식중에 만화 렌즈를 꼈다. 말풍선, 과장된 표정, 깜찍한 신체 비율. 모두가 나의 만화 속으로 들어왔다.

그중 대원이라는 출연자는 조금 달랐다. 캐릭터로 변하고 나서도 그의 웃음은 정제된 듯 부드러웠고, 말투는 자신감이 넘쳤다.

"안녕하세요. 이대원입니다. 앞으로 잘 부탁드릴게요."

나를 향해 뻗어 온 그의 손에, 끌리듯 손을 포갰다. 그의 눈빛이 순간 반짝였다. 볼이 달아올랐다.

우린 점점 가까워졌다. 대원은 늘 나를 웃게 했고, 가끔 진지한 말 한마디로 나를 설레게 했다.

"이런 프로그램 어색하지 않아요? 저는 사실 이런 데 나올 줄 꿈에도 몰랐거든요."

"저도요. 그런데…… 생각보다 재밌네요."

나는 웃으며 대답했다.

우리는 서로의 세계에서 아는 영역을 차츰 넓혀 갔다. 나는 서투르게나마 조금씩 마음을 표현했다.

'이 사람이라면, 내가 조금 이상해도 괜찮다고 말해 줄 것 같아.'

대원 씨 말고도 나에게 관심을 표하는 참가자가 있었다. 이정호. 착한 것 같긴 한데 묘하게 자신감 없는 그에게선 매력이 느껴지지 않았다.

"예지 씨, 저…… 예지 씨는 참 예, 예쁘고 지혜로우신 것 같아요. '예지' 씨라서 그런 걸까요? 허허허허."

정호가 말했다.

"아유, 감사합니다. 그런 얘기 많이 들었어요. 정호 씨…… 착하신 것 같아요."

"저요? 저 완전 상남자인데. 하하하하."

'너도 멋쩍지?'

정호가 말을 이었다.

"어, 저기, 대원 씨랑 잘돼 가고 있는 거 아는데, 사람 잠깐 보고선 모르는 거니까 다른 사람들도 좀 살펴봐요. 저, 저한테도 기회를 주시면 좋고요."

"아, 네, 그래야죠."

'내가 알아서 할게.'

숙소 촬영 마지막 밤, 남자 동 앞을 지나다가 대원과 다른 남성의 대화를 우연히 들었다. 목소리는 낮았지만 내 귀에 선명하게 꽂혔다.

"민지랑 나랑 둘이 그림 괜찮으니까, 성사되면 반응 좋을 것 같아. 예지랑 삼각관계 보였다가…… 알지? 방송이 뭐, 원래 그런 거잖아. 진짜 사랑 찾으러 오는 사람이 어디 있어."

그의 말이 귓속에서 메아리쳤다.

'이 모든 게 그냥 자기 PR이었다는 거야? 민지는…… 이걸 알고 있는 거야?'

발밑의 낙엽이 바스락거렸다. 그 소리가 유난히 크게 들렸다. 대원의 웃음소리도, 다른 놈들의 맞장구도 모두 TV에서 나오는 것처럼 공허하게 느껴졌다. 나는 벽에 등을 기댔다. 민지에게는 차마 물어볼 수 없었다. 뜨거워진 눈을 위로 치켜뜨며 아빠에게 전화를 걸었다.

"아빠, 나…… 만약에 말이야, 만약에 내가 남들과 좀 다른 사람이라면, 어떨 것 같아?"

"갑자기 그게 무슨 소리야? 예지야, 넌 세상에서 가장 특별한 딸이지."

"아니, 그게 아니라…… 혹시 그 뭐냐, 이능력 같은 게 있다면?"

아빠는 잠시 침묵했다가 말을 이었다.

"예지야, 아빠는 네가 이능력자든 아니든 사랑할 거야. 하지만……."

"하지만 뭐?"

"능력이 있다면 올바르게 쓰길 바랄 뿐이겠지. 다른 사람을 아프게 한다거나, 그러지 않기를 기도할 거야. 알겠지?"

전화를 끊고 나서야 깨달았다.

'아빠는 이미 알고 있었나 봐. 역시 내가 어떤 사람이든 아무런 상관도 없었던 거야.'

마지막 생방송 날, 무대 위에 섰다. 정호가 나를 바라보았다. 추위에 떠는 강아지를 보는 것처럼.

'네가 알리고 싶은 게 이거였구나.'

그의 시선을 피해 눈을 치켜떴다. 선택의 순간. 대원 차례였다. 힐끗 쳐다보니 그가 나를 향해 웃고 있었다. 내 안에서 무언가가 차갑게 식어 갔다.

대원은 천천히 무대 중앙으로 걸어 나왔다. 조명이 그의 얼굴을 비추자, 촬영장 구석구석에서 환호성이 터져 나왔다. 심장이 느리게 뛰었다. 손이 찼다.

대원은 내 앞에 멈춰 서는가 싶더니, 옆으로 한 걸음 이동했다. 민지 앞이었다.

"저는……."

목소리가 떨렸다.

"민지 씨를 선택하겠습니다."

그의 손이 민지의 손을 꼭 잡았다. 사람들이 캐릭터로 변하기 시작했다. 나는 주먹을 꽉 쥔 채 떨었다.

'아니야, 아니야. 다들 보고 있잖아. 안 할 거야. 안 할 거라고.'

눈앞에 그려지는 만화를 가까스로 지웠다.

민지가 환한 얼굴로 대원을 보며 웃다가, 문득 고개를 돌려 나와 눈을 마주쳤다. 그녀는 미소를 지우고 입술을 깨물었다.

'아…… 그래, 너도 알고 있었구나. 가증스럽네. 네가 내

친구니?'

 폭죽 소리가 귓가를 때렸다. 환호와 박수 소리가 스튜디오를 메웠다.

 '웃고 있네. 다들 내 모습을 보며 웃고 있어.'

 카메라 여러 대가 나를 향해 렌즈를 고정했다. 목이 메었고, 시계視界가 흐려지기 시작했다. 내 입가에 경련처럼 웃음이 번졌다. 웃음을 멈출 수 없었다.

 '이것 참 촌스럽네. 이것들이 나를 뭐로 보고. 전 국민이 보고 있을 텐데…… 개망신을 줘? 내가 누군지 알아? 내가 뭘 할 수 있는 사람인지 알고나 있냐고. 감히 나를 이런 식으로 모욕해?'

 눈앞의 모든 것이 다시 만화로 바뀌기 시작했다. 참가자들은 원숭이가 되었다.

 '그래, 언제나 명랑한 나의 세상. 멍청한 원숭이들, 오늘 김예지한테 혼 좀 나자.'

 손끝을 가볍게 털었다.

 조명이 빠르게 깜빡였다.

 손바닥을 위로 들었다.

 카메라와 음향 장비가 공중으로 떠올랐다.

 발을 두 번 굴렀다.

 무대는 지진이 난 것처럼 흔들렸다.

"이게 뭐야? 왜 이래?!"

곳곳에서 비명이 들렸다.

"저, 저 여자! 이능력자야!"

스튜디오는 순식간에 아수라장으로 변했다. 원숭이 몇 마리가 겁에 질려 테이블 밑으로 숨어들었다. 나는 거침없이 웃음을 터뜨렸다.

'완벽해졌어. 드디어 진짜 내가 됐어. 보잘것없는 이런 방송에 잠깐 관심을 가졌다는 사실이 수치스럽구나. 엔터테인먼트가 뭔지 똑똑히 보여 줄게. 이제 신나게 비명을 질러. 대가를 치러라.'

스태프들은 혼비백산하며 도망쳤다. 정호 원숭이가 겁먹은 표정으로 나를 보고 있었다. 그에게 윙크하고 다른 원숭이들을 공중에 띄웠다. 대원도 민지도 모두 함께 버둥거렸다. 민지가 겁먹은 얼굴로 고개를 저었다. 어젯밤 아빠의 말이 떠올랐다. 망설여졌다.

'아빠, 미안해.'

끝내 손목을 살짝 돌렸다.

'하지만 이게 진짜 나야.'

모두 가볍게 비틀렸다.

'후련하다. 방송은 어디까지 나갔을까. 내가 특별한 사람이라는 걸 모두가 똑똑히 눈에 담아야 했는데. 아빠도 보고 있었을까. 아빠 보고 싶어. 아빠 딸 멋있지? 아빠는 이래도 나를 사랑할까? 아니면…… 근데 상관없어. 내가 나를 사랑하니까.'

모든 것이 무너진 스튜디오를 뒤로한 채, 복도를 따라 천천히 걸었다. 각양각색의 캐릭터들이 비명을 지르며 흩어졌지만, 앞만 보며 발걸음을 옮겼다.

건물 밖으로 나오니 도시 전체가 개그 만화에 그려진 배경처럼 보였다.

"엎드려! 한 발짝이라도 움직이면 바로 쏜다!"

그제야 무장한 군인들을 발견했다. 내게 총을 겨누며 외치고 있었다.

'군인? 왜……? 상관없는데. 총알도 멈출 수 있을까?'

천천히 몸을 숙였다.

'그건 나중에 실험해 보자.'

웃음을 참을 수 없었다.

'이제 모두가 알게 됐네. 내가 얼마나 특별한지.'

수갑이 채워지는 순간 잠깐 만화 렌즈가 벗겨졌다. 모든 것이 차갑고 딱딱한 현실로 추락했다.

'너희들이 보는 세상…… 불쾌해.'

군용 에어셔틀에 실려 가는 동안, 도시를 내려다보았다.

변함없이 명랑한 내 세상이 흐릿한 도시를 뒤덮고 있었다. 나는 발작하듯 웃음을 터뜨렸다.

'그래, 나는 신이었구나.'

하나. 이기적인 남자 홍길동 씨

27일 일요일

저녁 공기가 차갑고 상쾌하다. 길동은 조깅하고 있다. 발소리가 가볍게 울리고, 발그스름한 얼굴에서 땀이 흐른다. 빠른 속도로 뛰는데도 호흡이 안정돼 보인다.

길동은 씩 웃는다. 권투 선수처럼 주먹을 쥐고 두 팔을 앞으로 번갈아 내민다. 지나가던 꼬마 아이가 킥킥 웃는다. 그도 함께 웃으며 손을 흔든다.

횡단보도에 다다른다. 사람들과 함께 초록불을 기다린다. 신호등이 빨갛게 빛나는 가운데, 그의 시선이 한 축구공에 머문다. 공은 바람에 밀리듯 데굴데굴 차도로 굴러간다. 그 뒤를 쫓아 초등학생으로 보이는 남자아이가 달려 나간다. 아이는 공에만 집중한 나머지 다가오는 차를 보지 못한다.

"얘, 안 돼!"

길동이 외친다. 왼쪽으로 시선을 돌린다. 신호를 무시하고 달려오는 차. 브레이크 소리도 나지 않는다.

몸을 움직인다. 중년의 아저씨라고 믿을 수 없을 만큼 빠르다. 한 발짝, 두 발짝.

아이를 향해 뛴다. 미간을 찌푸린 얼굴이 새빨갛다. 돌진하는 차가 내지르는 굉음이 아이와 길동을 윽박지른다. 하지만 그는 멈추지 않는다. 아이의 작은 몸을 잡아채는 순간, 차가 바로 등 뒤에 다가온다. 있는 힘을 다해 아이를 인도로 던진다.

"악!"

아이가 소리를 지른다.

눈부신 헤드라이트 불빛이 그를 삼킨다. 날카로운 브레이크 소리와 함께 '쿵!' 하는 둔탁한 소리가 난다. 길동이 공중으로 튕겨 오른다.

빙그르르. 마치 이 순간을 위해 연습한 것처럼, 몸이 완벽한 원을 그린다.

"여보, 애들아……"

그의 속삭임이 밤공기 속에 흩어진다. 눈에 물이 고이고 미소가 번지다 이내 사그라든다.

21일 월요일

"아악!"

홍길동 씨는 식은땀에 젖은 채 침대에서 벌떡 일어났다. 두 손으로 빠르게 마른세수를 했다.

"망할, 또 개꿈을 꿨네."

이마에 맺힌 땀을 닦으며 중얼거렸다. 아내와 딸들이 영국으로 떠난 후, 홍길동 씨는 자주 잠을 설쳤다.

화장실로 향하는 발걸음이 휘청거렸다. 차가운 물을 얼굴에 끼얹고, 거울을 바라봤다. 눈 밑 다크서클이 도드라져 보였다. 거울 속 그가 한숨을 내쉬었다.

침실로 돌아와 PI를 집어 들었다가 소리를 질렀다.

"아이 썅, 왜 알람이 꺼져 있는 거야?!"

시계는 8시를 가리키고 있었다. 부랴부랴 양복을 걸치고, 현관문을 나섰다. 주차장으로 향하는 발걸음엔 초조한 기색이 역력했다.

"하아, 9시 회의 늦으면 안 되는데."

차 문을 열고 앉아 버튼을 눌렀다. '끅…… 끅…….' 배터리가 기침하듯 소리를 냈지만, 시동은 걸리지 않았다.

"이게 뭐야? 어제까지 멀쩡했잖아!"

'끅…… 끅…….'

"제발 좀! 제발!"

팔을 번쩍 들어 올렸다가 강하게 핸들을 내리쳤다. 쾅.

"아야!"

얼굴이 심하게 일그러졌다. 고개를 들어 천장을 바라보며 깊은 한숨을 내쉬었다.

"왜 하필 오늘!"

드론 택시 앱을 켰지만, '주변에 차량이 없습니다.'라는 메시지만 떴다.

"아, 진짜 왜 이렇게 안 풀리는 거야!"

씩씩대다가 천천히 심호흡했다. 시계 분침이 19분에서 20분으로 바뀌었다.

"튜브라인으로는 간당간당한데."

결국 역으로 향했다. 뛰다시피 계단을 내려가던 중, 그만 발이 공중을 헛짚었다. 쿵.

"아, 씨……."

엉덩이를 문지르며 천천히 일어났다. 누군가 피식거리며 웃었다. 그는 거친 욕을 중얼거리며 옷매무새를 대충 정돈하고 발걸음을 재촉했다.

개찰구로 향하는 길에 무거운 짐을 든 할머니가 앞에서

휘청거렸다. 그녀의 짐이 그의 발 앞에 떨어졌다.

"이것 참……."

오만상을 지었다. 발걸음을 휙 돌리다가 순간 멈칫했다. 한숨을 푹 쉬더니 짐을 들어 할머니에게 건넸다.

"자요."

"아이고, 정말 감사합니다. 복 많이 받으세요. 참 친절하신 분이네요."

할머니가 감사 인사를 하자, 어디에선가 '쩍' 하는 소리가 났다. 유리에 금이 가는 것 같은 소리. 홍길동 씨는 주위를 둘러보았다. 다른 사람들은 앞만 보고 걸을 뿐 아무도 그 소리에 관심을 두지 않았다. 잠시 갸웃거리다 출근을 서둘렀다.

10분 지각했다. 상사는 아직 화상 회의 중이었고, 메신저로 아침 회의가 30분 연기되었다는 연락이 와 있었다. 재킷을 벗으며 짧은 숨을 뱉었다.

오후 근무 시간, 홍길동 씨는 여느 때처럼 부하 직원에게 힐난을 퍼부었다.

"이게 뭐야? 이 자료가 맞다고 생각해? 눈이 멀었어?"

팀원 한 명이 고개를 푹 숙였다.

"죄송합니다, 팀장님."

"죄송하다고 끝날 일이 아니잖아! 내일 아침까지 다시 해 와!"

회의실에서 나온 그는 벌게진 얼굴로 씩씩거렸다.

"아, 저것들 언제 정신 차리나."

22일 화요일

"으으……."

눈을 뜬 홍길동 씨는 머리를 감싸 쥐며 이불을 머리끝까지 덮었다.

"아, 오늘 왜 또 이래."

힘겹게 몸을 일으켰다. 화장실에 들어가 거울 속 자신을 바라보았다. 생기 잃은 눈, 푸석한 머리카락, 살짝 자란 수염. 혀를 끌끌 찼다.

차는 고장 난 그대로였고, 드론 택시는 여전히 잡히지 않았다.

"이게 무슨 저주야……."

투덜거리며 다시 튜브라인 역으로 향했다. 가방을 꽉 움켜쥔 그의 손마디가 하얗게 변했다. 사람들 틈 사이로 계단을 내려가는 동안 미간의 주름이 점점 더 깊어졌다.

갑자기 뒤에서 누군가가 그의 어깨를 세게 떠밀고 지나갔다. 중심을 잃고 앞으로 넘어졌다. 가방이 바닥에 굴렀고 디지털 페이퍼가 밖으로 튀어나왔다.

"아, 뭐야 진짜!"

벌떡 일어섰다. 얼굴이 시뻘겋게 달아올랐다.

"야! 눈을 얻다가 달고 다니는 거야!"

"죄송합니다!"

청년은 뒤도 안 돌아보고 뛰어갔다.

"후레자식."

액정이 깨진 디지털 페이퍼를 주워 올리며 욕을 뱉었다.

개찰구로 향하던 중, 중학생 정도로 보이는 소녀가 다가왔다. 소녀는 조심스럽게 입을 뗐다.

"저기…… 아저씨, 죄송한데 PI 좀 빌려주실 수 있을까요? 친구랑 약속이 있는데, 집에 두고 왔어요."

홍길동 씨는 어이없다는 듯 피식 웃었다.

"나 지금 바빠서……."

말을 하다가 흔들리는 소녀의 눈망울을 보았다. 잠시 개찰구 쪽을 보더니 품에서 PI를 꺼냈다.

"얼른 써. 짧게."

소녀는 환하게 웃으며 PI를 받았다. 통화를 마친 학생이 공손하게 두 손으로 기계를 건넸다.

"정말 감사합니다! 아저씨 아니었으면 큰일 날 뻔했어요."

먼 곳에서 울리는 '퍽' 하고 깨지는 소리. 홍길동 씨는 두

리번거렸다. 하지만 주위 사람들은 바삐 앞으로 움직일 뿐이었다. 고개를 가로저으며 승강장으로 향했다. 걸음걸이가 가벼워졌다.

오전 일과 시간, 주간 회의가 순조롭게 흘러갔다. 대표가 그의 아이디어를 칭찬했다. 점심시간에 오랜만에 팀원들과 함께 식당을 찾았다. 막내가 멀뚱히 앉아 수저 세팅을 하지 않았다. 홍길동 씨는 차석에게 얼굴을 붉혔다.
"야, 네 탓이야. 애들 교육 안 하냐?"
오후에 그는 팀원이 정리한 자료를 상무에게 그냥 가져갔다가 박살이 났다. 집무실을 나와 붉으락푸르락한 얼굴로 팀원들을 소집했다.
"야 이 씨, 다들 회의실로 모여!"

23일 수요일
수요일 새벽, 홍길동 씨는 진즉 눈을 떴지만 침대에서 일어나지 않았다. 커튼 틈을 통해 비치는 햇살도 그의 표정을 밝히지 못했다. 마치 무언가에 내리눌려 일어나지 못하는 것 같았다.
천장을 멍하니 바라보던 그가 갑자기 벌떡 일어났다.
"할머니, 중학생, 직후에 벌어진 일들……."

고개를 절레절레 흔들었다. 그러다 턱을 괴고, 손가락을 입에 가져다 댔다. 한동안 방을 서성이다가 마침내 입을 열었다.

"뭐, 손해 볼 건 없잖아?"

출근길, 평소라면 무시했을 전단지 아주머니에게 먼저 다가갔다. 중년 여성은 밝게 웃으며 전단을 건넸다. 튜브라인에서는 노인에게 자리를 양보했다. 노인은 고맙다며 목례했다. 회사에서는 실수한 후배를 다독였다. 후배는 거듭 사과했다.

종일 나쁜 일은 일어나지 않았다. 오히려 좋은 일들이 생겼다. 팀원들이 기피하던 프로젝트가 갑자기 취소되었고, 식당에서는 이벤트에 당첨되어 회식 이용권을 받았다.

퇴근 시간, 엘리베이터에서 한 직원이 그에게 다가왔다.

"팀장님, 오늘 기분이 좋으신가 봐요? 표정이 참 밝으시네요."

잠시 멈칫했다가 말을 뱉었다.

"별로."

무뚝뚝하게 답했지만, 입꼬리는 살며시 올라갔다.

집으로 돌아가는 길, 건널목에서 신호가 바뀌어 횡단보도에 발을 들인 순간 바로 옆에서 자동차 한 대가 급정거했다.

타이어가 도로에 찢기는 소리가 거리에 울렸다.

"야, 사람 죽일 뻔했잖아!"

목덜미까지 붉게 달아오른 홍길동 씨가 범퍼를 냅다 걸어찼다. 차에서 내린 운전자와 거리 한복판에서 멱살을 잡고, 실랑이를 벌였다. 지나가던 행인들이 두 사람을 말리려 했지만, 그의 분노는 식을 줄 몰랐다. 결국 경찰이 출동해서야 상황이 진정되었다.

그날 밤, 홍길동 씨는 푸석한 얼굴로 침대에 누웠다. 계속 천장을 바라보며 눈을 감지 못하다가, 침대 헤드에 기대앉아 양손으로 머리를 감쌌다.

24일 목요일

반복되는 불운을 간신히 헤치고, 홍길동 씨가 회사에 도착했다. 상무가 자리로 찾아왔다.

"홍 팀장, 이거 뭐야? 데이터가 완전히 잘못됐잖아!"

상사는 손에 든 디지털 페이퍼를 흔들며 소리쳤다.

"2/4분기 매출액이 지난해보다 10% 상승했다고? 지금 작년 대비 업황 꺾인 거 몰라?"

팀원들이 모두 지켜보는 가운데, 얼굴이 불긋하게 달아올랐다. 깊게 숨을 들이마셨다.

"죄송합니다, 상무님. 제가 최종 확인을 제대로 못 했습니다. 오후까지 수정해서 다시 보고드리겠습니다."

상무는 혀를 차다가 디지털 페이퍼를 던졌다.

"빨리 고쳐 와."

퇴근길, 골목길에서 고철을 줍는 할아버지가 눈에 띄었다. 순간 할아버지의 손수레가 기울며 폐품들이 바닥에 쏟아졌다. 홍길동 씨는 멈칫하다가 할아버지에게 뛰어갔다.

"여기 이렇게 묶으면 안 쏟아질 거예요."

함께 폐품을 정리했다.

"고맙습니다. 요즘 같은 세상에 이런 친절을 베푸시다니……."

할아버지의 감사 인사에 이어, '찰랑' 하는 소리가 귓가에 스쳤다. 잔잔하던 호수가 가볍게 물결치는 소리. 그는 그저 고개를 주억거렸다.

그날 밤, 홍길동 씨의 침대에선 다음 날 아침까지 고른 숨소리만 들렸다.

25일 금요일

길동은 침대 옆 탁자에 놓인 디지털 액자를 집어 들었다. 아내와 아이들이 영국으로 떠나기 전 마지막으로 함께 찍은 사진. 길동은 부드럽게 가족의 얼굴을 쓰다듬었다.

출근길, 그는 베이커리에 들러 팀에 돌릴 빵을 샀다.

"요즘 고생들 많지? 여기 빵 맛있대. 먹고 힘냅시다."

팀원들은 처음엔 고개를 갸웃거렸지만, 곧 고맙다며 환하게 웃어 주었다.

업무 중에 "수고했어.", "잘했어."라는 말을 자주 했다.

점심시간 후, 팀원 한 명이 궁금하다는 듯 물었다.

"팀장님, 혹시 따님들 한국에 오신 거예요? 오늘 기분이 참 좋아 보이세요."

"아냐, 지금 시험 기간이라 못 오지."

웃으며 답했다.

"그냥…… 좋은 날이네."

귀갓길, 세탁소에 들러 옷을 찾았다.

"사장님, 오늘도 수고 많으십니다!"

밝게 인사하자, 평소 퉁명스럽던 세탁소 사장은 머리를 갸우뚱하다가 이내 미소로 답했다.

아파트 엘리베이터에 탔을 때, 공동 현관에서 누군가 뛰어오는 소리가 들렸다. 그는 서둘러 '열림' 버튼을 눌렀다.

"감사합니다!"

이웃 주민이 헐떡이며 말했다. 문이 닫히는 순간, 길동은 함박웃음을 짓고 있었다.

26일 토요일

미세 먼지 하나 없는 날이었다. 길동은 공원으로 산책을 나갔다. 햇살은 눈부셨고, 바람이 머리카락을 가볍게 흩날렸다. 그는 벤치에 앉아 아이들이 뛰노는 모습을 지켜보았다. 웃음소리, 재잘거림, 그리고 가끔 들리는 부모의 다정한 꾸중.

"지수랑 재이도 공원에서 뛰어놀던 때가 있었는데……."

문득 그의 발치로 축구공이 굴러왔다. 뒤이어 아이가 달려왔다.

"아저씨, 공 좀 주세요!"

아이가 손을 뻗었다. 웃으며 일어나 공을 툭 차서 보냈다.

"여기."

"감사합니다!"

아이가 꾸벅 인사하고 돌아갔다.

저녁엔 딸들과 영상 통화를 했다.

"아빠, 얼굴이 좋아 보여!"

지수가 화면 가까이 얼굴을 들이밀며 말했다.

"그냥, 오늘 하루가 괜찮았어."

웃으며 대답했다. 재이가 물었다.

"근데 아빠, 진짜 달라 보여. 뭐 좋은 일 있었어?"

"글쎄…… 특별한 건 없어."

머리를 긁적였다.

"그냥 요즘 생각이 좀 바뀌었달까."

"어떻게?"

재이가 궁금한 듯 물었다.

"글쎄? 예전엔 항상 짜증 나고 화나는 일만 생각했는데, 요즘은 다른 사람들이 눈에 들어오더라. 엘리베이터에서 급한 사람 보면 문 열어 주고 싶고, 그런 거."

"오, 아빠가 성인이 되셨네."

지수가 장난스럽게 말했다. 대화를 나누는 동안, 아이들의 얼굴을 유심히 바라보았다. 지수의 건강한 웃음, 재이의 수줍은 미소.

"사랑한다, 우리 딸들."

"으, 아빠 왜 그래. 징그러."

지수가 얼굴을 찌푸렸다.

"우리도 아빠 사랑해."

재이가 말했다.

통화를 마친 후, 침대에 누워 천장을 보았다. 조용히 얼굴에 미소를 그리다 스르르 눈을 감았다.

둘. 조각난 밤

"드디어 우리 집이다!"

형석이 아파트 현관문을 활짝 열며 말했다. 손에 괜히 힘이 들어갔다. 카드 키를 쥔 손가락 마디가 하얗게 변할 정도로.

"따라 다라 딴. 딴 따라다 단."

형석이 눈을 반짝이며 콧노래를 불렀다. 집 안으로 들어서자 커다란 창문으로 쏟아지는 햇살이 가장 먼저 우리 식구를 반겼다. 형석은 창가로 달려가 두 팔을 활짝 펼쳤다.

"와, 역시 남향! 채광 좀 보소. 저기 공원도 보여."

"엄마, 엄마! 여기 놀이터 진짜 커!"

태오가 까르르 웃으며 깡충깡충 뛰었다.

나는 새 집이 풍기는 세련된 냄새를 깊게 들이마셨다. 자동 공기 정화, 수면 상태 관리 등 스마트 케어 시스템이 적용된 신축 아파트. 12년 동안 맞벌이에 부업으로 밤낮없이 일하고, 남들 놀 때 투자 공부하며 모은 돈으로 마련한 우리만의 성.

"여보, 고마워. 우리 정말 해냈네."

형석은 늘 낙천적인 사람이었다.

"지혜야, 우리 꽤 괜찮은 삶을 살고 있지 않아?"

그는 내 집 마련 후 이따금 싱글벙글한 표정으로 이렇게 묻곤 했다. 허당기 넘치는 남편이지만, 우리 가족을 부드럽게 리드하며 목표를 향해 꾸준히 달려가는 믿음직한 아빠였다.

태오는 우리의 결혼 1주년에 찾아온 보석 같은 아이다. 아직 엄마 아빠 품에만 머물고 싶은 11살이라고 생각했는데 자기 방이 생긴 걸 누구보다 기뻐했다.

"엄마, 내 방에선 내가 왕이다!"

태오는 또래보다 감수성이 풍부했고, 손재주가 좋았다. 그래서 미술과 피아노를 가르쳤다. 미술 선생님이 태오를 칭찬할 때마다, 나는 태오가 기특했고 건강하게 자라고 있음에 감사했다. 태오의 영특함은 곧 우리의 자랑이었다.

이사를 마친 지 얼마 되지 않은, 어느 밤이 떠오른다. 침대 위에서 셋이 엉켜 뒹굴고 있는데 태오가 재잘댔다.

"엄마, 오늘 학원에서 정물화 그리기 했는데, 내가 제일 잘 그렸어!"

태오는 자신만만하게 말했다.

"그랬어? 우리 태오 최고다!"

나는 손뼉을 치며 맞장구쳤다. 형석은 태오의 머리를 쓰다듬으며 웃었다.

"짜식, 아빠 닮아서 미적 감각이 훌륭하구나. 엄마는 그림 진짜 못 그리는데, 캬캬."

"뭐? 나도 어렸을 땐 잘 그렸거든!"

웃으며 베개를 던졌고, 태오는 깔깔대며 우리를 중재하느라 바빴다. 우리는 소소한 대화와 스킨십을 자주 나누며 더 단단해져 갔다.

태오가 미술 대회에서 최우수상을 받았다.

"아빠, 놀이공원 가는 거 맞지?"

아이의 눈이 반짝였다. 들뜬 목소리로 형석이 답했다.

"당연하지, 이번 주말에 가자고!"

놀이공원에서의 하루는 태오의 웃음소리로 가득했다. 범퍼카를 타며 깔깔대던 아들의 목소리가 아직도 생생하다.

"엄마, 오늘 진짜 재미있었어! 옛날에 왔을 때는 못 봤던 퍼레이드도 봤잖아."

집으로 돌아가는 길, 태오가 뒷좌석에서 신나게 떠들었다. 나는 백미러로 아들을 보며 활짝 웃었다. 옆에서 형석이 장난스럽게 거들었다.

"엄마는 회전 그네도 무서워서 기절할 뻔하더라, 흐흐."

차 안에 웃음소리가 가득했다. 차창에 물드는 노을이 아름다웠다. 오늘만큼은 완벽한 하루인 듯싶었다.

 출근길마다 차로 지나다니던, 행인들의 무단 횡단이 잦은 길목에 가까워진다.
 형석이 느긋하게 말한다.
 "여기선 조심하세요, 황 여사님. 이제 자율 주행 모드로 가시는 게 어떨까요?"
 나는 "알아, 알았어." 하고 대꾸하지만, 답답하게 차에 운전을 맡기고 싶지 않다. 조금이라도 빨리 집에 가서 쉬고 싶다. 30m가량 앞에 있는 횡단보도에서 신호가 막 바뀌려 한다. 마음속에서 순간적으로 계산이 엇갈리고, 결국 속도를 더 낸다.
 작은 그림자가 갑작스레 전조등 불빛 안으로 뛰어든다. 아이다. 심장이 아래 배까지 내려앉는다. 타르에 빠진 것처럼 모든 움직임이 끈적해진다. 노란 티셔츠, 흔들리는 운동화 끈, 놀란 눈동자까지 선명하다.
 '멈춰, 제발 멈춰!'
 내 안에서 누군가 비명을 지르고, "여보!" 형석의 다급한 외침이 차 안을 가득 채운다.
 공포에 질린 내 발이 브레이크를 찾아 허공을 더듬다 액셀을 밟는다. 차체가 앞으로 튀어 나간다. 바로 그때, 어디선가 검은 그림자가 나타나 아이를 잡아챘다.

쿵! 끼이이익.

귀를 때리는 충돌음과 함께, 한 남자가 보닛 위로 튕겨 오른다. 몸이 앞으로 기울며 안전벨트가 가슴을 파고든다.

몇 미터를 지나 차가 선다. 브레이크를 밟은 발이 경련을 일으킨다. 심장이 너무 거세게 뛰어 온몸이 떨린다. 귓가에 피가 쏠리는 소리가 들리는가 싶더니 금세 적막이 찾아온다.

형석이 뒷좌석 태오를 확인하고, 나에게 잠깐 뭐라고 묻다가 문을 열고 뛰쳐나간다. 그의 목소리가 물속에서 들리는 것처럼 멀게 느껴졌다. 모든 소리가 사라지고, 모든 것이 정지 화면처럼 고정된다. 나는 얼어붙은 채 운전대를 쥔 손을 떼지 못한다.

"엄마? 엄마!" 누군가의 목소리. "엄마, 괜찮아?"

'아, 내가 엄마지.'

그제야 정신을 차린 나는 태오를 돌아본다.

"어어, 태오야…… 다친 데 없니?"

태오의 코에서 피가 흐른다. 손을 뻗어 엄지로 아이의 코피를 닦는다. 금세 멈출 것이다. 우리 태오는 그런 면에선 걱정할 것이 없다. 다만 어린 눈망울 속엔 내가 감당해야 할 다른 무언가가 있다.

뒷유리 너머를 바라본다. 형석이 황망한 얼굴로 무릎을 꿇고, 쓰러진 남자를 살펴보며 말을 걸고 있다.

침대에 셋이 함께 누워 뒹굴던 순간만이 머릿속을 계속 맴돈다. 형석의 장난, 태오의 웃음, 그 모든 것이 이제는 너무 멀게 느껴진다. 우리는 함께지만, 더 이상 같은 자리에 있는 느낌이 아니다.

신호등 불빛이 깨진 유리처럼 반짝이고 있다. 빛이 점점 흐릿하게 번져 간다. 나는 멍하니 핸들을 움켜쥔 채, 어딘가에서 떨어져 나간 나 자신을 바라본다.

셋. 당신의 30초

세탁소 안, 낡은 스팀다리미에서 새어 나오는 김이 유리창에 하얀 장막을 드리웠다. 득구는 멍하니 창가를 바라보다가, 김이 서린 유리에 검지로 천천히 하트를 그렸다. 이내 수줍게 피식하더니 세 손가락을 모아 쓱쓱 하트를 지워버렸다. 작은 동네 세탁소 창문에 비치는 자신의 인생도 그렇게, 잠시 피어났다가 사그라드는 것만 같다고 생각했다.

찰칵. 다리미 전원을 끄는 소리가 조용한 세탁소 안에 울렸다.

"세탁소집 딸내미가 다리미질도 못한다고 하면 남들이 우습게 봐요, 예지야."

딸은 아버지의 잔소리에 눈을 굴리며 한숨을 내쉬었다.

"치이, 아니 남들이 무슨 상관이야. 그리고 내가 언제 다리미질 못한다고 했어? 아빠처럼 칼각 잡는 팁 좀 알려 달라고 했지."

득구는 그윽한 눈으로 딸을 바라보았다. 아내를 쏙 빼닮은 예지는 대학교 2학년, 이제 막 자취 생활을 시작한 참이었다. 득구의 거친 손가락이 점점 휑해져만 가는 정수리를 긁적였다.

"딱히 팁은 없고, 다리미가 좋아야 해. 너야 적당히 주름만 없애면 되지 뭘. 근데…… 전공 책 사는 데 돈이 필요하다고?"

예지가 돌연 눈을 빛내며 애교 섞인 콧소리를 냈다.

"응응, 아빠앙. 나 아르바이트 열심히 하는데도 교통비에 식비에. 어휴. 책 살 돈이 모자라용."

웃음기 섞인 한숨 끝에 득구는 은행 앱을 열었다. 삼십만 원을 입력했다가, 오십만 원으로 고치고 예지의 계좌로 송금했다.

"김예지 양, 이 돈으로 멋지고 훌륭한 사람 되세요."

예지의 얼굴에 활짝 꽃이 피었다. 득구에게 손 뽀뽀를 날리며 윙크했다.

"아잉, 뭘 이렇게 낙낙하게. 역시 우리 아빠 최고!"

그는 가슴이 포근해지는 것을 느꼈다. 아내가 일찍 곁을 떠난 후, 홀로 예지를 키우는 일은 절대 녹록치 않았다. 그의 '능력'이란 것도 별 도움이 안 되었고. 굴뚝같은 마음과는 달리 다른 집들만큼 아이에게 신경 쓰지 못한 것이 한이었다. 그런데도 사고 한번 없이 무탈하게 잘 자라 준 딸이, 그저 대견하기만 했다.

하나, 둘, 셋. 짠.

예지의 얼굴에 활짝 꽃이 피었다. 득구에게 손 뽀뽀를 날리며 윙크했다.

"아잉, 뭘 이렇게 낙낙하게. 역시 우리 아빠 최고!"

득구는 딸을 바라보며 푸근한 미소를 지었다. 인생에서 추억으로 남기고 싶은 일이 생길 때마다, 그는 30초 전으로 시간을 되돌렸다.

하나, 둘······.

"아잉, 뭘 이렇게 낙낙하게. 역시 우리 아빠 최고!"

어린 시절처럼 쉽게 웃어 주지 않는 예지. 오랜만에 보는 딸의 애교에 녹아 몇 번이고 같은 장면을 반복했다.

"아껴 써. 요즘 경기가 안 좋아서 아빠도 힘들단 말이야."

마음과 다르게 입에서는 무뚝뚝한 말이 튀어나왔다. 예지는 피식 웃으며 어깨를 으쓱했다.

"그럼 그럼, 아빠가 어떻게 번 돈인데. 나 이제 갈게!"

문이 닫히고, 다시 혼자가 되었다. 창밖을 내다보며 상념에 잠겼다.

초등학교 운동회에서 처음, 득구는 과거로 돌아갈 수 있는 능력을 자각했다. 이어달리기 중 넘어져 친구들이 폭소를 터뜨렸을 때, 간절히 바랐던 마음이 이루어진 것이다.

'넘어지기 전으로 돌아갈 수만 있다면……!'

갑자기 시간이 거꾸로 흘러, 여전히 달리고 있는 자신을 발견했다. 어리둥절하며 다음 주자에게 바통을 넘긴 그는 처음으로 깨달은 능력에 놀라움과 흥분을 감추지 못했다.

'와, 이거 뭐야? 나에게도 초능력이 있는 건가? 우하하하!'

그날 밤, 슬며시 집 밖으로 나와 동네 뒷산에 올랐다. 주변에 아무도 없는 것을 확인한 후, 두 눈을 감고, 주먹을 꼭 쥐었다.

'두 시간 전으로!'

마음속으로 3초를 센 뒤 눈을 떴을 때, 변한 건 아무것도 없어 보였다.

'어둑한 게 그대로네.'

슈퍼맨이 그려진 손목시계를 보니 8시 38분 32초를 알리고 있었다.

'시간도 그대로인 것 같은데…… 너무 욕심을 낸 건가? 다시 한번 해 보자. 음…… 30분 전으로!'

이번에는 10초를 센 후 눈을 떴다. 얼른 시계를 확인했다. 8시 38분…….

"에잉, 뭐야."

…… 14초.

"응? 아까 몇 초였더라?"

긴가민가하며 눈을 굴렸다.

'그래, 더도 말고 10분 전으로 가 보는 거야. 현재 시각 8시 38분 32초.'

"10분 전으로!"

3초 만에 눈을 뜨고 잽싸게 시간을 확인했다. 8시 38분 5초.

"으응? 30초 뒤로 간 건가? 이거 시계 고장 난 거 아니야?"

조바심이 났다. 코피가 쏟아져 그만둘 때까지 몇 번이고 실험했지만, 무슨 짓을 해도 시계는 30초 전으로 돌아갈 뿐이었다.

미래로 갈 수 있을지도 모른다는 생각이 잠깐 스쳐 '한 시간 앞으로, 두 시간 앞으로'를 외쳐 보았으나 여전히 손목시계의 숫자는 30초 전으로 바뀌었다.

교차로

'아니, 30초 전까지밖에 못 가면 뭘 할 수 있겠냐고…….'

낙담한 득구가 집에 돌아왔을 때, 전화기를 붙잡고 있던 어머니가 깜짝 놀란 얼굴로 아들을 맞이했다.

"어머, 얘. 밤늦게 어딜 다녀오는 거야? 어딜 가면 어디 간다고 얘길 했어야지! 너 찾느라 친구들 집에 전화하고 있었잖아!"

얼굴에 안심이 반, 분노가 반씩 섞인 그녀가 고함을 질렀다. 득구는 짜증을 내며 방으로 쿵쿵 걸어갔다.

"아, 몰라. 잠깐 바람 쐬고 왔어."

"저거 저거, 너 이리 좀 와 봐. 빨리 안 와?!"

그제야 아차 싶었다. 눈을 감고, 주먹을 꼭 쥐고. 하나, 둘, 셋. 짠.

"어머, 얘. 밤늦게 어딜 다녀오는 거야? 어딜 가면 어디 간다고 얘길 했어야지! 너 찾느라 친구들 집에 전화하고 있었잖아!"

"엄마, 죄송해요. 잠깐 바람 좀 쐬고 싶어서……."

최대한 불쌍한 표정을 지었다. 어머니는 의아한 얼굴로 쳐다보더니 혀를 끌끌 차며 말했다.

"으이구, 무슨 헛바람이 들었기에. 얼른 들어가 씻어!"

'내 능력…… 그래도 가끔은 쓸모가 있겠구나…….'

득구는 성장하면서 능력을 활용하는 방식을 조금씩 다듬어 갔다. 친구와 다툼이 일면 과거로 돌아가 충돌을 피했고, 좋아하는 여자아이 앞에서 고백을 여러 버전으로 반복해 보기도 했다. 결국 마음을 얻지는 못했지만.

능력과 외모, 어느 하나 내세울 것 없는 그에게, 처음에 초능력은 하늘이 내리신 특별한 선물 같았다. 하지만 결국 깨달았다. 소심한 성격과 나쁜 머리로는 30초로 할 수 있는 일이 많지 않다는걸.

어느덧 자기 분수에는 평범한 삶이 최고라는 결론을 내렸다. 결코 능력을 이용한 큰 성공을 바라지 않았다. 30초도 너무 짧게 느껴졌고. 소소한 되감기의 연속인 그의 일상은 능력이 있다고 잘 되지도, 딱히 어긋나지도 않았다.

"선배님, 저희 밥 좀 사 주세요."

중견기업 입사 3년 차, 득구는 신입 사원 후배 둘을 받았다. 거친 선배들 밑에서 혹독한 막내 생활을 겪은 그는, 오히려 후배들에게 마냥 잘해 주고 싶었다.

친해진 셋이 저녁을 먹기로 한 당일, 남자 후배가 집안 사정으로 참석이 어렵다고 알렸다.

"오늘 약속 취소할까요? 아니면……."

득구는 당황한 듯 발그레해진 얼굴로 묻는 여자 후배 앞에서 따라 얼굴을 붉혔다.

"아니, 이왕 잡은 약속인데 그냥 둘이 간단하게 먹죠."

합정역 근처 어둑한 골목길, 단골 막창집 문을 열어젖히고 호기롭게 들어섰다.

"여기 막창이 맛있어요, 미희 씨. 막창 먹을 줄 알죠?"

후배가 쭈뼛쭈뼛 뒤를 따랐다.

"이모님, 여기 소금구이 2인분에 참이슬 한 병이요!"

또 선배라고 묻지도 않고 시킨 것이 마음에 걸려, 뒤늦게 후배에게 너스레를 떨었다.

"일단 소금구이 먹어 봐요. 다음에 양념시키면 되니까. 아, 소맥 마실까요?"

맥주잔을 주거니 받거니 하는 가운데, 둘 사이에 흐르던 미묘한 긴장감이 걷혔다. 대화는 의외로 술술 풀렸다. 음식 취향부터 좋아하는 영화까지 여러 공통점을 발견했다. 미희는 득구의 어설픈 유머에도 자주 웃었고, 득구는 그녀의 웃음소리가 아이 같다고 생각했다.

"선배는 왜 여자 친구 없어요?"

취기로 얼굴이 불그레 달아오른 미희가 눈을 빛내며 물었다.

"나? 소개팅은 간간이 하고 있는데 성과가 없네요. 내가 너무 완벽해서 부담스러운가? 하핫."

실없는 말을 덧붙이며, 멋쩍게 웃음을 비쳤다.

"선배 매력 있는데."

미희가 득구를 뚫어져라 쳐다봤다. 귀가 뜨거워졌다. 머릿속에서 심장 소리가 울렸다. 괜스레 헛기침을 크게 하며 물었다.

"아뇨, 내가 뭘. 허허허허. 그러는 미희 씨는 왜 남자 친구 없어요?"

"글쎄요. 아직 선배같이 착한 남자 못 만나서 그런가 봐요."

풉. 푸학. 새초롬히 물을 마시다 웃음을 참지 못하고 그녀에게 물을 뿜었다. 그녀의 옷이 볼썽사납게 젖었다.

"앗, 미…… 미안!"

허둥지둥 냅킨을 뽑으려다가 앞에 놓인 물컵을 넘어뜨렸다. 그녀가 2차 물세례를 받았다. 테이블 옆을 지나가던 막창집 아주머니가 놀라며 말했다.

"에고, 가만있어 봐요. 얼른 수건 가져 올게."

화를 낼까 봐 노심초사했지만, 미희는 눈을 질끈 감고 어이없다는 듯 해맑게 웃기만 했다. 득구의 머릿속에서 맑은 종소리가 울려 퍼졌다.

아차차. 하나, 둘, 셋. 짠.

"글쎄요. 아직 선배같이 착한 남자 못 만나서 그런가 봐요."

헛기침하며 꾸물거리는데, 지나가던 막창집 아줌마가 한

교차로

마디 거들었다.

"아휴, 둘 다 눈에서 꿀이 뚝뚝 떨어지네. 좋을 때다, 좋을 때야."

대답을 꺼내려다 타이밍을 놓쳐 쑥스럽게 웃었다. 미희도 옆머리를 살짝 귀 뒤로 넘기더니 살포시 눈을 내리깔며 수줍게 웃었다.

근처 이자카야로 자리를 옮긴 둘은 나란히 바 앞에 앉아 사케 잔을 부딪쳤다. 가끔 말실수로 분위기가 어색해질 때마다 득구는 30초 찬스를 활용했다. 그는 최선을 다했고, 미희는 편안함을 느꼈다. 테이블 아래로 늘어뜨린 젊은 남녀의 손이 어느새 서로를 맞잡고 있었다.

대리 2년 차, 경기 침체가 지속됐고, 득구가 다니던 회사 사정도 급격히 어려워졌다.

"김득구 씨, 그동안 수고 많으셨습니다. 1개월 치 월급 더 드릴 테니까, 내일부터 그만 나오셔도 돼요."

"아, 아니 이렇게 사전에 말씀도 없이 갑자기요?!"

인사팀 면담에 가벼운 마음으로 자리했던 득구가 깜짝 놀라 애원했다.

"저 휴직할게요. 회사 사정 어려운 거 대충 들었습니다. 나아질 때까지 월급 안 받을게요."

"득구 씨 부서 자체가 없어질 거예요. 저도 어쩔 수 없습니다. 미안합니다."

창 없는 인사팀 회의실, 네 벽면이 자신을 향해 스멀스멀 다가와, 앙상한 몸을 꾹 눌러 터뜨려 버릴 것만 같았다. 인사팀 직원이 내미는 서류에 씁쓸한 표정으로 사인을 하며, 득구는 30초 전으로 돌아가서 실컷 화풀이라도 할지 잠시 생각했지만, 그저 고개를 가로젓고 말았다. 회의실을 빠져나온 득구의 다리가 잠시 휘청였다.

그날 저녁, 예약해 둔 레스토랑에서 미희를 만났다. 미희는 득구와 교제를 시작한 지 1년 만에 다른 회사로 이직한 상태였다. 기계처럼 묵묵히 음식을 입에 넣는 득구를 힐끔힐끔 살피던 미희가 무심한 듯 툭 말을 던졌다.

"뭐야? 무슨 일 있어? 왜 똥 씹은 표정이야?"

"미희야, 나……."

"얘기해 봐."

"나 회사에서 짤렸어."

"응? 뭐라고, 오빠?"

"나 짤렸다고. 그러니까…… 백수야, 이제."

"요즘 거기 사정 안 좋다더니 구조 조정 시작했나 보구나."

"…… 넌 덤덤하네."

"다른 데 취직하면 되지 뭐. 괜찮아, 오빠."

"나, 곰곰이 생각해 봤는데…… 회사 다니면서 월급 받는 거 나랑 안 맞는 것 같아."

"그래? 그럼 다른 거, 생각해 본 거 있어?"

"아버지 가게 물려받을까 해."

"세탁소?"

"응……. 요새 몸이 편찮으셔서 자꾸 일이 힘들다고 하셔. 은근 내가 물려받았으면 한다고 눈치도 주시고."

"할 줄 알아?"

"뭘? 세탁소 일?"

"그래, 힘들지 않을까? 책상머리에만 앉아 있던 사람이."

"어렸을 적부터 종종 아르바이트 삼아 아버지 도왔어. 다니던 회사 쥐꼬리만 한 월급보다 아마 수입도 더 괜찮을 거고. 맨날 깨지고, 아랫사람 눈치 보고…… 출근하기 싫어서 한숨 푹푹 쉬다가, 새벽 별 보며 돌아와서 소주 한 병씩 까는 생활보단 낫지 않을까?"

"일리 있네. 그럼 그렇게 해."

"괜찮겠어?"

"뭐가?"

"세탁소 하는 남자 친구……."

"무슨 상관이야. 그리고 주인이잖아, 주인! 경영자! 멋있다, 김득구! 요새 야근도 많이 늘고 해서 볼 때마다 늘 안쓰러웠는데 잘됐지 뭐. 잘됐어. 거지 같은 회사. 진즉에 망할 것 같더니만. 이젠 우리 오빠 같은 인재도 내쫓다니, 말 다 했지. 회사 그만큼 다녔으면 됐어. 밖에서 경영 수업 받았다 치고 이제 가업을 이어 가자."

"저녁이랑 주말에 시간 내는 거 어려울 거야……."

"뭘 걱정? 내가 가게로 놀러 가면 되겠네. 아, 오빠 일하는데…… 아니다. 나도 도울게. 영화 보고 밥 먹고 많이 했으니까 새로운 거 해 보자."

눈앞이 일렁였다. 감정이 북받친 그가 천천히 입을 떼었다.

"미희야, 우리 결혼……."

"떽, 그만! 내가 프러포즈할 거면 제대로 하랬지?"

미희가 눈을 흘겼다. 코를 한번 훌쩍이고는 눈물이 그렁그렁 고인 눈으로 그녀를 향해 웃었다.

"미희야, 근데 너는 내가 왜 좋아?"

"오빠? 착하니까."

"그거 말고 다른 건 없어? 잘생겨서라든지."

"풉. 바람 못 피울 것 같아서."

"못 피워? 내가 왜 못 피워? 안 피우는 것도 아니고?"

"노 코멘트 할게."

"우이씨, 너무하네!"

얼굴에 잔뜩 끼었던 어둠이 어느새 걷혔다. 먹구름을 밀어내고 보잘것없는 자신의 세계로 흔쾌히 내려와 준 천사에게, 그는 무한한 애정을 느꼈다. 그녀를 위한 시를 지어 밤새도록 노래하고 싶었다.

문득 오래전부터 미희 앞에서 능력을 쓰지 않았다는 걸 깨달았다. 그럴 필요를 느끼지 못했다. 거짓 없이 자신을 솔직하게 드러내고 싶었고, 모자란 모습을 보여도 그녀는 웃으며 다 받아 주었으니까.

결혼식 당일, 득구는 실수하면 언제라도 능력을 쓸 수 있도록 긴장의 끈을 놓지 않았다. 하지만 식은 매끄럽게 흘러갔고, 혹시 실수하더라도 그마저 아름다운 추억으로 남을 거라는 걸 불현듯 깨달았다. 잔뜩 움츠러들었던 어깨가 스르르 풀렸다.

"어, 저는 실수투성이인 사람입니다. 그런데 미희는 그런 저를 그냥 웃으면서 받아줍니다. 그게 정말 고마워요."

천천히 혼인 서약을 읽었다. 하객들은 조용히 득구에게 집중했다.

"앞으로도 서툴고 부족한 제 모습 많이 보게 될 텐데, 그때마다 지금처럼만 웃어 주면 좋겠습니다."

미희를 보며 미소 지었다.

"그것만으로도 저는 세상에서 가장 행복한 사람이 될 것 같습니다."

그녀는 눈물을 흘리며 환하게 웃고 있었다.

"그녀에게 평생 보답하며 살겠습니다. 같이 눈감을 때까지 충성하며 사랑하며 살겠습니다!"

박수 소리가 점점 커졌다. 미희의 입술이 움직였다. 소리는 없었다. 하지만 득구는 자신을 향해 커다랗고 분명하게 움직이는 그녀의 입 모양이 무슨 말을 하고 있는지 정확히 알 수 있었다.

'오, 오늘 김득구 멋있는데.'

몰랐었다. 자신의 인생에도 다시는 뒤로 돌아가고 싶지 않은 순간이 올 줄은. 그녀는 그의 모든 실수와 서툰 모습까지도 사랑했으니까. 전전긍긍하며 30초를 따지던 일은 이제 과거 속 얘기였다.

딸랑.

"식사 왔습니다."

문을 열자 배달 로봇이 적재함에서 짜장면과 군만두를 꺼내 들었다. 득구는 가게 안쪽으로 자리를 옮겨 식사 준비를 했다.

TV에서 이번 주 로또 번호를 발표하고 있었다. 추첨기에서 하나씩 굴러 나오는 공을 힐끔거렸다.

'어휴, 한 번에 여섯 개 다 알려 주면 얼마나 좋아. 그럼 내가 잽싸게…….'

피식 웃더니 고개를 저었다. 딸려 온 나무젓가락을 반으로 쪼개 서로 비비고 연둣빛 그릇 아래 달라붙은 비닐 랩 끄트머리를 손가락 끝으로 살살 벗겼다. 윤기가 차르르 흐르는 짜장 위로 모락모락 김이 피어올랐다.

'에라 모르겠다. 딱 반 병만 마시자.'

냉장고에서 소주 한 병을, 찬장에서 맥주잔을 꺼냈다. 컵에 소주를 한가득 따라 붓고 간이 식탁 건너편 빈 곳을 향해 잔을 들어 건배했다.

"여보, 짠."

그러고는 단숨에 잔을 비웠다.

"크으으, 아이고 오늘은 소주가 쓰다."

샛노란 단무지를 뒤적이는 득구의 눈시울이 살짝 붉어졌다. 짜장면을 휘적휘적 비비다가, 천장에 달린 행거 봉을 한 번 쳐다보고는 곁에 널려 있는 넥타이 몇 장을 쓰다듬었다.

'아니야, 아니야. 예지 시집가는 건 봐야지.'

고개를 절레절레 젓는 득구의 어깨가 더 굽었다.

"여보, 나 오늘 저녁거리 장 보고 올게. 예지랑 좀 놀아 줘."

"그래 그래, 걱정 말고 다녀와. 나 김치볶음밥 먹고 싶다.

햄도 넣어서. 헤헤."

"으이구, 꼭 몸에 안 좋은 것만 좋아한다니까. 알았어."

미희는 금방 돌아오겠다고 했었다. 그녀가 한참 동안 소식이 없자 득구는 걱정하기 시작했다.

"뭐야, 전화는 왜 안 받아."

호출음은 정적 속으로 하나둘 사라질 뿐 끝내 그녀를 불러오지 않았다.

"아빠, 엄마 언제 와?"

이제 막 여덟 살이 된 예지를 불안한 눈빛으로 바라보며 말했다.

"그러게. 올 때가 한참 지난 것 같은데. 우리 같이 마중 나가 볼까?"

그때 세탁소 한편에 놓인 낡은 TV에서 뉴스 속보를 알렸다.

「속보입니다. 철거 공사 중이던 건물이 붕괴하는 대형 참사가 발생했습니다. 오늘 오후 실리동의 한 5층 건물이 철거 작업 도중 갑자기 무너져 내리며, 인근 버스 정류장에 정차 중이던 시내버스를 덮쳤습니다. 이 사고로 버스 안에 있던 승객과 인근 보행자 등 9명이 사망하고 8명이 크게 다친 것으로 확인됐으며…….」

불길한 예감이 들었다. 예지를 둘러업고 정신없이 달렸

다. 환자들이 이송됐다는 병원에 도착해 미희로 추정되는 사람이 입원한 것을 확인했다.

신원 확인을 위해 중환자실로 들어섰다. 미희로 보이는 환자에게 다가가 자세히 얼굴을 살폈다. 부어올라 알아보기 힘든 얼굴이었지만, 알 수 있었다. 작은 점이 있는 목선, 둥근 귀 모양……. 득구는 바닥에 무너져 내렸다.

그녀는 오래 버티지 못했다. 사흘째 되는 날 기적적으로 눈을 떠 득구에게 몇 마디 건네더니, 다시 눈을 감았다. 심전도 기기에서 삐— 소리가 흘러나왔다. 소리는 끊이지 않았다.

그녀의 손을 꼭 잡고, 두 눈을 감고, 주먹을 꽉 쥐다…… 말았다. 다만 미희를 조용히 품에 안고, 그녀의 귓가에 한참을 속삭였다.

딸랑. 회상 속 깊이 침잠한 득구를 도어벨이 다시 끄집어 올렸다.

"사장님, 오늘도 수고 많으십니다!"

홍길동이었다. 매주 월요일마다 빨랫감을 맡기고 금요일에 찾아가는 남자. 득구의 표정이 마뜩잖은 듯이 굳었다.

"네, 손님. 바로 찾아 드릴게요."

세탁소 단골이자, 득구가 가장 꺼리는 손님이었다. 오늘

따라 웬일인지 밝게 인사하는 모습에도 딱히 마음이 풀리지 않았다.

"이 얼룩 왜 안 빠졌어요? 이러면서 돈 받겠다고?"
 길동이 처음 옷을 찾으러 온 날, 그의 입에서 튀어나온 말이었다. 무례한 언행에 득구는 다소 언짢았지만 빠르게 자초지종을 설명했다.
 "손님, 이 옷 소재가 고급인데, 얼룩이 생긴 지 한참 됐거든요. 저희 집 장비 최대한 돌려 봤는데, 이 이상은 어렵습니다. 옷감 상해요."
 "그래서 어쩌라고요? 얼룩 때문에 세탁소 온 건데, 변한 게 하나도 없잖아요."
 "손님, 정 그러시면 세탁비는 받지 않겠습니다. 그런데 그 얼룩 빼기가…… 아마 다른 세탁소로 가셔도 어려우실 거예요."
 "어휴, 됐어요. 얼마예요?"
 "오만 원입니다."
 "뭐야, 왜 이렇게 비싸. 깎아 줘요."
 '어휴, 진상.'
 "사만 오천 원만 주세요."
 다시는 오지 않기를 바랐지만, 그는 매주 얼굴을 비추었다. 이후로도 다섯 번쯤 실랑이가 이어졌을까. 그날따라 몸살기로 컨디션이 좋지 않던 득구는 결국 폭발했다.

"아니, 이제 그만 좀 하시죠!"

소리를 빽 질렀다.

"매번 요금 깎으려고 트집 잡고, '이거 비싸다, 저거 비싸다', 장사하는 사람 무시하는 말씀 그만 좀 하시면 안 될까요? 네?! 다른 세탁소 가세요, 제발!"

세탁소 안이 순간 얼어붙었다. 길동은 깜짝 놀라 말을 잇지 못했고, 다른 손님은 놀란 눈으로 둘을 쳐다보았다. 순간 득구는 자신이 무슨 짓을 했는지 깨달았다.

'아…… 저질러 버렸네.'

재빨리 정신을 집중했다. 시간이 거꾸로 돌아갔다. 길동의 굳은 표정, 주변 손님들의 놀란 눈빛, 자신의 분노로 일그러진 얼굴이 모두 되감겼다. 다시 길동 앞에 우울한 얼굴로 섰다.

그가 또 얼굴을 붉히며 항의했다.

"이거 세탁하다 이렇게 된 거 아니에요? 여기 해진 것 좀 보시라고요."

깊게 심호흡하고 애써 미소 지었다.

"손님…… 그 옷이 특히 민감한 소재라 따로 세심하게 케어했거든요. 혹시 이전부터 그런 상태 아니었을까요?"

길동은 한숨을 푹 쉬더니 PI를 건넸다.

"아, 됐어요. 얼른 주기나 해요."

매주 반복되는 이 실랑이로 득구의 얼굴은 점점 어두워졌다. 가능하면 길동이 오기 전에 가게 문을 닫고 싶었지만, 세탁소는 늘 그 자리에서 정해진 시간에 영업해야 하는 곳이었다.

"사장님? 사장님!"

의아한 표정의 길동이 득구를 재차 불렀다.

"네?"

정신을 차리고, 길동을 바라보았다.

"얼마냐고요."

"아, 네네. 잠시만요. 삼만 오천 원입니다."

"네, 여깄습니다."

길동이 군말 없이 계산을 마쳤다. 웬일인가 싶어 그를 살폈더니 얼굴에 미소마저 띠고 있었다.

"감사합니다, 사장님. 좋은 밤 되세요."

싱긋 웃으며 인사하고 사라지는 길동의 뒷모습을 바라보며 고개를 갸웃거렸다. 그는 몰랐지만, 그의 얼굴에도 어느새 미소가 어려 있었다.

일요일 저녁이 되자 세탁소가 한가해졌다. 득구는 불을 끄고, 가게를 나섰다. 손목시계를 흘끗 보았다. 여섯 시 오십 분. 가을바람이 플라타너스잎을 스치며 지나갔다.

"요즘 매상이 시원찮구나."

한숨을 내쉬며 돌아서는데, 어디선가 익숙한 향기가 코끝을 스쳤다. 장미 향. 아내가 좋아하던.

'십 년이 넘었는데도…….'

주머니에서 지갑을 꺼냈다. 투명 칸에 낡은 사진 한 장이 끼워져 있었다. 아내의 미소. 병실에서 그녀가 마지막으로 속삭였던 말이 귓가에 맴돌았다.

"여보, 늘 후회 없이 살아. 알지? 사랑해……."

'후회 없이……. 차라리 30초 능력 따위 없었더라면 미련이 덜할 텐데.'

사진 속 아내 얼굴에 엄지를 슬쩍 댔다가 지갑을 다시 넣었다. 아무도 기다리지 않는 집을 향해 걸음을 옮겼다. 해는 이미 넘어갔고, 가로등이 하나둘 켜지기 시작했다.

길모퉁이를 돌며 담배를 꺼내 물었다. 라이터를 찾아 주머니를 뒤적이는데, 먼발치 앞 횡단보도에서 한 남자의 다급한 목소리가 들렸다.

"얘, 안 돼!"

득구의 시선이 번쩍 들린다. 홍길동이다. 밉상 단골. 그의 앞에서 아이가 공을 쫓아 차도로 들어선다. 멀지 않은 곳에서 차 한 대가 빠르게 달려오고 있다.

길동은 뒤도 안 돌아보고 뛰쳐나가 몸을 던져 아이를 구하고 차에 치인다. 순식간에 벌어진 믿을 수 없는 광경에 놀라 물고 있던 담배를 떨어뜨린다. 차가 급정거하더니 남자 하나가 헐레벌떡 뛰어나온다.

다급히 정신을 차린다.

'안 돼, 이건 아니야.'

시간이 30초 전으로 돌아간다.

다시 담배를 꺼내던 자리에 선다.

아이 발치에서 공이 구르기 시작한다.

담배를 내던지고, 횡단보도를 향해 무작정 뛴다.

아이에게 "얘야!"라고 외치지만, 아이는 무시하고 달려 나간다.

놀란 홍길동이 잠깐 득구를 쳐다보고는 아이를 향해 뛰어든다.

쾅.

다시 시간을 되감는다.

담배를 꺼내 든 자리에 선다.

아이 발치에서 공이 구르기 시작한다.

담뱃갑을 내던지고, 횡단보도를 향해 무작정 뛴다. 심장이 갈비뼈를 뚫고 나올 듯하다.

"홍길동 씨!"라고 외친다.

"거기 가만히 계세요!"

길동이 깜짝 놀라 득구를 쳐다보는 사이 차가 아이를 덮친다.

'아악…… 안 돼!'

하나, 둘, 셋, 짠.

온몸이 땀에 젖고, 다리가 후들거린다. 목구멍이 쇠 맛으로 가득하다. 아이, 길동, 차. 시간이 얼마 없다.

이번에는 아이에게 소리치지 않는다. 소리쳐도 아이는 듣지 않는다. 공을 향해 달려가는 아이의 오감은 오직 공에만 쏠려 있다.

길동도 보지 않는다. 오로지 아이만 본다. 전력으로 달린다. 아내에게 사고가 났던 날처럼. 숨이 목까지 차오르지만 멈출 수 없다.

'더, 더 빨리.'

나이가 무색하게, 평생 달려 본 적 없는 속도다. 과속 차량의 서늘한 기운이 목덜미에 끼쳐 올 때, 아이에게 거의 다 다른다.

시야가 좁아지고, 귀에서는 심장 박동 소리만 울린다. 그 순간 아내가 병원 침대에서 마지막으로 속삭였던 말을 떠올린다. 마지막 힘을 짜내 몸을 날린다. 득구의 어깨가 아이의 작은 몸을 강하게 밀쳐 낸다.

"으악!"

아이는 비명을 지르며 옆으로 구른다. 득구의 몸이 휘청거린다. 그도 아이도 인도 위에 나동그라진다. 그 순간, 차 한 대가 쏜살같이 횡단보도를 지나간다.

쓰러진 아이가 울먹거리고, 길동은 어리둥절한 얼굴로 득구를 쳐다본다.

"뭡니까, 무슨 일이에요?"

천천히 몸을 일으킨다. 어깨와 등이 욱신거리고, 팔꿈치가 아리다. 거칠게 숨을 몰아쉬다가 어깨를 으쓱하며 말한다.

"아이가 차도에 뛰어들 뻔해서요."

몸을 숙여 아이를 다독이며 미안함을 표한다. 미소를 지으며 아이를 바라보는 그의 얼굴에서 하염없이 뜨거운 것이 흘러내린다.

"다행이다, 미희야…… 정말 다행이야."

Layer 2

– 2040년대 말 ~ 2050년대 –

천국에서 섬기느니 지옥에서 다스리겠다.

"Better to reign in Hell than serve in Heaven."

– 존 밀턴, 《실낙원》[(1667)]

JTBS 뉴스 단독 보도

- 2048년 9월 1일 -

정부가 오늘 '이능력자 등록제' 시행을 공식 발표했습니다. 행정안전부는 보도자료를 통해 "급증하는 특수능력자 관련 사건·사고에 대응하기 위해 체계적인 관리가 필요하다."라며 오는 6월부터 이능력자 등록제를 전면 시행한다고 밝혔습니다.

새로운 제도에 따르면 이능력을 보유한 모든 국민은 의무적으로 등록해야 하며, 자발적 등록자에게는 세제 혜택과 취업 우대 혜택이 주어집니다. 반면 미등록 적발 시에는 500만 원의 과태료가 부과됩니다.

정부 관계자는 "이능력자의 사회 기여를 장려하는 동시에, 이능력 범죄를 예방하는 것이 목적"이라고 설명했습니다.

하지만 이능력자 인권 단체들은 '현대판 신분제'라며 강력히 반발하고 있습니다. '초인해방연대' 김 모 대표는 "이는 명백한 차별이자 인권 침해"라며 "대부분의 초인이 등록을 거부할 것"이라고 예상했습니다.

한편, 일반 시민들 사이에서는 찬반 의견이 엇갈리고 있어…….

비터 스위트 셰이커

알람이 울린 지 한 시간이 지났다.

"이런 젠장!"

정호는 벌떡 일어나 침대에서 뛰어내렸다. 8시 35분. 거울 앞에서 대충 겉옷을 걸치고, 혼잣말을 중얼거렸다.

"오늘 아침 팀장님 보고…… 아놔…….."

튜브라인 역 계단을 두 칸씩 뛰어 내려가다 앞에 가던 중년 남성의 어깨를 밀치고 말았다.

"어어!"

손을 뻗었지만 남자는 비틀거리며 몇 계단 아래로 미끄러졌다. 다행히 그는 곧바로 일어났다. 정호는 스마트 워치를 흘깃 보고 잠깐 망설이다가 개찰구로 냅다 달렸다. 뒤에서 분노에 찬 목소리가 역 안에 울려 퍼졌다.

"야! 눈을 얻다가 달고 다니는 거야!"
"죄송합니다!"
정호는 때맞춰 튜브를 잡아탔다. 사람들 틈에 끼어 한숨을 푹 내쉬다가 입술을 깨물었다.

디지털 페이퍼만 온갖 수정 표시로 너절해진 것은 아니었다. 주인도 함께 털리고 헐려 자리로 돌아왔다. 커피는 이미 식어 있었다. 한 모금 머금었지만, 곧바로 뱉어 내고 싶은 쓴맛이었다. 창가로 걸음을 옮겨 이마를 유리에 기댔다.
"하아……"
차가운 감촉이 찌릿하게 퍼져 왔다. 잿빛 하늘 아래 똑같은 사각형 빌딩들이 줄지어 서 있었다. 그 속에 갇힌 자기 모습이 희미하게 비쳤다.
옆자리 동료 민석이 고개를 내밀었다.
"야, 정호야. 팀장한테 많이 깨졌냐? 괜찮아?"
억지웃음을 지으며 자리로 돌아왔다.
"괜찮아."
"괜찮긴 뭘. 표정 너무 안 좋은데."
"그냥, 회사 일이 나랑 안 맞네. 퇴사 고프다."
"또 시작이네. 그러면 뭐, 나가서 뭐 할 건데?"
대답 대신 스마트 렌즈를 코에 걸쳤다.

"정호야, 아까 보고서 한 시간 내로 수정해서 줘야 한다. 알지?"

등 뒤에서 형석 선배의 목소리가 들렸다. 고개를 끄덕였다.

"네, 팀장님. 거의 다 되어 갑니다."

형석은 회사에서 모두가 인정하는 인물이었다. 성실하고, 긍정적이며, 무엇보다 상사에게 아첨하지 않고도 그들과의 관계를 부드럽게 조율할 줄 알았다. 정호는 그런 형석을 볼 때마다 한편으로는 부러웠지만, 다른 한편으로는 도무지 따라잡을 수 없는 사람처럼 느껴졌다.

'나는 왜 이렇게 모든 게 버거울까? 회사는 나를 책임져 주지 않는데, 언제까지 다닐 수 있을는지. 그동안 아무 생각 없이 남들 가는 길 따라 살아온 내가 결국 스스로 목을 죄는구나.'

한숨을 내쉬며 AI가 재산출한 문서를 훑어보았다. 시야 오른편 아래 다다음 주 일정이 눈에 걸렸다. 이 년 만에 쓴 일주일간의 휴가.

'그래, 인생 뭐 있냐. 밖에서 이것저것 경험해 보는 거야.'

회사, 집만 맴도는 청춘이 아쉬워 연애 프로그램에 지원했고, 덜컥 출연이 결정됐다. 정호는 오랜만에 온몸에 피가 도는 기분을 느꼈다.

기대했던 일탈은 촬영부터 방송까지 눈 깜짝할 새에 끝났다. 예지가 일으킨 소동 때문에 방송은 엄청난 화제를 모았지만, 정호는 예지를 향한 안타까움으로 씁쓸하기만 했다.

업무 복귀 날 아침, 엘리베이터 앞에 선 정호에게 형석이 다가왔다.

"앗, 연예인이다! 하하. 정호야, 이따 끝나고 오랜만에 한잔 어때?"

"네, 팀장님."

웃는 건지 찡그린 건지 모호한 얼굴로 답했다.

호프집 문을 열자, 취기 오른 직장인들의 웃음소리와 맥주잔 부딪히는 소리로 왁자지껄했다. 무거운 발걸음으로 형석을 따라 구석진 테이블로 향했다.

형석이 생맥주 두 잔과 양념 치킨을 주문했다. 정호는 말없이 수저를 세팅했다.

"야, 정호야. 나 방송 봤다. 와, 진짜 이번 편 역대급이더라. 사람들이 막 공중에 떠서······. 근데 그 미친년이 왜 너만 안 건드린 거야? 둘 사이에 뭐 있었어?"

"보셨어요?"

잠시 예지의 일그러진 윙크를 떠올렸다.

"그 사람, 마음이 좀 아팠던 것 같아요. 심했죠. 다들 병원에 실려 가고."

"하여간 미친 이능력자들은 진짜 사회에서 철저히 격리해야 해. 가만히 숨어 있다가 어느 틈엔가 꼭지가 돌아서 사고를 쳐 대니, 우리 같은 사람 어디 무서워서 살겠냐?"

흥분한 선배의 얼굴을 보며 의아한 표정을 지었다.

"글쎄요. 그래도 같이 잘 살려고 노력해 봐야죠. 서로 도움이 되는 방향으로……."

"아, 물론 위험한 애들은 그래야 한다는 얘기야. 자기 능력 자기가 감당 못 하는 애들 있잖냐."

맥주가 나왔다. 둘은 잔을 부딪쳤다.

"그건 그렇고, 정호야. 너 요즘 왜 이렇게 풀이 죽어 있냐? 일이 재미없어?"

맥주 거품이 사그라드는 것을 멍하니 바라보다 고개를 들었다.

"팀장님, 이렇게 사는 게 맞는 걸까요? 매일 같은 일상, 반복되는 업무……. 제가 잘하고 있는 건지, 계속해야 하는 건지 잘 모르겠습니다."

손으로 잔을 돌리며 말을 이었다.

"팀장님은 이런 고민 안 하시죠?"

"사석에선 그냥 선배라고 불러."

그는 잠시 생각하더니 씁쓸히 웃으며 말을 이었다.

"나라고 고민이 왜 없겠냐? 우리도 간신히 집 하나 장만

했다만, 대출 갚는 거에…… 우리 태오, 벌써 다니는 학원이 몇 개지? 하나, 둘……. 에이, 뭐 아무튼 먹고살기 팍팍하지. 회사 얼마나 더 다닐 수 있을지 걱정도 되고. 그래도 하루하루 충실히 사는 수밖에 없어. 그럼, 결국 다 잘될 거라고 믿으면서."

정호는 묵묵히 고개를 세로저었다.

"정호야, 너도 빨리 좋은 사람 만나서 결혼해. 함께 돈 모아서 집도 사고, 아이도 갖고. 총각 땐 알 수 없는 행복이 있어. 묵직한 책임감…… 뿐만 아니라 차원이 다른 기쁨도 생겨."

형석이 맥주로 목을 축이더니 말을 이었다.

"인생 별거 없다. 집 사느라 대출 트고, 갚느라 열심히 일하고, 아내랑 아이랑 지지고 볶다가, 나중에 은퇴해도 집 한 채 딱 갖고 있으면 든든하고……."

테이블 아래서 정호의 다리가 부산스럽게 떨렸다.

'목구멍에 뭔가 걸린 느낌이다. 선배처럼 가족을 부양하느라 회사에 목을 매는 건 싫어. 다른 길을 찾아야 해. 니체 형님은 삶을 예술 작품처럼 구성하라고 하셨어. 지금처럼 살다간 그냥 공장 부품으로 끝나게 될 거야.'

가게 한편에서 사람들이 웅성대는 소리가 들리기 시작하더니 이내 고성이 오갔다. 정호와 형석은 테이블 밖으로 고개를 내밀었다.

"이 괴물 새끼야, 빨리 꺼지라고. 기분 좋게 술 좀 마시자, 응?"

중년 남자가 젊은 남자의 멱살을 잡고 있었다.

"내가 왜? 여기 네가 전세 냈어?"

젊은 남자가 말했다.

"너 이능력자지? 이 새끼야, 여긴 평범한 사람들이 편하게 한잔 걸치는 곳이야. 긴장감 조성하지 말고, 나가라고."

가게 안 모든 눈이 두 사람에게 쏠렸다. 휴머노이드 두 대가 소란이 일어난 곳으로 다가갔다. 젊은 남자는 붉어진 얼굴로 한마디 하려다 말을 삼켰다. 그리고, 갑자기 사라졌다. 중년 남자는 어리둥절한 표정을 지었다.

사라진 남자 측 테이블에 잠자코 앉아 있던 여자가 일어섰다. 그녀는 중년을 쏘아보고 문 쪽으로 천천히 걸어갔다.

"구경 났어? 머저리들아, 신경 끄셔!"

여자가 외쳤다. 그녀의 몸에서 스파크가 튀고 있었다. 정호는 고개를 절레절레 흔들며 형석을 바라보았다. 아직 소동에서 눈을 떼지 못하는 선배. 어쩐지 그의 낯빛이 흐려진 것 같았다.

숙취로 얼굴이 퀭해진 정호가 회사 구내식당을 찾았다.

접시째 들고 라면 국물을 후루룩 넘기던 중, PI 화면이 밝아졌다.

「인스타그램 추천: @SeoulMixology의 새 게시물」

무심코 알림을 눌렀다.

「초보자를 위한 주말 바텐더 클래스! 6주 과정으로 기본 칵테일부터 시작합니다. #인생의변화 #새로운취미」

현란한 조명 아래 반짝이는 유리잔과 셰이커 홀로그램이 눈앞에 펼쳐졌다. 한동안 눈을 떼지 못했다.

"바텐더라……."

피식 웃으며 고개를 저었다.

"말도 안 돼."

하지만 그날 밤, 정호의 스마트 렌즈 화면에는 칵테일 관련 자료들이 가득했다.

토요일 오후, 정호는 '믹솔로지 스튜디오'라고 쓰인 간판 앞에서 숨을 골랐다. 손바닥에 땀이 배어 나왔다.

"아…… 그냥 돌아갈까……."

용기를 내어 유리문을 밀자 묵직한 나무 향과 갖가지 알코올 향이 그를 맞이했다. 차분한 재즈 음악이 흐르는 가운데, 중앙에 놓인 긴 바 카운터와 그 뒤로 빼곡히 진열된 다양한 색상의 주류 병들이 눈에 들어왔다. 휴머노이드는 보이지 않았다.

"안녕하세요! 바텐더 클래스 오셨나요?"

강사로 보이는 남자가 활기찬 목소리로 인사를 건넸다. 꾸벅 인사하고 머쓱하게 웃으며 강사가 안내한 자리에 앉았다. 칵테일 셰이커와 지거 등 조주 도구들 앞에. 차가운 금속의 감촉이 손끝을 간지럽혔다.

"자, 이제 모두 셰이커를 준비하세요."

강사의 지시를 따라 셰이커를 준비하다가 앞에 놓인 얼음통을 팔로 툭 치고 말았다. 얼음이 와르르 바닥에 쏟아졌다.

"죄송합니다."

얼굴을 붉히며 얼음을 치웠다. 강사는 미소를 지었다.

"괜찮습니다. 다들 처음엔 서툴러요."

셰이커를 흔드는 법을 배울 때는 또 다른 문제가 생겼다. 셰이커 뚜껑을 제대로 닫지 않아 테이블과 옷이 술로 젖었다.

"이런, 죄송합니다!"

벌떡 일어나 연신 테이블을 훔쳤다.

우여곡절 끝 마침내 첫 작품 '올드 패션드'를 완성했다. 도수 높은 위스키 향이 코끝을 자극했다. 조심스레 잔을 들어 한 모금을 입에 담았다. 놀란 얼굴로 잔을 내려다봤다.

"와, 이거…… 내가 만든 게 맞나?"

"어때요?"

옆자리 여성이 물었다.

"제가 만들었다는 게 믿기지 않네요."

입꼬리가 뺨을 타고 올라갔다. 오랜만에 쓰는 근육이라 그런지 얼굴이 결렸다.

탕비실에서 얼음 넣은 종이컵을 흔들어 보던 정호 곁으로 형석이 다가왔다.

"정호야, 요새 뭐 재미있는 일 없니이?"

정호는 흠칫 놀랐다가 천천히 입을 열었다.

"저…… 바텐더 클래스 다니고 있어요."

형석의 텀블러가 테이블에 부딪히며 소리를 냈다.

"뭐? 바텐더? 진짜 오랜만에 들어 보는 단어로구먼."

"네……."

눈을 내리깔았다.

"너 술도 잘 못 마시잖아."

"그래서 더 흥미로워요. 지금까지 해 본 것과는 완전히 다른…… 색다른 걸 해 보고 싶었어요."

어깨를 으쓱하고는 웃었다. 형석은 고개를 갸웃하며 정호의 얼굴을 찬찬히 살폈다.

"꽤 진지한 것 같은데?"

"네, 벌써 한 달째 다니고 있어요. 주말마다."

형석이 앞으로 몸을 기울였다.

"잠깐만, 너 설마 회사 그만두고 바텐더 하려는 건 아니지?"

그에게 야릇한 미소만 지어 보였다.

클래스 수료 후에도 바에 남았다. 매니저를 설득해 최저 시급만 받는 조건으로 아르바이트 자리를 얻었다. 퇴근 후에는 곧바로 바로 향했고, 가게에서 일을 배우며 손님들을 맞이했다.

"이곳 칵테일은 도수가 좀 세다, 그치?"

바에 앉은 손님 한 명이 일행에게 말했다. 그들은 잠시 더 담소를 나누더니, 잔에 술을 반 이상 남기고 자리를 떴다.

"안녕히 가세요."

정호는 미소 지으며 배웅했지만, 문이 닫히자마자 표정이 가라앉았다. 남겨진 잔들을 바라보며 한숨을 쉬었다. 옆에서 바를 닦던 경진이 정호의 어깨를 툭 쳤다.

"정호 씨, 뭐 문제 있었어?"

"아뇨, 별다른 건 아니고. 손님이 제가 만든 믹스를 많이 남기셔서……."

"레시피대로 만들었지?"

"그럼요, 정석대로, 한 치의 오차도 없이."

"그게 문제였네."

"네? 무슨……."

"저 손님들, 회사 끝나고 편안하게 즐기러 온 직장인들이잖아. 도수 센 걸 마시러 온 게 아니라 하루의 피로를 풀러 온 거라고."

"아……."

경진은 정호의 어깨에 손을 얹었다.

"바텐더는 손님의 눈빛, 말투, 옷차림까지 읽어 내야 해. 우리는 단순히 술을 따르는 사람이 아니라……."

"손님의 마음을 읽는 사람이군요."

고개를 끄덕였다.

"그렇지. 다음엔 저런 손님들에게 진은 좀 줄이고 베르무트를 더 넣어 봐."

그때까지 바텐더는 공식을 외우고, 조주 기술을 익혀, 능숙하게 잔을 내놓는 사람인 줄로만 알았었다. 손님과 교감하며 상상의 나래까지 펼쳐야 하는 부담감이 더해져 난처함을 느꼈지만, 아직 물러서기보단 도전하고 싶은 마음이 더 컸다.

부서 회식 다음 날 아침, 정호는 간밤에 선배들이 나누던 회사 이야기에 자신이 전혀 관심이 없었던 걸 알아차렸다. 용기를 내 형석에게 메신저를 보냈다.

- 팀장님, 잠시 시간 괜찮으세요?

형석이 고개를 들어 정호를 향해 말했다.

"뭐야, 왜 그래? 무슨 일이야?"

선배의 얼굴을 쳐다볼 수 없었다.

- 회의실로 좀…….

얼굴을 구긴 형석이 자리에서 일어났다. 성큼성큼 앞서가는 팀장 뒤로 고개 숙인 팀원이 종종걸음을 치며 따라갔다.

6개월 후, 정호는 콘크리트 바닥에 무릎을 꿇고 목재 패널을 끼워 맞추고 있었다. 망치질 소리가 공간에 울려 퍼졌다.

"마지막 한 장 남았네."

땀을 훔치며 중얼거렸다. 빈 벽과 천장에 매달린 전구 몇 개가 전부인 공간이었지만, 그의 눈에는 이미 완성된 바의 모습이 그려졌다. 창가에는 테이블 세트, 중앙에는 L자형 카운터, 그 뒤로는 조명이 은은하게 비치는 주류 선반. 통장 잔액은 바닥을 드러냈지만, 마음속엔 설렘만 가득했다. 손바닥에 굳은살이 박인 것도 신경 쓰이지 않았다.

"자, 이제 라스트!"

마지막 패널을 끼워 넣으며 미소 지었다. PI가 울렸다. '형석 선배'가 화면에 떴다.

"어, 선배님! 네, 인테리어 중입니다. 드디어 다음 주에 오픈이에요."

개업 전날 밤, 정호는 바의 불을 모두 켜고 한 발짝 뒤로 물러나, 가게를 감상했다. 호두나무로 만든 카운터 탑이 노란 조명 아래 따스하게 빛났다.

손가락으로 카운터를 쓸었다. 마른걸레로 가볍게 먼지를 닦아 내고, 바 뒤편 선반에 가지런히 배열한 병들을 다시 한 번 확인했다. 진, 위스키, 럼, 보드카……. 각각의 병들이 마치 오랜 친구처럼 정겨웠다.

입구 출입문을 물끄러미 바라보았다. 심장 박동이 빨라졌다.

"내일이면 저 문이 열리고…… 어떤 사람들이 들어올까? 어떤 이야기가 시작될까?"

거울에 비친 자기 모습이 눈에 들어왔다. 예전과 달라진 게 느껴졌다. 뭔가 확실해진 얼굴이랄까. 이제 어디로 가야 할지 알겠다는 표정.

바는 차츰 입소문을 타고 손님이 늘어 갔다. 몇몇 단골도 생겼다. 정호는 비로소 본인에게 맞는 자리에 섰다고 느꼈다.

띠링, 도어벨 소리에 고개를 들었다.

"어서 오세…… 선배님!"

형석이 어색하게 웃으며 들어왔다.

"미안하다, 늦게 왔네."

그는 바 스툴에 앉아 주변을 둘러보았다.

"그동안 경황이 없어서……. 와, 진짜 멋있게 꾸몄구나."

"감사합니다아."

반가움과 칭찬에, 뺨에 열이 올랐다.

"그런데 바 이름이 왜 이래? '위 아 락스타'? 취향 참 한결같구먼."

"그렇죠, 뭐."

머쓱하게 웃었다.

"머리도 많이 길었네? 젊어졌구먼."

형석이 귀까지 내려온 정호의 머리를 가리켰다. 불현듯 선배의 피로한 눈가와 처진 어깨가 눈에 들어왔다. 평소의 당당한 분위기는 온데간데없었다.

"선배님은, 얼굴이 좀 상하셨네요? 역시 저의 빈자리가 큰가 보죠?"

"말발도 늘었네?"

형석이 웃었다. 정호는 병을 집어 들었다.

"잠깐만 기다리세요. 특별히 선배님 맞춤 칵테일을 만들어 드리겠습니다."

숙련된 손놀림으로 셰이커에 스카치위스키와 드람부이를 따라 흔들었다. 얼음 잔에 액체를 따라 세심하게 저었다. 형석은 그 모습을 묵묵히 지켜보았다. 암석 모양의 얼음 위에 오렌지 제스트를 살짝 비틀고 시나몬 스틱으로 마무리했다.

"자요."

"이게 뭐냐?"

형석이 눈을 동그랗게 뜨며 물었다. 짐짓 진지한 표정을 지었다.

"러스티 네일이에요. 위스키의 쌉싸름한 맛과 드람부이의 달콤함, 오렌지 시트러스 향이 조화롭게 어우러져 진하고 그윽한 풍미를 내요."

잠시 멈추었다가 덧붙였다.

"인생 쓸 때도 있고 달 때도 있다는 의미로……. 제가 좋아하는 X-JAPAN 노래 제목이기도 하고요."

선배는 잔을 들고 코로 향을 맡은 뒤, 천천히 한 모금 삼켰다. 그러더니 갑자기 인상을 찌푸렸다.

"…… 맛없는데?"

정호의 얼굴이 파리해졌다.

"하하! 농담이야."

그가 웃음을 터뜨렸다.

"정말 맛있다, 이 술. 너 진짜 바텐더가 다 됐구나?"

형석은 잔을 홀짝이며 최근 직장에서 벌어진 일들을 전했다. 대표가 왜 오너 눈 밖에 나서 잘리게 되었는지, 마케팅본부 김 부장과 최 대리 불륜은 어떻게 들통난 건지, 오너 3세가 글로벌 본부장으로 온다는 소문 등등.

흥미롭다는 표정을 지으려 애쓰며 잔을 닦았다. 이젠 아무래도 상관없는 일이었다. 머릿속으로 다음 주 주류 발주 내역을 정리했다.

네 번째 잔을 앞에 둔 형석의 표정이 가라앉았다. 잔을 만지작거리다 목소리를 낮췄다.

"우리 태오가 사실, 이능력자야. 재생 능력이 있는 것 같아. 아니, 있어."

"어떻게…… 유전은 아닌가 보네요?"

조심스레 물었다.

"모르겠어. 아직 밝혀진 바가 없잖냐. 애가 어렸을 적부터 상처 하나 없는 게 이상했는데, 없는 게 아니라 바로 낫는 거였어."

억지 미소를 지으며 말했다.

"아, 그래서……."

예전에 호프집 소동을 바라보던 선배의 눈길이 떠올랐다.

"어떻게 보면 축복인데, 요즘 분위기가 좀 그렇죠?"

"요즘이라……. 나와 다른 사람을 배척하는 정서가 나중이라고 바뀔까? 자라면서 받을 차별과 상처를 생각하면 마음이 너무 안 좋아. 태오한테는 다칠 수도 있는 일은 피하고, 상처 생기면 그냥 감추라고 하고 있어. 한창 뛰어놀 아이한테 못할 짓 하는 거지."

"앞으로 달라지지 않을까요? 각을 세우는 인간들이 있는 반면, 옹호하는 그룹도 있잖아요. 저도 그렇고요. 자기가 선택해서 그렇게 태어나는 것도 아닌데, 선천적인 조건을 놓고 차별하는 건 부당하죠. 시간이 흐르면서 점점 자연스럽게 받아들일 것 같아요."

"그럴까? 글쎄…… 잘 모르겠다. 이건 인종이나 장애와는 다른 차원의 문제라는 생각이 들어. 이능력은, 뭐라고 하면 좋을까? 그래, 반대로 사람들을 열등감에 빠뜨리잖아. 두렵고 불편한 존재. 난 그냥 우리 태오가 다수 쪽에서 평범하게 살았으면 좋겠다."

묵묵히 고개만 주억거렸다. '아버지'의 마음을 이해할 수도 있을 것 같았다.

"그래도 너에게 털어놓으니, 기분이 좀 가벼워지는구나."

마지막 한 모금을 삼키고, 자리에서 일어났다.

"난 이만 가봐야겠다."

그는 PI를 꺼내 정호에게 건넸다.

"아뇨, 오늘은 제가 꼭 대접하고 싶어요."

손사래를 쳤다. 형석은 잠시 망설이다 고개를 끄덕였다.

"고맙다."

바 카운터를 가볍게 두드리며 주변을 둘러보다가 다시 정호에게 시선을 고정했다.

"그런데 너…… 지금 행복해 보인다."

"그래요?"

"응. 너 오늘처럼 웃는 모습, 회사에선 한 번도 못 봤어."

선배의 따스한 눈빛.

"나는, 네가 자랑스러워. 안주하지 않고, 꿈을 향해 도전하고 이뤄 낸 네가, 어떻게 보면 존경스럽기까지 하다. 갈게."

그가 문 쪽으로 몇 걸음 걷다가 돌아섰다.

"근데 그거 알지? 인생은 길다. 분명 힘든 날도 찾아올 거야. 하지만 낙담하지 마. 하루하루 힘겨워도 말이지, 굴하지 않고 최선을 다해 살다 보면 결국 다 잘되는 거야."

정호는 묵묵히 엄지척하고는 꾸벅 인사했다.

'내 실수로 보고를 망쳤을 때도 자기 책임이라며 다독이던 남자, 내가 쓴 보고서를 다 고쳐 놓고는 위에서 칭찬하면 고스란히 내게 공을 돌리던 선배, 힘든 시기를 지날 때면 늘 "다 잘될 거야."라며 툭툭 털고 일어나는 우리 형.

 형석이 형, 고마웠어요.'

 깊은 밤의 적막 속에서 퇴근 전 정리를 마치고 나뭇결을 따라 카운터를 쓰다듬었다. 부드럽고 단순한 감촉. 등 뒤 거울에 비친 자신을 슬쩍 바라보았다. 귀를 덮은 머리, 깊어진 눈, 그리고 자신감 어린 미소.

 가게 문을 잠그며 텅 빈 거리를 바라봤다. 잠시 눈을 감고는 새벽 공기를 들이마셨다. 거리 끝에 걸린 하늘이 검푸른 빛깔로 물들기 시작했다. 빈주먹을 꽉 쥐었다.

 바텐더로서의 삶은 즐거웠지만 매일이 도전이었다. 하지만 두렵지 않았다. '위 아 락스타'는 단순히 생업을 위한 공간이 아니라, 진정한 자신을 발견하는 무대였다. 무대 위에서 정호는, 늘 극을 이끄는 주인공일 터였다.

잔에 담긴 기억

 빗방울이 창문을 두드리던 밤, 낡은 코트를 입은 머리 긴 남자가 물기를 털어내며 가게 안으로 들어왔다.

 일순 심장이 멈춘 듯한 느낌을 받았다. 그의 존재가 바의 공기를 무겁게 내리눌렀다. 열 시가 조금 넘은 시각, 아직 손님이 없는 L자형 카운터와 테이블 세 곳에 적막이 요동쳤다.

 "어서 오세요."

 나는 아무렇지 않은 듯 셰이커를 닦았다. 회사를 그만두고 바를 시작한 지 어느새 1년, 이제는 제법 자연스러운 손놀림이었다.

 남자는 천천히 바 스툴에 앉았다. 머리카락 사이로 보이는 얼굴은 세월의 무게에 짓눌린 듯 파리해 보였다. 하지만 눈동자만은, 형형하게 빛났다. 그가 코트를 벗고 나를 바라보자, 명징한 시선이 나를 꿰뚫는 것 같았다. 셰이커를 쥔 손이 얼어붙었다.

"이곳엔 이능력자 출입 금지 표시가 없군요. 고마운 일입니다. 게다가 사람이 직접 서빙하는 곳이라니, 제대로 된 곳을 찾았군요. 오늘 같은 날엔 뭘 마시면 좋을까요?"

남자의 목소리는 의외로 부드러웠다. 하지만 그 말투에 스며든 적적함이 묘한 감정을 불러일으켰다.

"저에겐 모두 소중한 손님이죠. 비가 오니까 네그로니 어떨까요?"

그가 고개를 끄덕였다.

진을 따르며 손을 떨지 않으려 애썼다. 탄커레이 향이 코끝을 스쳤다. 알코올이 얼음 잔에 흐르는 소리가 빗소리와 어우러졌다. 캄파리와 스위트 베르무트를 같은 비율로 섞고, 오렌지 껍질을 올렸다. 시트러스와 허브 향이 어우러져 테이블에 은은하게 퍼졌다. 익숙한 내음에 긴장이 풀렸다.

남자는 잔을 받아 들고 한참을 바라보았다. 선명한 다홍색 액체에 비친 조명이 창백한 그의 얼굴에 온기를 더했다.

"아내가 좋아했을 것 같은 칵테일이네요."

불쑥 던진 한마디에 나는 손을 멈췄다. 그의 목소리에 스며든 그리움이 공기를 적셨다.

"아내 분도 칵테일을……."

"좋아했습니다."

남자는 잔을 코끝으로 가져갔다.

"같이 잔을 마주한 일은 별로 없었지만요."

말없이 잔을 닦았다. 남자의 손가락이 잔 위에서 작게 떨렸다.

"회사 일에만 매달리다 보면, 그렇게 되고 말더군요."

남자의 말에서 '회사'라는 단어가 으스스하게 울렸다.

"모든 걸 나중으로 미루다가, 영영 기회를 놓치게 되는 거지요."

고개를 끄덕였다.

"4년 전, 아내가 살해당했습니다."

갑작스러운 그의 고백에 말문이 막혔다. 그의 손가락이 잔의 가장자리를 쓸었다. 움직임을 따라 잔 속의 액체가 일렁였다.

"자상이 수십 군데. 아내는 치유 능력자였지만, 소용없었지요."

목소리가 갈라졌다.

"아내가 보낸 마지막 메시지는 나랑 한잔하고 싶다는 이야기였어요. 무슨 힘든 일이 있었던 건지……."

내 손에서 잔이 미끄러졌다. 그러나 떨어지기 직전, 그가 날렵하게 잔을 낚아챘다. 믿을 수 없을 만큼 빠른 동작에, 잠시 숨이 멎었다. 남자는 내 앞에 잔을 살며시 내려놓고 다시 천천히 의자에 앉았다. 그는 쓴웃음을 지었다.

"처음엔 회사의 라이벌들을 의심했습니다. 말하자면 그런, 조직이었거든요. 하나, 둘…… 마지막 한 놈까지 모두 쓸어버렸지만, 끝내 자백하는 인간은 없었습니다. 알고 보니 범인은 따로 있더군요."

마른침을 삼켰다. 남자가 말을 이었다.

"이능력자 증오 범죄였습니다. 다른 사건으로 잡힌 범인이 실토를 했어요. 제 아내도 그가……"

그가 잔의 테두리를 따라 손가락을 훑자, 네그로니 표면이 출렁이기 시작했다. 손끝에서 현실이 일그러지는 것처럼 보였다.

"어떻게든 그를 손에 넣고 조각조각 내고 싶었지만…… 문득 깨달았습니다. 아내는 그런 방식을 원하지 않을 거라는걸. 그리고 어차피, 출소 때까지 30년이나 기다려야 하고요."

그가 피식 웃었다. 손가락이 멈췄고, 잔에 담긴 술은 다시 고요를 찾았다. 남자의 미간에 주름이 패었다.

"내 아내는 늘 약자를 돕던 착한 사람입니다. 왜 남과 다른 능력이 있다는 이유로 혐오의 대상이 되어야 하는 건가요?"

일반인들을 대표해 무어라 답해야만 할 것 같았지만, 딱히 대답을 바라고 한 질문이 아니라는 걸 바로 알아차릴 수 있었다.

"그를 이해하고 용서하고 고통에서 벗어나고 싶었습니다. 하지만 혼자서는 불가능한 일이었어요. 나를 구원할 종교를 찾아 헤맸습니다. 불교, 기독교, 이슬람교……. 하하."

그가 웃음을 터뜨렸지만, 마가리타에 뿌려진 소금처럼 남자의 본질만 부각할 뿐이었다.

"사제와 승려들을 만나 가르침을 들었습니다. 세속을 떠나 명상과 기도로 하루를 보내는 수행자의 삶을 살았었지요. 하지만 답을 찾을 수 없더군요. 그들 교리에 이능력자는 등장하지 않기 때문일까요? 제 안의 분노를 도무지 끌 수 없었습니다."

순간 바 안의 공기가 달아올랐다. 에어컨 온도를 낮추고 싶었지만 흐름을 방해하면 안 될 것 같아 그만두었다.

"어쩌면 나만의 교의를 세워야 고통에서 벗어날 수 있는 건지도 모르겠네요."

남자는 잔을 만지작거리며 침묵했다. 열기가 서서히 식어 갔다.

"손님의 심정을 감히 헤아릴 수는 없지만, 방금 하신 말씀에는 동감합니다."

잔에 담긴 기억

천천히 입을 열었다. 남자가 고개를 들어 흥미롭다는 듯 눈을 빛냈다. 마른 입술을 적시고 말을 이었다.

"우리는 흔들리고 무너지고 길이 보이지 않을 때, 무언가에 의탁하고 싶어 합니다. 종교 같은 것에요. 저는 신의 존재를, 잘 모르겠습니다. 아마 있을 확률이 높겠죠? 하지만 아무리 구원을 바라며 기도한다고 해도 신은 해결해 주지 않을 거라고 확신합니다."

"왜 그런가요?"

"인간은 누구나 자신만의 고통 속에 살고 있어요. 고통의 크기는 각자 다르겠지만 순위를 매길 순 없을 거고요. 다른 이의 인생을 겪어 보지 않으면 가늠할 수 없는 거니까요. 어, 그러니까 제가 드리고 싶은 말씀은, 수많은 사람들이 나 죽는다고 살려 달라고 신께 기도드릴 텐데, 그렇다고 그분이 기도 잘한 순으로 줄 세워서 들어주진 않을 것 같습니다. 거기까지 신경 쓰진 못할 것 같거든요. 제가 믿는 신은 그래요. 고통은 디폴트고 수난은 랜덤이라고 믿는 순간, 결국 내가 일어서서 헤쳐 나가는 수밖에 없다는 걸 깨닫게 되는 거죠."

나도 모르게 말을 거침없이 뱉어 버렸다. 남자의 눈치를 살폈다.

"그렇군요. 역시 고난은 스스로 넘어서는 수밖에 없는 거군요."

그의 표정이 웃고 있는 것인지 울음을 참고 있는 것인지 알 수 없었다.

"그런데 사장님은 왜 이 일을 하십니까?"

갑작스러웠다.

"전에는 다른 일을 했을 것 같은데."

잠시 망설였다. 남자 앞에서는 거짓말이 통하지 않을 것 같았다. 딱히 그럴 이유도 없었지만. 조심스럽게 말을 이었다.

"전엔 회사원이었습니다. 위에서 시킨 일만 해야 하는 게 적성에 맞지 않았어요. 우연히 바텐더 클래스 광고를 보고, 흥미가 생겨 도전했다가 여기까지 왔습니다. 이 일, 재미있습니다. 1년 됐어요."

그의 반응을 살폈다.

"아, 제 실력은 업계 사람들도 인정하고 있습니다. 경력이 짧아 혹시나 제가 만든 칵테일에 대해 우려하실까 봐."

"그랬군요."

눈빛이 한결 부드러워졌다.

"저도 이제 제 삶을 되찾아야……."

그는 말끝을 흐렸다. 잔에 남은 칵테일이 그의 감정에 반응한 듯 검붉게 보였다. 그는 가볍게 미소 지었다.

"잘 선택하셨어요. 이렇게 사람들에게 위안을 주는 일, 내 아내도 좋아했습니다. 훌륭한 일이에요."

머쓱하게 웃어 보였다.

"전 그저 칵테일을……."

"때론 한 잔의 술이 긴 위로보다 낫습니다. 마음을 움직이는 건 말이 아니라 전해지는 진심이니까."

남자가 잔을 비우고 자리에서 일어났다. 그의 움직임에 따라 바의 공기가 미세하게 일렁였다.

"이제 그만 가 봐야겠습니다."

그가 코트에 몸을 넣고 낡은 깃을 세웠다. 계산서를 내밀려 하자, 지갑에서 백만 원을 꺼내 카운터 위에 올려놓았다. 황급히 손사래를 쳤다.

"너무 많습니다, 손님. 잠시만요, 얼른 거스름돈 드릴게요."

"오늘은 상담비까지 드린 걸로 하지요."

"아니, 그래도 저……."

더 이상 말을 잇지 못했다. 한 번 더 거절하려 했으나, 남자의 묵직한 위엄 앞에 결국 입이 다물렸다.

그가 문을 향해 돌아섰다. 발걸음마다 현실의 틈이 벌어지는 듯했다.

"저, 다음에도 와 주세요. 부인 분이 좋아했을 만한 칵테일을 더 소개해 드리고 싶습니다."

남자가 걸음을 멈추고 돌아보았다. 어둠 속에서 미소가 빛났다.

"기꺼이. 아내와 한잔하고 싶을 때마다 들르겠습니다."

문이 열리고, 찬바람이 휘몰아쳤다. 그는 빗속으로 사라졌다. 떠난 자리에 희미한 기운이 맴돌다 흩어졌다.

한동안 비에 젖은 창밖을 바라보았다. 그가 남긴 잔을 들어 올려 불빛에 비췄다. 맑은 액체에 붉은 후광이 비쳤다.

"건배. 손님, 그리고 부인."

남은 술을 들이켰다. 쌉싸래한 맛 뒤로 스며드는 달콤함이, 마치 오래된 기억처럼 혀끝에 맺혔다.

창밖에 먹구름이 서서히 보름달을 감싸안고 있었다.

강철과 불꽃

"기상! 기상! 5분 안에 연병장 집합!"

뼛속까지 파고드는 사이렌 소리. 지수는 눈을 뜨자마자 군용 시계를 확인했다. 새벽 4시 정각. 옆 침대의 훈련병이 담요를 걷어차며 일어났다.

"젠장. 망할 고비 사막, 추워 죽겠네, 아주 그냥."

"서두르지 않으면 벌점이야."

지수는 이미 군화 매듭을 묶고 있었다.

"그래, 얼른 가자고."

훈련병들이 하품을 참으며 빠르게 연병장으로 달려 나갔다.

지도에도 나오지 않는 이곳. '국제 이능력 연구소'라는 명목으로 존재했지만, 실제로는 이능력 전투 부대를 양성하는 민관 합작 시설이었다.

연병장에 도착한 지수가 턱을 치켜들고 가장 앞줄 정중앙에 자리를 잡았다. 완벽한 차렷 자세. 그녀는 이번 주 실전 훈련 점수표를 흘깃 확인했다. 모든 항목 만점. 다른 훈련병들의 점수와는 확연히 차이가 났다. 시선이 더 치켜 올라갔다.

"오늘부터 새 훈련병이 합류한다."

교관이 말했다. 군복 셔츠 단추를 채 잠그지 않은 청년이 비딱한 자세로 옆에 서 있었다. 교관이 눈살을 찌푸리며 말했다.

"인사해."

청년은 하품을 참으며 손을 들었다.

"켄지다. 능력은……,"

그의 손가락 끝에서 붉은 불꽃이 튀었다.

"불장난."

작은 불똥이 허공에서 춤을 추더니 이내 사그라들었다.

"켄지는 발화發火 능력자다. 가끔 불안정해. 미션 중 조심할 것."

교관이 말했다. 켄지는 씩 웃더니 손을 흔들었다.

"다들 잘 부탁한다. 나한테 너무 기대지는 말고."

훈련병들 사이에서 숨죽인 웃음소리가 돌았다. 그러나 지수는 차가운 표정으로 그를 찬찬히 뜯어볼 뿐이었다.

훈련이 시작됐다. 지수는 장애물 코스를 일말의 실수도 없이 돌파했다. 철조망 아래로 몸을 낮춰 기어가는 동작부터 12미터 높이 벽을 단숨에 뛰어넘는 움직임까지, 흠잡을 데 없이 완벽했다.
"훌륭하다, 지수."
교관이 고개를 끄덕였다.
반면 켄지의 차례는, 재앙이었다. 불꽃으로 장애물을 녹이려다 벽에 불이 옮겨붙었고, 화재 경보가 울려 훈련장 전체가 물바다가 됐다.
지수는 젖은 머리카락을 쓸어 올리며 켄지에게 다가갔다. 발걸음마다 웅덩이에 고인 물이 튀었다.
"너."
냉랭한 목소리.
"집중 안 해? 훈련 제대로 안 따라?"
휘휘 머리를 털던 켄지가 그녀를 바라보았다. 눈가에 웃음이 걸렸다.
"뭐가 그렇게 심각해? 훈련소 전체를 네 어깨에 지고 있는 것처럼 보이네."
"네가 이렇게 대충대충 행동하면 전체가 위험해질 수도

있어. 네가 감당하지 못하는 능력 때문에."

"위험? 내가 얼마나 위험해질 수 있는지 한 번 시험해 볼까?"

표정이 사라졌다. 손바닥 위에 불꽃이 일렁였다. 지수는 가드를 올렸다. 꽉 쥔 주먹 사이 두 눈이 매섭게 빛났다.

"어이구, 계속 정색하니 무섭구먼. 그래, 좀 더 집중하지, 뭐."

그가 한발 물러섰다. 얼어붙었던 훈련장 공기가 다시 흐름을 되찾았다.

다음 날, 연병장에 나온 지수는 눈앞 광경에 눈썹을 꿈틀거렸다.

켄지의 손가락 끝에서 불꽃이 나선을 그리며 춤을 추었다. 때로는 꽃봉오리처럼, 때로는 불사조처럼. 그는 마치 악단의 지휘자 같았다.

"어제 그 녀석 맞아?"

옆에 선 동기가 속삭였다. 지수는 굳게 입을 다물었다.

모의 전투가 시작되자 켄지는 더욱 노련한 모습을 보였다. 표적 탐지 속도는 지수와 맞먹었고, 불꽃으로 목표물을 정확히 제압했다. 교관의 입이 반쯤 벌어졌다.

훈련이 끝나자, 그는 가볍게 윙크를 하며 지수 앞을 지나

쳤다. 움켜쥔 지수의 주먹이 새하얘졌다.

그날 이후, 둘은 모두의 눈에 보일 정도로 서로를 견제하며 부딪쳤다. 모의 전투 훈련에서는 누가 더 빨리 목표를 달성하는지 치열하게 경쟁했고, 체력 훈련에서는 엎치락뒤치락하며 '더 빨리, 더 높게'를 두고 불꽃을 튀겼다. 다른 훈련병들은 그들의 압도적인 실력에 놀라면서도, 점점 그 열기에 휘말려 들었다.

"야, 너희 둘!"
교관의 목소리에 짜증이 묻어났다.
"당장 나와!"
팀전 훈련 중 지수와 켄지가 규정을 어기고 말싸움을 벌였다. 켄지가 빈정거렸다.
"대장 놀이 좀 작작 하시지? 자기만 옳다고 밀어붙이는 너 같은 인간에겐 충분히 넌덜머리가 나 있으니까."
"내가 지금 분대장이야. 너같이 저능한 대원까지 일일이 설득할 필요는 없어."
지수는 냉소했다.
켄지가 두 주먹을 얼굴 앞에 올리더니 가운뎃손가락 한 쌍을 폈다. 손가락 위에서 불길이 치솟았다. 미간을 찌푸린 지수가 그에게 달려들어 묵직한 펀치를 휘둘렀다. 켄지는 황급히 뒤로 피하며 자세를 가다듬었다. 가장 터프한 능력자 두 사람이 연병장 한가운데에서 정면으로 맞붙을 기세였다.

"그만!"

교관들이 다급히 소리쳤다. 한쪽이 상반신을 불태우며 으르렁거렸다. 다른 쪽은 얼음같이 차가운 표정으로 손목을 돌렸다.

군사학 개론 시간, 강의를 마친 교관이 훈련병들에게 고했다.

"훈련에서의 실패는 곧 낙오를 의미한다. 낙오자는 이곳에서 설 자리가 없다. 즉시 퇴출이다."

단순한 경고처럼 들렸지만, 훈련 일자가 지날수록 실제로 중간에 사라지는 훈련병들이 생겼다. 지수는 깊이 생각하지 않았다. 오직 단 하나의 목표가 중요했다. 휴게실에서 숨을 돌리던 그녀에게 훈련병 동기가 다가와 속삭였다.

"너 진짜 대학 자퇴하고 여기 자원한 거야?"

"특수 라이선스를 받으려면 이게 유일한 길이니까."

고개를 끄덕였다.

"미쳤네. 그냥 공부나 하지. 이 지옥 같은 곳에서 5년이라고. 중간에 나가고 싶어도 못 나가는 거 알지?"

"알아. 위험군 능력자는 선택지가 없잖아. 너도 마찬가지 아니야?"

태연했다. 동기는 한숨을 내쉬었다.

"빌어먹을 면허증 없인 숨죽이며 살아야 하니까."

"면허 제도 덕에 초능력자 범죄율은 낮아졌으니, 폐지될 일은 없어 보이고."

"그래도 뭐, 급여는 확실히 세네. 이터널코퍼레이션이 돈 퍼부어 만든 부대."

실소가 나왔다.

"어차피 오래 줄 일이 없어서 그런가?"

"안 웃겨, 이 부대 사망률. 그러니까 '수출 상품'이라 불리는 거라고. 우리가 외국 전장에서 얼마나 유용한지……."

"암튼, 이왕 여기 온 거, 제대로 해보자고. 끝까지 살아남는 거야."

목소리에 결기가 서렸다.

어렸을 적부터 능력을 숨기고 살아온 지수는, 늘 세상에 자신을 온전히 드러내길 바랐다. 부모님과 동생의 극심한 반대를 뿌리치고 자원입대한 것도, 자유롭게 능력을 사용하며 100% 자신으로 살고 싶기 때문이었다.

모의 침투 훈련 중, 예상치 못한 사고로 지수와 켄지가 고립됐다. 훈련 지역에 설치된 폭발물이 오작동 하며 건물 일부가 붕괴한 것이다. 폭발은 장비를 손상하며 화재를 불러왔다.

지수는 두건을 적셔 입을 가리고 차분하게 주변을 탐색했다. 눈에 띄게 창백해진 켄지가 그녀 주위에서 서성댔다. 지수는 나지막이 말했다.

"침착해. 불에 타지도 않는 녀석이 왜 엄살이야? 우리 둘이라면 이곳을 충분히 빠져나갈 수 있어."

"나…… 폐소 공포가 좀 있다고. 우씨, 쪽팔려. 잠깐 기다려 봐. 조금 있으면 나아질 거야."

"내 눈 똑바로 봐. 난 지금 네가 필요해. 네 녀석의 끝내주는 화력이 있어야 둘 다 살아서 나갈 수 있다고."

그는 경직된 표정으로 고개를 끄덕였다. 잠시 심호흡을 하더니 이내 불꽃을 진정시키고, 지수를 따라 움직였다.

"콘크리트 정도야 깨부수면 되는데, 문제는 여기야. H 빔이 길목을 가로막고 있어서 네 도움이 필요해."

지수의 부탁에, 그는 고개를 끄덕이고 손목을 풀더니 이내 강철 빔에 화염을 집중했다. 얼마 지나지 않아 엿가락처럼 늘어지는 구조물. 지수는 휘파람을 불었다. 이제 그녀의 차례. 소화기로 빠르게 열을 식히고 발로 강하게 차서 장애물을 깨뜨렸다. 서로의 능력을 활용해 붕괴한 지역에서 탈

강철과 불꽃

출했다.

"고릴라 같은 네 녀석도 가끔 쓸모가 있구나."

켄지가 말했다.

"네 라이터 불도 쥐포 정돈 굽겠구나."

지수가 받았다.

"아깐 끝내준다며?"

"거짓말이었어."

"고릴라."

퍽. 억.

한동안 말없이 걷다가 훈련소에 다다른 그들은, 처음으로 서로의 주먹을 가볍게 맞댔다. 그리고 짧게 웃었다.

◇ ◇ ◇

저녁 식사 후 짧은 휴식 시간 중, 켄지가 은밀히 지수를 불렀다.

"너, 이곳이 진짜 뭘 하는 곳인지 알고 싶으면 날 따라와."

사뭇 진지한 분위기에 지수는 말없이 고개를 끄덕였다.

그날 밤 그와 함께 훈련소 외곽으로 은밀히 이동했다. 켄지는 이미 몇 번 와 본 것처럼 익숙하게 길을 안내했다. 감시가 삼엄한 곳이었지만, 단련된 침투 기술로 경비 시스템을 피해 허가 구역을 넘었다. 공장형 건물이 눈에 띄었다. 지붕 위, 창백한 빛이 새어 나오는 창문에 당도했다.

"이게, 훈련소의 진짜 모습이야."

지수는 창문 아래를 응시하다 숨을 멈췄다. 훈련병들이 ──자신의 동료들이── 결박된 채 테이블에 묶여 있었다.

"저건……."

말문이 막혔다.

연구원으로 보이는 자들이 주사기로 동료들의 팔에 초록색 액체를 주입했다. 몸이 활처럼 휘었다. 비명도 지르지 못하고 부르르 떠는 모습이 기괴했다. 감금된 훈련병들과 그들에게 행해지는 생체 실험. 켄지가 이를 악물었다.

"그 유명한 '퇴출'이 이거였어. 이놈들, 우릴 실험실 쥐로……."

지수의 뱃속 깊은 곳에서 뜨거운 것이 치밀어 올랐다. 눈앞의 광경이 비현실적으로 느껴졌다. 몇 번이나 눈을 깜빡여도 장면은 변하지 않았다.

"이런 제길."

숨을 골랐다.

"우리 같은 상품商品은 전장에서 굴리고, 낙오한 훈련병들은 실험실 쥐로 쓰는 모양이야."

켄지는 몇 주 전 밤, 금지 구역 근처에서 탈출로를 탐색하던 중 우연히 시설을 발견했다. 몇 번의 추가 조사 끝에 훈련소가 실은 이능력자 부대 양성뿐만 아니라, 인체 실험도 겸하고 있다는 사실을 알아차렸다.

"퇴출이라는 말은 결국 실험 대상이 된다는 뜻이었어. 이게 말이 되냐. 이건 그냥 우릴 노예나 가축 취급하는 거잖아? 이런 나라를 위해 충성할 수 있겠냐고?!"

지수는 그의 말을 부정하고 싶었다. 유일한 길로 믿었던 이곳이, 실은 초인들의 인권과 존엄성을 짓밟고 있었다는 것을. 그러나 그의 말이 옳다는걸, 본능적으로 감지하고 있었다. 훈련병으로 생활하는 내내 ──사람으로 대우받지 못하고 있다는── 묘한 느낌이 들었으니까. 켄지는 지수에게 탈출 계획을 알렸다.

"너랑 내가 합심하면 이곳에서 나가는 건 일도 아니지."

지수는 고개를 가로저었다.

"우리만 탈출하면 안 돼. 초인을 인간 이하로 취급하는 이 시스템 자체를 없애야 해."

숨을 한 번 고르더니 매서운 눈빛으로 말을 이었다.

"동료들을 모두 해방하고 이곳을 잿더미로 만든다. 함께할 거지?"

켄지가 휘파람을 불었다.

"잿더미라…… 내 전공이잖아. 오케!"

천천히 고개를 끄덕이며 말했다.

"좋아. 우선 계획을 확실히 하자. 실패하면 모두 끝장이야."

지수는 세 번째로 훈련소 배치도를 훑어보았다. 켄지가 단팥빵을 베어 물다 한숨을 내쉬었다. 그가 배치도 곳곳에 동그라미를 쳤다.

"이거 보여? 감시 카메라만 37대, 터렛은 12대, 반(反)이능력 장치는 주요 통로마다 설치되어 있어."

지수가 손가락으로 테이블 위를 두드렸다.

"동력실은?"

켄지가 손가락을 튕겼다.

"지하 3층. 사실상 비밀 벙커 수준이지. 하지만……."

"그곳만 장악하면 돼."

시선이 날카로워졌다. 켄지는 의아한 눈길로 지수를 바라봤다.

"아무리 그래도 쉽지 않을 텐데? 군인들하고 경비는 우리랑 비등한 숫자고, 총기류는 모두 생체 인식 기반이야. 털 수 있을 것 같아?"

지수가 잠시 침묵했다가 입을 뗐다.

"상대가 아무리 크고 강해도, 작은 쪽에서 빠르게 선수를 친다면 충분히 이길 수 있어."

손가락을 하나씩 접으며 주먹을 움켜쥐었다.

"그리고 우린, 초능력자야."

지수는 신뢰하는 동료 훈련병들에게 은밀히 메시지를 보냈다.

―국가가 우릴 팔아넘겼어. 실험실의 생쥐 꼴이 되고 싶지 않다면, 함께 하자.

켄지는 자신과 결이 비슷한 훈련병들을 모았다.

"지겨운 훈련 그만 받고, 나랑 같이 불장난할 사람?"

훈련생 소대장과 분대장을 중심으로 연락망이 구성됐다. 몇 차례 논의 끝에 다음 달 진행되는 모의 전투 훈련 일을 디데이로 정했다. 모든 교관이 훈련에 투입된 사이, 들고일어나 시설을 점령하기로 했다. 켄지가 말했다.

"그날 감시망은 훈련 구역에 집중될 거야. 그 틈에 중심부를 장악하고 실험실을 해방하는 거지."

"경비병들의 대응 속도를 예측하고, 각 팀이 맡은 역할을 분명히 해야 해. 그리고 누구도 혼자 남겨져서는 안 돼."

지수가 말을 받았다.

"디데이까지 문제를 일으키지 마. 가장 모범적인 한 달을 만들어 보자. 눈 뜨고 당할 만큼 안심하게 만들어야 해."

훈련생들은 규율을 준수하고, 일과에 전념했다. 태도가 불손하던 부류도 건실하게 하루를 마쳤다. 교관들은 만족했고, 아무런 문제가 없다고 믿었다.

디데이 전날, 저녁 식사 후 연병장에서 리더 두 명이 만났다. 마지막 계획 점검이 끝나고, 켄지가 별일 아니라는 듯 말을 이었다.

"난 원래 불을 싫어했어. 우리 집 꼰대가 불로 사람을 협박하는 작자였거든."

"넌 지금 그걸 무기로 쓰고 있잖아."

지수가 말했다.

"그러니까 말이다, 웃기지? 근데 어느 순간 나에게도 능력이 생기면서 생각이 바뀌었어. 내 불꽃은 예술이거든."

"무슨 생각을 하든 네 자유긴 한데, 네가 불장난할 땐 가끔 미치광이처럼 보여."

"훗, 아무래도 아티스트는 좀 미쳐 있어야지. 근데 넌 왜 그렇게 완벽해지려고 하냐? 기준이 너무 높다고."

"난, 내가 신체적으로나 정신적으로나 완벽하지 않으면 다른 사람들에게 피해를 줄 수도 있다고 생각해. 얼마든지 위험해질 수 있는 사람이니까."

"그 생각 자체가 좀 위험한데? 스스로에게 너무 엄격하다 보면 언젠간 펑 하고 억눌린 감정이 폭발하게 마련이라고."

"너처럼 항상 터뜨리는 사람이 더 문제 아니야?"

"무슨 소리? 나는 늘 절제하며 세련되게 세상에 맞서는 중이지."

"어이가 없네."

"그런데 너, 면허 필요 없어? 너도 그것 때문에 입대했을 거잖아."

"참상을 못 본 척 밟고 올라서서, 내 권리만 챙길 순 없어, 난. 애초에 면허를 원했던 것도 당당하게 살고 싶어서였으니까. 넌 괜찮겠어?"

"나야 뭐, 원래 어둠의 자식이었으니까. 그동안 너무 많은 걸 바랐나 싶다. 다시 분수에 맞게 놀아야지."

"성공해도, 일이 커질 거야. 우리를 진압하려고 높은 확률로 선배들이 투입되겠지. 감당할 수 있겠어?"

"난…… 너만 믿는다."

드물게 진지한 얼굴을 하고 있는 켄지를 바라보며, 지수는 천천히 고개를 끄덕였다.

모의 전투가 시작되던 날, 훈련장에는 안개가 자욱했다.

"타깃 50미터 전방."

지수가 무전으로 속삭였다.

"모두 준비됐나?"

귓속으로 여러 목소리가 흘러 들어왔다.

"준비 완료."

켄지가 의미심장한 눈빛으로 그녀를 바라봤다. 서로 말없이 고개를 끄덕였다.

"시작한다."

켄지는 타이밍에 맞춰 연막탄을 던지는 척하다 손바닥을 활짝 폈다. 불길이 폭발하듯 터져 나와 훈련장 한쪽을 순식간에 화염 지대로 만들었다.

"화재! 화재!"

교관들이 다급하게 외쳤다. 경비병들이 소화기를 들고 불길 쪽으로 몰려갔다. 그 순간 훈련병 두 명이 흐릿한 잔상만 남긴 채 훈련소 중심부로 사라졌다. 교관 한 명이 그들을 발견하고 무전기에 손을 뻗었다.

"비상……."

말을 마치기도 전에 그의 몸이 바닥에 납작하게 깔렸다. 중력을 조종하는 훈련생이 손을 내려 교관들을 한꺼번에 바닥에 깔았다.

"하! 기분이 어떠냐, 개자식들!"

그가 웃음을 터뜨렸다. 훈련병들이 점거한 동력실이 가동을 멈췄다. AI 자동 화기의 전원도 꺼졌다.

"지금이야!"

지수가 소리쳤다.

이능력자들은 잠시 몸을 숨겼던 사각지대에서 벗어나 훈련소 측 병력과 강하게 충돌했다. 군인들이 발포하기 시작했다. 이능인들도 각자의 능력을 활용해 응전했다. 염력을 사용하는 동료는 무거운 장애물을 들어 올려 진입로를 확보했고, 금속 피부를 가진 이능인은 군인들의 총격을 막으며 앞으로 나아갔다.

탕! 탕탕!

켄지가 비명을 지르며 무릎을 꿇었다. 오른쪽 허벅지에서 샘솟은 피가 바닥에 흘렀다.

"젠장, 젠장!"

이를 악물며 다리를 붙잡았다. 균형을 잡으려 했지만 몸이 계속 기울어졌다. 미간을 찌푸리며 손가락 끝에 불꽃을 모았다. 시뻘건 열기로 상처를 지져 출혈을 막았다.

"으으."

고통을 삼키며 낮게 신음했다. 살 타는 냄새가 주위에 퍼졌다. 총알은 다행히 관통했지만, 근육에 손상이 있었다.

복도 저편에서 지수가 달려왔다. 그녀의 눈이 켄지의 상처와 바닥에 떨어진 핏물을 번갈아 보았다. 이마에 땀이 송골송골 맺힌 켄지가 억지웃음을 지었다. 핏기 가신 얼굴에 그린 미소가 기괴했다.

"신경 쓰지 말고,"

목소리가 흔들렸다.

"빨리 가."

지수의 입가가 비틀렸다.

"닥쳐!"

"문 열었다! 빨리 가자! 으하하하."

켄지가 굳게 잠긴 통로의 문을 녹였다. 지수에게 업힌 채.

"이 미치광이야, 내 머리카락 조심해!"

지수는 켄지를 걸머지고서도 놀라운 속도로 고지를 향해 달렸다. 복도 저편에선 AI 포탑들이 시끄러운 금속음과 함께 다시 움직이기 시작했다. 강렬한 사이렌 소리가 멎고, 훈련소 중심부가 잠시 적막에 잠겼다. 지수의 무전기에서 요란한 잡음이 흘러나왔다.

"보조 전력계가 작동 중이야. 자동 화기 중 절반 정도가 다시 작동한다!"

순간, 복도 끝에서 붉은 경광등이 번쩍이며 재기동한 포탑들이 고개를 돌렸다.

"젠장, 다 꺼 버린 줄 알았는데!"

켄지는 식은땀을 흘렸다. 지수는 염력을 쓰는 동료에게

빠르게 지시했다.

"저기 터렛부터 막아! 켄지, 넌 오른쪽 구역을 뚫어. B팀은 건물 외곽에 남아 경비 부대 유입을 차단하고!"

포탑이 불꽃처럼 탄환을 쏟아내기 시작했다. 염력 사용자가 재빨리 강철 문짝을 뜯어내 임시 방패로 삼았고, 켄지는 벌어진 틈으로 몸을 날려 손바닥에 불꽃을 일으켰다. 뜨거운 열기가 철제 기계 장치의 표면을 녹이기 시작했다.

그 사이, 시설 곳곳에서 둔탁한 기계음이 울렸다. 방어 시스템이 재부팅되면서 통로들이 봉쇄되었다. 지수는 다시 무전을 날렸다.

"하, 안쪽이 또 봉쇄된 것 같아. M-1은 내가 뚫을게. 너흰 C-4 쪽으로 돌아가!"

패널을 강하게 걷어차고 어깨로 부수며 통로를 열었다. 무너진 잔해가 곳곳을 가로막아 시야가 답답했다. 울려 퍼지는 금속 마찰음과 뜨거운 화염 냄새가 섞여, 시설 전체가 금방이라도 폭도들을 잡아먹을 듯한 분위기를 풍겼다.

경비병 다섯 명이 초능력 억제 장치를 착용하고 나타났다. 가까이 접근하는 이능인의 힘을 순간적으로 약화시키는 특수 전투복. 중력을 조종하던 동료 앞에 전투복을 입은 무리가 나타나 총구를 겨누는 순간, 가까스로 합류한 켄지가 불꽃을 세차게 내질렀다. 경비병들은 총기를 놓치며 비명을 질렀다.

"신형 장치도 멀었네. 역시 내 불꽃은 감당을 못하는구먼."

켄지는 초코바를 입에 털어 넣었다. 아직 다리를 절었지만, 응급 키트 덕에 움직일 순 있었다.

지수는 생체 실험소 문 앞에 도착했다. 내부에서 군인들이 바리케이드를 치고 버티고 있었다. 땅을 박차고, 몸을 포탄처럼 문에 꽂았다. 두꺼운 철문이 날아가며 군인들을 덮쳤다. 뒤이어 훈련병들이 들이닥쳐 현장을 단숨에 제압했다.

"좋아, 우리가 이길 수 있어."

지수는 거칠게 숨을 몰아쉬며 한 팔로 땀을 닦았다.

반란의 저울은 성공 쪽으로 기우는 듯했으나, 급작스레 스피커가 울리며 낮은 목소리가 사위에 깔렸다. 훈련소장의 목소리.

"도대체 무슨 생각으로 이러는 건지 모르겠지만, 이 시설은 그렇게 쉽게 함락되지 않아."

순간, AI 터렛이 작동을 멈추고 벽면 곳곳에서 반이능력 파동 발생기가 고속으로 가동됐다. 근방 이능인들의 능력이 깎여 나갔다. 지수는 괴력으로 기기를 부수려 했지만, 다가갈수록 팔에 힘이 제대로 실리지 않았다.

"젠장, 불이 안 붙어!"

켄지의 불꽃은 불안정하게 흔들리다 사라졌다.

훈련소 간부 두 명이 강화 슈트를 입고 등장했다. 이능인들을 향해 장치의 거대한 팔을 기세등등하게 휘둘렀다. 반란군은 일단 물러설 수밖에 없었다. 훈련소의 설계도를 되짚던 동료가 다급히 무전을 쳤다.

"보조 전력실은 지휘실 내부에 있어. 그것만 끌 수 있다면……!"

훈련소장이 버티고 있을 터였다. 지수와 켄지가 눈짓을 주고받았다.

지휘실 앞에 다다른 지수가 벽을 등지고 숨을 고르는 사이, 훈련소장이 강화 슈트의 금속 발판을 쿵쾅대며 다가왔다. 기계의 유압 장치가 웡웡거렸다. 거친 기계음과 함께 확장된 한 팔 한 팔이 자동차 한 대만큼 컸다. 지금 지수의 괴력은 평소의 절반 이하. 이를 악물며 주위를 빠르게 둘러봤다.

"받아칠 수 없다면 흘리면 돼."

스스로에게 그렇게 주문을 걸었다. 쇳덩이 팔이 곧바로 뻗어 오자, 몸을 낮추며 재빨리 피했다. 금속 펀치가 어깨 위 머리카락을 스치며 간발의 차로 비껴갔다. 시야 우측 앞에 철제 파이프가 눈에 띄었다. 다급히 몸을 날려 잡아챈 뒤 봉 끝을 밟아 끝부분을 납작하게 눌렀다. 파이프를 단단히 움켜잡고, 슈트의 무릎 관절 부위를 노렸다.

'장치 때문에 힘이 제대로 안 실려. 일단 움직이지 못하게 기계 관절을 꺾어 버려야 해.'

훈련소장이 왼팔을 들어 올리는 순간, 지수는 지그재그로 방향을 바꾸며 돌진했다. 예리해진 파이프 끝을 무릎 관절 사이에 박아 넣으려 했지만, 소장이 곧장 반응해 그녀를 쳐 냈다. 날아올라 벽에 부딪혔고, 입술 끝에 피가 비릿하게 맺혔다.

"이번 기수 최고 훈련병도 별수 없구나."

그가 비웃었다. 찰나 방심한 틈이 보였다. 쏜살같이 그에게 달려들어 다리부터 슬라이딩. 파이프를 무릎에 쐐기처럼 박아 넣었다. 금속 마찰음이 귀를 찢을 듯 울렸고, 충격으로 소장이 잠시 흔들렸다. 완벽하게 부서뜨릴 수는 없었지만, 미세한 고장이 생긴 듯 슈트가 움찔거렸다. 힘을 절반밖에 쓰지 못하는 상황에서도, 지수는 강화 슈트의 묵직한 공격을 흘려보내며 서서히 간격을 좁혀 나갔다.

같은 시각, 복도 반대편에서는 켄지가 벽에 몸을 기대고 있었다. 다리는 아직 불편했고, 불꽃은 약하게 흔들릴 뿐 제

강철과 불꽃

대로 타오르지 않았다.

'젠장, 이러면 불은 못 쓰는 건가. 그래도 짧은 시간 정도면……'

순간, 경비병 한 명이 다가왔다. 켄지는 재빨리 손안에 불꽃을 모았다가, 적의 얼굴에 섬광을 튀겼다. 예측하지 못한 빛에 경비병이 움찔하며 뒤로 물러서자, 재빨리 자세를 낮춰 옆으로 굴렀다. 총구가 헛방향을 향한 순간, 그의 손목에 불꽃을 내리쳤다. 비명과 함께 총이 떨어졌다. 켄지는 씩 웃으며 경비병을 안아 불을 옮겼다.

"으악!"

경비병이 데굴데굴 굴렀다.

켄지도 마침내 훈련소장 뒤편에 접근했다. 강화 슈트를 입은 거구가 등을 돌린 채 지수의 움직임을 주시하고 있었다. 배터리 연결부 깨진 틈 사이로 동력 케이블이 보였다. 그대로 목표 지점을 잡아챘다. 순간적으로 타오른 강한 불꽃이 케이블에 옮겨붙었다.

켄지의 난입으로 소장의 집중력이 깨졌다. 허점이 보이자마자 지수가 달려들었다. 파이프가 박힌 무릎에 정확히 들어간 킥. 고철이 갈리는 듯한 소리와 함께 슈트의 다리가 꺾이더니 옆으로 무너져 내렸다. 슈트 뒤에서 켄지가 헐떡대며 지수에게 엄지척을 보냈다.

"역시, 고릴라!"

지수의 매서운 눈초리를 피해, 켄지는 서둘러 지휘실로 들어갔다. 보조 동력원을 찾아 전원을 내렸다. 반이능력 장치가 멈췄고 이능력자들의 힘이 되살아났다.

지수는 슈트를 뜯어내 소장을 꺼냈다. 실험실 건물에서 간부들에게 고전하던 동료들은, 되살아난 능력을 활용해 가볍게 그들을 제압했다.

이능력자들은 결국 훈련소를 점거하고, 실험실에 갇혀 있던 동료들을 해방했다. 훈련병들은 서로를 부둥켜안고 승리를 자축했다. 지수는 동료들을 둘러보며 중얼거렸다.

"이제부터가 시작이야."

그들은 새로운 공동체를 만들기로 합심했다. 서로를 보호하고, 더 이상 억압받지 않는 세상을 만들기 위해 협력하기로 했다. 켄지가 지수에게 말했다.

"캡틴, 다음 목표는 뭐야?"

지수가 짧게 대답했다.

"초인들이 자유로운 세상."

버려진 왕관

 나는 그림을 그릴 때만큼은 마음이 평온했다. 디지털 페이퍼를 펴고 펜슬을 쥐면, 세상이 조용해지는 기분이었다. 그림 속에서 나는 자유로웠다.

 오늘은 검은 용 한 마리와 그에 맞서 칼을 든 소년을 그렸다. 용은 여객기만큼 거대했고, 강철보다 단단했다. 소년은 유약해 보였지만 자기 몸보다 더 큰 칼을 쥐었다. 용을 물리친다면, 소년은 남자가 될 수 있을까?

 점심시간 종이 울리고, 아이들이 헤드셋을 벗으며 현실로 돌아왔다. 디지털 페이퍼를 접어 백팩에 넣고 숨을 크게 들이마셨다. 복도로 나서기 전부터 익숙한 불안이 다시 고개를 들었다.

 "태오야, 오늘은 또 뭘 숨기고 있냐?"

현수였다. 친절한 척하면서도 조롱을 숨기지 않는 어조. 현수의 무리가 내 앞을 가로막았다. 심장이 빠르게 달음박질했다.

"가방 좀 보여 줘라. 뭐 재미난 게 있을 거 같은데?"

"아, 안 돼."

누군가 우악스럽게 백팩을 낚아챘다. 가방 속 디지털 페이퍼가 현수에게 건네졌다. 현수는 내 머리채를 잡고, 얼굴에 화면을 들이밀었다. ― 잠금이 풀렸다.

"아, 또 그림이냐? 이게 뭐야? 용이야?"

현수는 그림 위에 엑스 표를 직직 갈기고는 파일을 삭제해 버렸다.

"에휴, 한심하다."

현수가 디지털 페이퍼의 모서리로 머리를 쿡쿡 찍었다. 눈앞이 흐려져 고개를 숙였다. 더는 약한 모습을 보이고 싶지 않았으니까.

"너는 애가, 현실 감각이 좀 떨어져. 형들이 너 정신 차리라고 챙기는 거 알지?"

현수는 비웃음을 흘렸다. 무리도 따라 웃었다. 그 소리가 나를 더 쪼그라뜨렸다.

"괴물 새끼."

갑자기 명치에 현수의 주먹이 꽂혔다. 눈앞이 하얗게 물들고 숨이 제대로 쉬어지지 않았다. 모두가 내 어깨를 밀치며 지나갔다.

수업이 끝난 뒤에도 현수와 무리는 나를 놓아주지 않았다. 쥐를 갖고 놀고 싶은 배부른 고양이처럼. 사색이 된 쥐는 학교 뒤편 골목을 내달렸다.

"태오야, 왜 그렇게 빨리 가? 같이 가자."

발톱을 숨긴 고양이. 숨이 턱끝까지 차올랐다. 결국 막다른 골목 앞에 멈춰 설 수밖에 없었다. 현수는 나를 벽으로 밀어붙였다.

"내 말 씹냐? 이 새끼가 죽을라고."

거센 주먹이 얼굴에 몇 차례 날아왔다. 혀에 스민 찝찝한 단맛. 입가를 훔친 손에 붉은 피가 묻었다.

"어때? 정신이 좀 맑아지지?"

현수가 말했다.

"쉬바, 저 새끼 얼굴 좀 봐라."

무리 중 한 명이 바닥에 침을 뱉었다. 재빨리 얼굴을 가렸다. 상처가 아물고 있을 터였다. 남들에게 보이고 싶지 않은 내 능력.

"괴물 새끼가 감히, 사람 말을 무시해?"

현수가 다시 주먹을 쳐들었다. 그때, 가볍고 어딘지 느긋한 목소리가 들렸다.

"애들 장난이 좀 시끄럽구먼."

구석 가정집 문 앞에 남자 한 명이 쭈그려 앉아 있었다. 낡은 재킷, 헝클어진 머리, 손에서 불빛이 ──라이터?── 깜빡거렸다.

남자는 나와 현수 무리를 번갈아 보더니, 천천히 몸을 일으켰다. 그의 입가에 미소가 걸렸다. 비딱하게 선 현수가 남자를 노려보았다.

"아저씨, 신경 끄세요."

순간 남자의 눈동자에 불길이 일었다.

"난 누가 뭘 끄라고 하면 그게 그렇게 싫더라."

목소리는 나직했다. 하지만 공기가 달아올랐다. 뒤로 한 발 물러선 고양이. 남자는 고개를 살짝 기울이며 다시 입꼬리를 올렸다.

"쫄았어? 아니면 내가 얼마나 위험한 사람인지 한번 시험해 볼래?"

무리 중 한 명이 허세 어린 웃음을 터뜨렸다가, 남자가 쏘는 눈빛에 얼어붙었다. 현수는 고개를 돌리고, 바닥에 침을 뱉었다.

"야, 그냥 가자."

꼬리를 말고 내빼는 작은 포식자들. 나는 이러지도, 저러지도 못한 채 그 자리에 굳었다.

"얼었냐?"

남자의 말투는 여전히 투박했지만, 왠지 따듯해졌다. 입술을 깨물고 고개를 저었다.

"계속 당하기만 할 거야?"

고개를 떨궜다. 발끝으로 애꿎은 땅을 찼다.

"강해져라. 네가 가진 능력처럼, 절대 꺾이지 않는 사람이라는 걸 보여 주면 돼."

그는 내 어깨를 툭 치더니 골목을 떠났다.

다음 날 아침, 이번에는 용의 이빨과 소년의 칼이 부딪치는 모습을 그렸다. 용은 소년을 태워 버릴 듯 노려봤지만, 소년도 물러서지 않고 당당히 눈을 마주쳤다.

쉬는 시간이 되자, 현수와 무리가 내 자리로 찾아왔다.

"태오야, 어제는 운이 좋았네?"

현수가 내 머리를 쓰다듬었다. 평소와 다르게 심장이 점점 걸음을 늦췄다.

"그런데 오늘은 그 양아치 새끼가 안 보이네?"

머리를 툭툭 치는 더러운 앞발. 손가락을 강하게 말아 쥐었다.

"이 새끼가 지금, 주먹 쥐냐?"

그가 손을 들어 올렸다. 자리를 박차고 일어나 현수를 노려봤다.

"이제 그만해! 나 좀 내버려두라고!"

일순 교실에 정지 버튼이 눌리고 모든 눈이 우릴 향했다. 현수의 눈꺼풀이 한껏 치켜 올라갔다가 주위를 빠르게 노려봤다.

"뭘 꼬나봐?"

그리고 주먹으로 책상을 내리쳤다.

쾅.

현수를 응시한 내 눈은 조금도 흔들리지 않았다.

"우리 태오가 이제 미쳤구나. 안 되겠다. 특단의 조치를 취해야겠어."

그날 밤 학원을 마치고 집으로 가던 길, 현수 무리에게 붙잡혔다. 나는 폐공장——현수 무리의 아지트——으로 끌려갔다.

"말대꾸가 나와? 개겨? 간이 배 밖으로 튀어나왔나 본데, 순대 한 접시 썰어 줘? 어? 어차피 금방 나을 거 아니야."

현수는 발로 내 정강이를 걷어찼다. 신음이 튀어나왔지만, 허리를 꼿꼿이 폈다. 절뚝거리며 두 주먹으로 가드를 올렸다.

벼려진 왕관

"너랑 나, 둘이 붙자. 덤벼."

"지랄하네."

현수는 웃었다. 어느새 등 뒤에 다가온 패거리 둘에게 어깨를 잡혔다. 벗어나려 했지만 꼼짝할 수 없었다. 현수가 가방에서 디지털 페이퍼를 꺼내 흔들었다.

"태오야. 이 괴물 새끼야. 미친, 정신이 나갔지? 형이 너 치료 좀 해 줄게."

내 기기가 드럼통 속 모닥불 안에 던져졌다. 있는 힘을 다해 손아귀를 뿌리치고 달렸다. 불구덩이에 손을 넣어 디지털 페이퍼를 꺼냈지만, 이미 불이 옮겨붙어 전원이 들어오지 않았다. 그제야 정신이 들어 그을린 손을 들고 앓는 소리를 냈다. 무리는 키득거렸다.

"야, 쟤 뭐하냐?"

"재생되는 몸이라 함부로 막 굴리지, 씨바."

"잡아."

바닥에 팽개쳐졌다.

"태오야, 형들이 너 사랑하는 마음으로 훈육 좀 하려는 거야. 어디 오늘 네 몸이 어디까지 견디나 한번 시험해 보자."

현수는 바닥에 침을 뱉더니 말을 이었다.

"네 알량한 능력을 저주하게 될 거야."

불이 붙은 장작 하나를 들고 다가왔다. 나는 벌떡 일어나 울부짖었다.

"그래, 다 덤벼. 이 씨발새끼들아! 누가 먼저 나가떨어지나 해보자."

무리가 몸을 움찔 뒤로 젖혔다. 그러고는 비웃었다. 하지만 보았다. 패거리의 눈가를 잠시 스치고 지나간 초조함, 의구심, 두려움. 무리 짓지 않으면 순진한 중학생 하나 어쩔 줄 모르는 배짱 없는 녀석들.

그 순간, 한쪽 벽에서 큰불이 타올랐다. 불길은 삽시간에 공장 전체로 퍼졌다. 매캐한 검은 연기가 공간을 휘감았다. 현수와 무리가 꼬리에 불붙은 고양이처럼 허둥대는 사이, 누군가 내 손목을 붙잡았다.

"가자."

단호한 목소리였다. 그의 모습은 연기와 눈물 때문에 흐릿했지만, 손으로 전해지는 온기는 선명했다.

"몸 낮춰, 입 가리고. 날 따라와."

의지하고픈 따스한 명령. 뜨거운 공기가 폐를 찌르고, 자욱한 연기가 시야를 가렸다. 하지만 그 손은 나를 거침없이 이끌어 안전하게 불길 속을 빠져나왔다.

다음 날 등굣길, 골목 벽에 기대 담배를 피우고 있는 남자와 다시 마주쳤다.

"이름이 뭐였더라, 현서? 어제 우린 뜨거운 대화를 좀 나눴**어**. 다시는 널 보고 싶지 않다고 했**어**. 큭, 라임 어때?"

갑자기 읊는 랩과 현란한 손짓에, 나는 입을 떡 벌린 채 그를 쳐다보았다.

"크흠, 너, 눈빛이 달라졌구나."

남자는 헛기침을 하더니 얼굴을 가까이했다. 미소를 지으며 덧붙였다.

"아주 좋아. 항상 가슴 펴고 고개 들고 다녀. 너 자신을 믿어라. 누구도 너를 흔들지 못해."

그가 뒤로 돌아 자리를 뜨려 했다.

"고마워요, 형. 그런데……."

조심스럽게 물었다.

"이름이 뭐예요?"

"케…… 쩝, 알 게 뭐냐."

그는 담배 연기를 내뿜으며 한 손을 흔들었다.

남자의 말대로 현수 패거리는 나를 슬금슬금 피했다. 나는 그림에 흥미를 잃었다.

"엄마, 나 운동 배우고 싶어."

"우리 아들, 뭐 배우고 싶은데?"

"격투기."

"뭐어?"

꿈을 꿨다. 온몸에 상처가 가득한 소년이 땅 위에 우뚝 서 있었다. 왕관을 쓴 채로. 용은 보이지 않았다.

아침에 일어난 나는 거울 앞으로 가서 가슴을 쭉 펴고 당당히 고개를 들었다.

락스타 북카페

 언제였는지 정확히 기억나지 않는다. 소박한 이 동네에 우리 북카페가 들어온 시점이. 그런데 이젠 박씨네 참기름집, 김씨네 이발소 같은 동네 터줏대감들과 함께 불려도 이질감이 없다. 어느 순간 마을 정경에 자연스럽게 녹아들었다.
 멋쩍게 카페에 들어가 주인아저씨와 인연을 맺은 것은 1년 전 여름. 처음 맞닥뜨린 가게 안은 오후의 햇살 때문인지 누런 필터를 낀 듯 색 바랜 사진 같은 따스함을 품고 있었다.

 "안녕하세요."
 사장님은 나직한 목소리로 나를 맞았었다. 나는 그를 유심히 살폈다. 어깨까지 흘러내린 예수님 헤어스타일. 가만, 예수님 스타일이라는 것이 있던가? 빨간색 뿔테 안경. 응?

누가 요새 빨간 뿔테를. 그리고 알이 없잖아? 흰 셔츠에 까만 앞치마. 종합해 보면 가까이하고 싶지 않은 느낌! 다만 나를 뚫어지게 바라보는 눈이, 빛났다. 마치 내가 오기만을 기다렸다는 듯이. 무언가 재미있어 죽겠다는 표정에도 거리감을 좁히는 인력引力이 있었다.

"저, 아르바이트 뽑으신다고 해서……."

주머니에서 고이 접은 이력서를 꺼내며 말했다. 가게 안쪽에서 테이블을 정리하던 여성이 고개를 돌려 나를 쳐다봤다. 20대로 보이는 그녀는 동그란 안경을 얼굴에 걸친 귀염상. 가볍게 목례하자 그녀도 고개를 끄덕이고 다시 하던 일에 집중했다. 사장님은 이력서를 보지도 않고 손뼉을 쳤다.

"오, 학생 잘 왔어요. 합격!"

"엥? 네?"

이력서를 든 손이 허공에 멈췄다. 괜히 어깨가 움츠러들었다.

가게 안쪽에 있던 그녀가 어느새 카운터로 다가왔다. 사장님 앞에서 빠르게 손동작을 취했는데, 그게 수화라는 건 사장님도 이어서 손짓하는 것을 보고 나서야 알아차릴 수 있었다.

"재이야, 고마웠다."

그는 오른손을 펴서 왼손등 위를 두드렸다. 재이라는 여

락스타 북카페

성이 그에게 꾸벅 인사를 하고 나를 돌아봤다. 사장님을 손으로 가리키더니 엄지척했다. 나도 모르게 같이 주먹을 쥐고 엄지를 올렸다. 그녀는 생긋 웃고는 손을 흔들며 가게 밖으로 사라졌다.

사장님이 이력서를 가볍게 뺏어 들더니 카운터 위에 올려 두었다.

"자, 학생. 내일부터 출근하면 돼요. 아님 지금부터?"

나는 그 자리에 얼어붙었다. 무르고 싶은 마음과 호기심이 뒤엉켰지만 결국 전임자의 평가를 믿어 보기로 했다. 이제 와서 생각해 보면, 그때 도망치지 않아서 다행이다. 다음 날부터 시작한 출근이 벌써 300일도 넘었으니까.

"사장님, 근데 그때 왜 면접도 안 보시고 저 뽑으신 거예요?"

"어, 내가 사람을 잘 봐."

가끔 첫 만남 때 일을 물어보면 늘 비슷한 대답. 왠지 인정받은 느낌이라 기분은 좋다. 뭐, 여전히 수상하지만. 아직 여기서 일하고 있는 것을 보면 케미가 맞는 것 같기도 하고.

아침 9시 30분, 문을 열고 들어서면 오래된 책들의 냄새가 코끝을 간지럽힌다. 사장님이 '아날로그 성지'라고 부르는 이곳은 2050년대 들어 멸종 위기에 처한 유사 천연기념

물 공간이다. 종이 사용 제한 정책 때문에 신간은 대부분 전자책으로만 나오고, 양자 공명 기술을 통해 정보를 뇌로 이동하는 방식도 인기를 끌고 있기 때문이다.

세태에 온몸으로 저항하는 가게 천장을 올려다보면 높은 층고 끝까지 빼곡히 꽂힌 책들이 사람을 압도한다. 테이블 다섯 개가 놓인 작은 공간에 비해 너무 많은 책이 삼면을 둘러싸고 있다.

"사장님, 여기 책이 몇 권이나 되는 거예요?"

그는 커피 원두를 그라인더에 넣다가 고개를 들었다.

"음? 아, 2,000권 정도? 문학, 철학, 심리학, 칵테일도 있고……"

"칵테일요?"

사장님은 어깨만 으쓱할 뿐이었다.

마른행주로 테이블 위를, 원을 그리며 닦았다. 나무 무늬가 도드라지며 윤기가 돌았다. 창가로 걸어가 블라인드 줄을 당겼다. 철커덕, 소리와 함께 아침 햇살이 쏟아져 들어왔다.

"좋아, 이제 일어나자."

중얼거리며 공간을 바라봤다. 햇살에 나무 테이블, 의자, 책장이 따스한 색으로 물들었다. 마치 공간 전체가 기지개를 켜는 것 같았다. 카운터 뒤로 가서 커피 머신의 버튼을 눌렀다. 기계가 윙윙거리며 데워지기 시작했다. 패드를 꺼내 펜슬을 입에 물고 발주 목록을 확인했다.

"원두, 우유, 설탕……."

띠링. 문이 열리며 방울 소리가 울렸다. 사장님이 가벼운 발걸음으로 들어왔다. 얼굴이 발그레 상기돼 보였다.

"오, 사장님 오늘은 일찍 나오셨네요."

그는 겉옷을 벗어 걸고 기지개를 켰다.

"어, 굿모닝."

하품을 하더니 말을 이었다.

"오후엔 서울 가야 해서 오늘은 좀 일찍 나왔어."

평소와 달리 사장님의 눈빛이 기대감으로 반짝였다.

"서울은 왜요?"

기계에서 나오는 에스프레소를 받으며 물었다. 그는 가슴을 펴고 턱을 들었다. 손가락으로 V자를 그리며 씩 웃었다.

"드디어 책 출간하기로 했다. 나 계약하러 간다."

놀라 고개를 돌렸다.

"앗, 뜨거!"

컵을 내려놓다가 커피 방울이 손에 튀었다.

"아니, 뭐 요즘은 아무나 책 낼 수 있나 봐요."

"뭐, 인마?"

사장님은 어이가 없다는 듯 웃으며 말했다. 나는 손사래를 쳤다.

"농담이에요. 진짜 축하해요!"

고개를 숙여 수건으로 커피 자국을 닦았다. 진짜 아무나 책을 내 주나 보다. 가게에서도 뭔가 계속 쓰기에 몇 번 몰래 봤었는데, 되게 재미없······. 자비로 출판하는 건가?

따르릉.

"네, 락스타 북카페입니다. 아 네네. 사장님, 전화 받으세요."

"네, 이정호입니다."

"사장님, 처음은 다 그렇죠, 뭐. 그렇게 실망하실 거······."

그가 한숨을 쉬었다.

"난 말이야······ 내 책이 공전의 히트작이 될 줄 알았거······."

말을 잇지 못하고 코를 훌쩍였다. 울적하다며 가게 문 닫고 술 한잔하자는 사장님과 같은 얘기를 반복한 지 한 시간째. 아껴 둔 위스키가 있다며 꼬시더니 "짜잔." 하며 내온 조니워커 블랙. 쪼잔······. 형님 책이 왜 안 팔리는지 알 것 같습니다. 물론 안 읽어 봤지만.

"그래도 출간 한 달 만에 10부면, 크크, 하루에 0.3권씩이나 팔렸네요! 작가님, 이 페이스면 100년 후에 10,000부 가능합니다! 아닌가? 1,000년인가?"

"야, 인마! 으흑."

작가님이 잔에 남은 술을 원샷했다. 나는 취했는지 떨리는 손으로 술을 따랐다.

"어이쿠, 잔이 왜 이렇게 작은 거죠?"

"야야, 조심해. 아까운 술 흘리지 말고. 그런데 너 말이야."

"예예, 형님."

"그 나이에 왜 이 동네에서 혼자 사냐? 뭐 사연 있어?"

"사연은요, 무슨."

"부모님은 다른 곳에 사시고?"

"재작년에 엄마 돌아가시고, 아빠랑 둘이 살다가 독립했어요. 이 동넨 어쩌다 그냥 즉흥적으로 선택했고요."

"왜? 아버지 외로우실 텐데."

"성인이 다 돼 가는데도 절 너무 과잉보호하셔서, 숨이 막히더라고요. 그리고 아빠, 여자 친구 생겼어요."

목이 타서 술을 들이켰다.

"그래? 그 얼굴에 능력도 좋네."

"에? 저희 아빨 아세요?"

"아…… 저, 그게, 네 얼굴 보면 각이 딱 나오잖냐."

"참 나, 형님보단 훨씬 낫거든요."

나는 어이없다는 표정을 지으며 잔을 입에 댔다.

"무슨 말도 안 되는 소릴."

사장님이 정색했다. 나는 그만 웃음이 터졌다.

"대학 갈 생각은 없냐?"

"글쎄요. 아직 해 보고 싶은 공부가 없네요. 군대 다녀와서 생각해 보려고요."

"그러냐? 그래, 스스로 길을 찾아야지."

"저, 형님."

"어, 왜?"

"혹시 눈치채셨는지 모르겠지만……."

"응? 뭘?"

"저 능력자입니다아."

"딱히 능력 있진 않던데?"

그가 키득거렸다.

"아니 그거 말고, 초능력이요오."

"아."

"벌레 보는 듯한 시선도 싫고, 정부 리스트에 오르기도 싫어서 감추고 있어요."

"능력이 뭔데?"

"신체 재생 능력? 다쳐도 금방 나아요."

"와, 그거 짱 아니냐? 무서울 게 없겠는데?"

"아뇨, 아픈 건 똑같으니까. 그리고 상처 날 일은 되도록 피하다 보니 별것 아닌 일도 더 무서워졌습니다아."

"그런 놈이 군대 가면 어떡하냐?"

"행정병으로 갈 거니까 괜찮아요. 감추는 데도 도가 텄고요오."

"야, 부럽다. 너 그거 축복인 거 알지?"

"글쎄요. 축복인지 저주인지."

나는 주먹을 보며 괜스레 쥐었다가 펴기를 반복했다.

"난 언젠가, 모두가…… 그 뭐냐, 조화롭게 살아갈 방법을 찾을 거라고 믿어. 온전한 너 자신으로 우뚝 설 수 있는 날이 올 거야. 기 죽지 말고 당당하게 살아라. 넌 특별한 거야, 이 녀석아."

뜻밖의 진지한 분위기에 나는 잠시 머뭇거리다 화제를 돌렸다.

"사장님, 근데, 형님은 전에 뭐 하셨어요? 왜 결혼 안 하셨어요? 아, 못 하시는 거겠죠? 죄송합니다아. 딸꾹."

두 손을 합장했다. 그가 눈을 흘겼다.

"일단 결혼은, 인기가 너무 많아서 누구 한 명을 고를 수가 없었고."

나는 눈물까지 흘리며 박장대소했다. 사장님은 아랑곳하지 않고 말을 이었다.

"전엔 바를 운영했어. 한동안 벌이가 괜찮았는데, 또 팬데믹이 와서 버티고 버티다가 망했지. 도대체 몇 번째냐고. 이놈의 감염병은 왜 잊을 만하면 계속 도는 거야?!"

그가 양주를 홀짝였다.

"그런데 왜 북카페를……?"

나는 내 잔을 채우다가 물었다.

"책을 좋아하거든. 새로 시작하는 김에 늘 좋아하는 것과 함께하고 싶었다. 그래서 지금 행복해. 너도 말이야, 좋아하는 일을 찾아서 그걸 해. 그래야 행복하다, 너. 그게 너 자신으로 사는 길이야. 인생이 아무리 날 괴롭혀도 애정하는 일이 있다면 고통 따위 아무것도 아니야. 매 순간 살아 있다는 느낌으로 충만하지."

"오늘따라 '아버지' 같은 소리를 많이 하시네요, 형님."

새어 나오는 하품을 참으며 다른 질문을 꺼냈다.

"근데 왜 하필 이런 시골에서? 고향이에요?"

그가 잠시 나를 물끄러미 바라보았다. 점점 취기가 올라왔다. 누가 내 눈꺼풀에 벽돌 책을 올려놓은 것만 같았다.

"누가 부탁했어. 이곳에 아는 사람이 있는데, 가능하면 좀 가까이서……."

계속 이야기를 이어 갔던 것 같은데, 거기서 기억이 끊겼다.

다음 날 아침, 가게 옆에 자전거를 세우는데 낯선 소리가 들렸다.

"라라라~ 움바바~."

사장님이 콧노래를 부르며 가게 앞 낙엽을 쓸고 있었다. 어제 침울했던 분위기는 온데간데없이, 어깨춤까지 추고 있었다.

"오, 사장님 웬일이세요?"

자전거 자물쇠를 채우며 물었다. 그는 빗자루를 휙 들어 올리며 나를 향해 몸을 돌렸다.

"요, 굿모닝! 아침 공기가 상쾌하잖니."

과장된 웃음소리를 내며 빗자루로 낙엽을 쓸어 담았다. 발로 땅을 구르며 뚝딱이는 몸짓까지 보였다. 부러 기운을 차리려는 모양이구나. 그가 취해서 몇 번이고 반복했던 출판 업계에 대한 한탄이 아직 귓가에 맴도는 것 같은데.

읍내 북카페의 별다른 것 없는 평범한 하루. 여전히 손님은 별로 없고, 사장님은 괜스레 부산스럽고. 매일 가게를 들르는 나른한 볕에, 반짝이는 먼지들만 신이 나 춤을 춘다.

손님 앞에서 어색하게 상냥함을 연기하는 그의 모습을 바라보며, '이젠 좀 자연스러워질 때도 되지 않았나?' 하는 생각도 몇 번짼지.

"무슨 생각을 그리 골똘히 해?"

"아녜요. 그냥 멍때리고 있었음요."

"싱거운 녀석, 나 다음 책 영감이 떠올랐다."

"아, 벌써요?"

"어, 제목도 정했어. 《사랑의 형이상학》. 그 뭐냐, 삶의 굴레 있잖아, 인간의 실존적 번뇌를 사랑으로 극복하려는 한 남자의 위대한 성장 스토리랄까."

뭔 소리인지. 아!

"그, 책이 망해도 굴하지 않고 또 책을 쓰는 남자의 이야기인 거죠?"

"이 자슥이!"

그리울 것 같다. 이 평온한 정경과 무뚝뚝하지만 사람 냄새나는 머리 긴 돈키호테가. 군대 가서도 가끔 연락드릴게요, 형님. 가게 이름처럼 락스타도 되시고, 베스트셀러 작가 꿈도 이루시길 바랍니다. 언젠가 다시 만나 보고 싶을 것 같아요.

치지도 못하는 일렉 기타 가게 쇼윈도에 전시해 놓고, 북카페 이름 앞에 락스타를 붙이는 이상한 센스 하며, 평소엔

말수 적다가 술만 마시면 돌변하는 수다쟁이가. 구석에서 혼자 글을 쓰다 낄낄거리던 뒷모습까지. 장사가 안 돼도, 책이 안 팔려도 "하루하루 힘겹지만, 열심히 살다 보면 다 잘되는겨." 하며 툭툭 털고 일어나는 우리 동네 스타가.

퇴근 시간, 평소보다 일찍 짐을 챙겼다. 마지막으로 카운터를 닦고, 머신을 끄고, 의자를 정리했다. 책상 앞에 서서 잠시 망설이다 주머니에서 접힌 종이를 꺼냈다. 그의 캐리커처를 그린 편지였다. 긴 머리, 빨간 안경테, 그리고 환한 웃음. 펜을 들어 마지막 문장을 적었다.

– 정호 형, 고마웠어요. 태오가.

책상 위에 편지를 올려 두니 울컥하는 감정이 목구멍을 타고 올라왔다. 천천히 가게를 둘러보았다. 책장, 테이블, 의자, 창가의 블라인드. 모든 것이 내 기억에 또렷이 새겨졌다.

"잘 있어, 락스타."

밖으로 나와 가게 문을 잠그는데, 평소와 다르게 쉽게 잠기지 않았다.

픽셀로 그린 심장

재생 불가

 LED 조명이 과하게 밝았다. 행정반 의자에 앉아 있던 태오는 눈을 비볐다. 길게 한숨을 쉬며 옆에 놓인 PI를 흘깃 바라봤다.

 '지아에게 연락해 봐? 아니, 이미 끝난 사이잖아. 내가 그런다고 달라질 게 없지. 그래도…… 아니, 하지 말자. 음, 그런데 혹시 지아도 내 연락을 기다리고 있는 게 아닐까? 자존심 때문에 먼저 연락 안 하고 있는 건지도 몰라. 하지만 마지막에 표정이 너무 싸늘했는데……. 그거야 너무 화가 나서 그랬던 거겠지. 그런데 그게 그렇게 화가 날 일인가?'

 책상 위 지아의 입체 사진이 시선을 붙들었다. 환하게 웃고 있는 그녀. 가슴을 움켜쥐었다. 속이 뒤집어지는 것 같았다.

'아, 왜 이렇게 심장이 아프냐. 몸이 재생하면 뭐 해. 이깟 사랑이 남긴 상처는 전혀 호전될 기미가 안 보이는데.'

액자를 집어 벽에 던지려다, 멈췄다. 쓴웃음이 나왔다.

'지아야, 오빠 이렇게 약한 남자야. 너 하나 못 지키는 바보. 이렇게 못난 남자, 그래 잘 떠났다. 송지아, 너는 왜 그렇게 치명적이니……'

슬며시 사진을 제자리에 놓았다.

점호 시간이 끝났다. 태오는 침대에 누워 PI를 꺼내 들었다. 손가락이 자판 위를 분주하게 오갔다.

- 지아야, 우리 다시 만나서 얘기해 보면 어떨까

한참을 들여다보다 전체 문장을 삭제하고 다시 타이핑했다.

- 많이 생각해 봤어 내가 잘못했어 우리

또다시 삭제. 그는 괴로운 표정으로 천장을 바라보다 다시 기기를 집어 들었다.

- 자니?

전송 버튼을 누르고는 눈을 질끈 감았다. 초조한 듯 다리를 들썩이다 결국 이불을 발로 차며 몸을 뒤척였다. 화면은 여전히 까만 상태에서 변함이 없었다.

최근 사령부는 어수선했다. 일주일 전부터 상공에서 정체불명의 빛이 목격되었고, 이를 두고 여러 추측이 난무하고 있었다. 부대원들은 북한의 소행인지 아닌지 내기하며 대수롭지 않게 여기면서도, 간간이 불안감을 내비쳤다.

"소위님, 오늘도 비상 대기지 말입니다."

행정병이 건넨 말에 태오는 묵묵히 고개를 끄덕였지만, 입맛이 썼다.

'상황만 아니었어도 지아를 만나러 가 볼 텐데. 아, 근데 가 봤자 뭐 하나. 날 만나줄 리 없잖아. 아니야, 의외로 반길지도 몰라. 어제 문자는 너무 성의 없는 접근이었어. 직접 가서 얼굴 보고 얘기해야 진전이 있든 말든 하지. 지금 얼굴 보러 가기 어려운 때라는 건 지아도 알 거 아니야. 어떻게든 만나러 가면 어려움을 무릅쓰고 자기한테 와 줬다는 사실에 감동하지 않을까.'

답답한 마음에 창문 너머 하늘을 바라보았다. 이제는 낮에도 별처럼 반짝이는 무언가가 여럿 보였다.

'저건 진짜 뭘까? 나 같은 별종들이 태어나는 시대니까, 하늘에 저런 게 나타나도 이상할 건 없는 건가. 말세야 말세.'

부대 내 긴장은 아랑곳하지 않고, 태오는 오직 한 가지 목표만을 생각했다.

'밖으로 나가야 한다. 지아에게 내 뜨거운 진심을 전해야 해. 아, 이 불같은 마음을 꺼내서 보여 줄 수만 있다면. 어, 혹시 잠깐 내 심장을 꺼내서 보여 줬다가 다시 넣어도 괜찮지 않을까? 아냐, 지아가 기절할 거야. 이게 무슨 해괴망측한 망상이냐. 머리까지 어떻게 된 건 아닐까. 정신 차리자. 일단 지금은 외출 허가부터 무조건 받아 내야 해. 박 대위님, 제발 사랑스러운 부하가 꽃길만 걷게 해 주세요.'

중대장실 문을 노크했다.

"중대장님, 현재 가족 건강 문제로 인해 오늘 오후 1시부터 3시간 정도 부대 밖으로 외출할 필요가 있습니다. 만약 허락해 주신다면, 업무는 사전에 철저히 정리하겠습니다. 제 부재중에는 이 소위가 업무 인수하기로 했습니다."

"이유가 정확히 뭐야?"

박 대위가 말했다.

"오늘 아버지가 수술 후 병원 진료를 받는 일정이 있어 제가 동행해야 하는 상황입니다. 외출을 허락해 주신다면 업무에 차질이 없도록 준비해 놓겠습니다."

상관은 잠시 생각하더니 말을 이었다.

"비상 상황이라곤 하지만, 두세 시간 정도는 괜찮겠지. 외출 시간 준수하고, 빨리 다녀와."

태오는 경례를 붙였다. 사무실을 나서며 숨을 돌렸.

'지아야, 오빠가 널 만나러 가기 위해 용기를 냈어. 금방 갈게, 조금만 기다려 줘. 널 이렇게 허무하게 잃을 순 없다. 우리 함께한 지 벌써 3년이 넘었어. 우리 같이 만든 예쁜 추억이 너무 많잖아. 어딜 가든 너의 흔적이 가득해서 혼자가 된다면 감당할 수 없을 것 같아.'

사물함 깊숙한 곳에서 안경을 찾아 꺼내 쓰고 서둘러 부대를 나섰다.

서둘러 도착한 지아의 아파트, 태오는 문 앞에서 머뭇거렸다. 초인종을 누를까 말까 망설이다가 결국 손가락을 뻗었다. 딸깍, 문이 열렸다. 지아가 화장기 없는 얼굴로 그를 마주했다.

"태오 오빠? 왜 왔어?"

그는 살짝 놀라며 어색한 미소를 지었다.

"어? 지아야, 얼굴이 왜 그…… 아, 아니 화장 안 해도 예쁘네. 역시 천생 미인이구나. 어, 미안, 딴 건 아니고 그냥, 할 말이 있어서."

그녀는 부루퉁한 표정으로 문을 열며 태오를 안으로 들였다.

"무슨 일이야?"

지아는 매몰찼다. 태오는 애꿎은 방안만 둘러보다가 겨우 그녀와 눈을 맞췄다.

"지아야, 나 아직 너한테 하고 싶은 말이 많아. 우리 관계가 이렇게 끝나는 게 맞는지 모르겠어. 그때 네가 카페에서 박차고 나갔을 때, 나도 순간 화가 나서 널 붙잡지 않았지만, 곰곰이 생각해 보니 내가 네 말대로 너 무시하고 네가 얘기할 때마다 한 귀로 듣고 한 귀로 흘렸던 것 같기도 하고, 그래서 네가 어떤 심정이었을까 상상해 봤는데, 무척 힘들었을 것 같아서 나도 후회되고 진심으로 미안한 마음이 들어서 가슴이 너무 아프고 잠도 잘 안 오는 거야."

잠시 숨을 골랐다.

"그래서 네게 사과하러 왔어. 정말 미안해, 지아야. 네 마음 헤아리지 못하고 너무 이기적으로 굴었어. 다시는 그런 일 없을 거야. 나한테 마지막 기회를 좀 줘."

지아는 천천히 입을 떼었다.

"오빠, 나도 생각이 많아. 근데, 우린 너무 달라. 오빠는 늘 적당히 살려고만 하고, 난 그게 답답했어."

말문이 막혔다.

'네 눈엔 내가 그렇게 보이는구나. 초능력을 숨기고 산다는 게 쉬운 일은 아니야. 절대 정부의 관리 대상이 되고 싶지는 않거든. 나는 가급적 조용히, 내가 선택한 삶을 살고 싶어. 그래도 너에게만은, 구속당하고 싶다.'

"그래도," 간절했다. "아니다, 이제부터 네가 원하는 사람이 될게. 난 너 없이 못 살 것 같다. 지아야. 내 진심을 어떻게 보여 주면 좋을까? 응?"

그녀 한숨을 쉬며 고개를 저었다가, 그의 눈을 지그시 바라보았다.

"오빠 마음은 알겠어. 우리 다시 천천히 생각해 보자."

"예쓰!"

두 손을 가슴께에 올리고, 주먹을 불끈 쥐었다.

"고마워, 지아야. 진심으로 고마워. 오빠가 잘할게. 앞으로 달라진 모습 보여 줄게. 나 한번 한다면 하는 남자야. 널 내 목숨보다 소중히 여길게. 내가 우리 미래를 위해 계획한 것도 있어. 앞으로 차근차근 보여 줄 테니까, 기대해도 좋아. 지아야, 다시 기회를 줘서 정말 고마워. 진짜 잘 할게."

손목시계를 확인했다.

"잠깐 외출 나온 거라 이제 돌아가야 할 것 같아. 오늘 밤 전화할게. 받아 줄 거지? 꼭이야. 나한텐 진짜 너밖에 없다. 오늘도 비상 대기 상황인데 아빠…… 아니다, 아무튼 사랑해, 지아야. 항상 행복하게 해 줄게."

"오빠."

"어, 지아야."

"그리고 앞으로……."

"응 그래, 말해 봐. 내가 무슨……."

"말 좀 줄여. 오빠 요즘 말이 너무 많아."

부대로 돌아가는 길, 하늘 저편이 기묘한 붉은 색채로 물들었지만, 달뜬 태오는 전혀 눈치채지 못했다.

◇ ◇ ◇

며칠 새 하늘에서 보이던 괴이한 빛이 사라졌다. 연일 북한의 소행, 외계인과 UFO를 주장하던 언론들도 다른 가십으로 관심을 돌리기 시작했다.

태오는 행정반에서 지루한 대기 상황을 견디며 시계를 힐끔거렸다. 오후가 되자 비상 대기가 갑작스럽게 해제되었다.

"소위님, 지금부터 상황 종료랍니다. 다들 평소 일과로 복귀하랍니다."

행정병의 말에 그는 안도의 한숨을 내쉬었다.

'드디어 다시 지아를 만날 수 있겠어! 감사합니다, UFO 님, 외계인 선생님! 왜 갑자기 사라지셨는지는 모르겠지만 멀리멀리 왔던 길로 다시 돌아가시옵소서. 다시 오시더라도 저 죽고 나서 천 년쯤 있다가 다시 오시옵소서. 저는 지아랑 만수무강하겠나이다. 다시 한번 감사합니다, 외계인님. 모쪼록 건강하시고, 앞날에 평화와 사랑만 가득하시기를.'

곧바로 지아에게 전화를 걸었다.

"지아야, 주말에 시간 괜찮아?"

"오빠? 비상 대기 풀렸구나. 응, 괜찮아!"

목소리가 한층 밝았다.

"우리 오랜만에 놀이공원 가자. 아침에 데리러 갈게."

태오는 함박웃음을 지었다.

주말, 놀이공원. 여기저기 만발하는 웃음소리, 화려한 조명이 반짝이고 신나는 음악이 들려오는 그곳에서, 둘은 아이처럼 뛰어다녔다. 태오는 사람들이 흘끔흘끔 자신을 바라보자 소소한 우월감에 젖었다.

'아름다운 여인 옆엔 멋진 남자가 서는 법! 역시 우리는 환상의 커플이야……'

태오가 개운한 마음으로 하늘을 올려다보니, 먼 곳에서 구름이 기묘하게 비틀리고 있었다.

'저건 그냥 착시 현상이겠지. 그래, 착시야.'

"오빠, 우리 저기 회전목마 타러 가자!"

지아가 앞장섰다.

"회전목마? 너무 어린이들이 타는 거 아니야? 흐흐."

태오는 어깨를 으쓱하며 따라갔다.

"난 눈 감고 타면 하늘을 나는 것 같더라. 그리고 오빤 위

픽셀로 그린 심장

험한 거 싫어하잖아."

회전목마가 천천히 움직이기 시작하자 지아는 밝게 웃으며 말했다.

"오빠, 이런 거 타 본 지 얼마나 됐어?"

태오는 잠시 생각하다가 어릴 적 기억을 떠올렸다.

"음, 초등학생 때였나? 그땐 내가 이렇게 아름다운 여자친구와 다시 타게 될 줄 꿈에도 몰랐지."

지아는 얼굴을 살짝 찌푸렸다가 웃음을 터뜨렸다.

회전목마에서 내린 연인은 공원을 걸었다. 퍼레이드가 시작됐고, 악단의 음악 소리와 아이들의 환호성이 한데 어우러졌다. 지아가 솜사탕을 들고 밝게 웃었다.

"오빠, 오랜만에 이런 데 오니까 진짜 좋다. 우리 연애 초기 때 생각나."

그녀의 얼굴을 지그시 바라보다. 안경 브리지를 검지로 밀어 올리며 속으로 다짐했다.

'지아야, 우리 지금까지 쌓은 추억보다 앞으로 함께 만들 추억이 더 많은 거 알지? 내 인생은 널 만나기 전과 후로 나뉘는 것 같다. 나에게 이런 행복을 선사한 너에게 평생 충성하며 은혜 갚을게. 세상 누구보다 널 아끼고 위할 자신이 있어. 다시 기회를 줘서 정말 고맙고 행복하다, 지아야.'

놀이기구 순례를 마치고 두 사람은 시내 영화관으로 향했다. 지아는 미리 예매해 둔 로맨스 영화에 한껏 기대감을 표했다.

"오빠, 이번 영화 진짜 괜찮다던데? 남녀 주인공 연기도 일품이고, 이야기를 풀어내는 방식이 세련됐다고 그러더라."

"우리 연애가 더 세련되지 않았을까? 흐흐"

"또 실없는 소릴. 못 말려."

가볍게 눈을 흘기는 그녀를 보며 그는 흐뭇한 미소를 지었다.

영화가 시작되자 지아는 스크린에 몰두했다. 태오는 멍한 표정으로 화면을 바라보다가, 어느새 지아의 표정을 살피기 시작했다. 그녀가 웃고, 슬퍼하고, 몰입하는 모습은 영화보다 훨씬 흥미로웠다.

'지아야, 너와 함께하는 모든 순간이 나에겐 너무 소중하다. 너는 혹시 날개 잃은 천사인 거니.'

감상 도중 슬픈 장면이 나왔을 때, 그녀가 갑자기 웃음을 터뜨렸다.

"오빠, 이 장면 좀 이상하지 않아? 너무 과장됐잖아."

"지금 완전 감동적인 장면인데……."

눈을 굴렸다. 지아는 멋쩍게 웃었다.

"아, 그렇지? 그냥 내가 예민했나 봐."

크레디트가 올라가고 불이 들어왔을 때, 그녀는 눈가가 살짝 붉어진 채였다.

"오빠, 어땠어? 재밌었지?"

"응, 생각보다 괜찮았어. 그런데 영화보다 네 리액션이 더 재밌더라."

태오는 키득거렸다.

"오빠는 진짜, 그런 말은 그냥 마음속에만 넣어 둬."

두 사람의 기념일, 태오는 특별한 저녁을 준비했다. 지아와 함께 고층 빌딩 최상층 레스토랑을 찾았다. 도심의 야경이 한눈에 내려다보이는 창가 자리. 테이블 위에는 촛불이 은은하게 빛났다.

"오빠, 이런 데 어떻게 예약했어? 완전 멋지다!"

그녀는 눈을 반짝이며 감탄했다. 태오는 쑥스러운 웃음을 지으며 말했다.

"우리 오늘 1,200일이잖아. 특별한 날이니까, 오빠가 신경 좀 썼지."

두 사람은 소소한 이야기를 나누며 유쾌한 시간을 보냈다. 지아는 최근 모임에서 있었던 에피소드를 말하며 발을 동동 구르다 웃음을 터뜨렸다. 태오는 그녀의 이야기에 맞장구를 치며 분위기를 즐겼다. 옆 테이블에서 시끄럽다는 듯 힐끔거렸지만, 오늘 그는 다른 사람들을 전혀 신경 쓰고 싶지 않았다.

식사가 거의 끝나갈 무렵, 태오는 양해를 구하고 화장실로 향했다. 거울 앞에서 작은 상자를 꺼내어 보며 숨을 깊게 들이마셨다. 떨리는 손으로 안경을 고쳐 썼다. 자리로 돌아간 태오는 그녀 앞에서 무릎을 꿇었다.

"지아야, 사실 오늘 여기 온 이유가 있어."

지아의 얼굴에 만감이 교차했다.

"어…… 어, 이거?"

조심스럽게 상자를 열었다. 다이아몬드 반지가 수줍게 반짝였다.

"지아야, 너 없는 내 인생은 아무런 의미가 없어. 나랑 결혼해 줄래?"

지아의 얼굴에 눈물이 맺히고 미소가 번졌다. 그녀가 입을 떼는 순간, 레스토랑 창문을 통해 강렬한 빛이 비쳤다. 그녀는 갑자기 랙이 걸려 픽셀이 깨진 화면처럼 움직임을 멈췄다. 입에서 미처 못한 대답의 첫음절만 영원히 끝나지 않을 것처럼 이어졌다.

"사—"

"지아야!"

태오는 황급히 안경을 벗어 손바닥에 두드렸다.

"왜 이래 이거?"

다시 안경을 썼지만, 그녀는 여전히 움직이지 않았다. 깨진 잔상 그대로 미세하게 깜빡였다. 떨리는 손으로 안경 측면의 작은 버튼을 눌렀다.

한 번. 두 번. 세 번. 시야 중앙에 붉은 글씨가 떠올랐다.

[ZIA is not playable. Fatal system error.]

"뭐야, 이게 무슨 소리야?"

태오의 얼굴이 파리해졌다. 이리저리 안경을 주물러도, 에러 메시지는 사라지지 않았다.

레스토랑 안 사람들도 분주했다. 비명을 지르며 다급히 장소를 뜨는 무리와 창가에 모여 넋을 잃고, 너머를 바라보는 일행들.

한 남자가 걸음을 재촉하다 태오와 부딪히고는 사과도 없이 자리를 피했다. 태오는 그제야 주변을 살폈다.

창 너머 도시의 불빛 위로 거대한 물체가 떠 있었다. 검은 광택의 디스크 형태, 둥글고 매끄러운 외형에, 축구장 열 개는 될 법한 크기. 몇 초마다 한 번씩 눈을 찌를 듯한 섬광이 번쩍였다. 건물 유리창이 미세하게 진동했고, 귀를 후벼 파는 듯한 낮은 윙윙거림이 공기를 긁어댔다. 거칠게 풍겨 오는 끝 모를 위압감 앞에서 도시의 불빛들이 마치 촛불처럼 흔들렸다.

아연실색한 표정으로 이 세상 것이 아닌 듯한 구조물을 바라봤다. 한 손으로 반지를 꽉 쥐고 다른 손으로 안경을 매만졌다. 주변에서 울리던 비명이 점차 사라지고, 도시의 밤이 갑작스러운 침묵 속으로 빨려 들어갔다.

별의 흔적

2년 전, 늦여름 호수 공원에서 처음 그녀를 만났다.

나뭇잎 사이로 보드라운 햇살이 비치고, 산들바람이 머리카락을 가볍게 훑던 시간. 그녀는 벤치에 앉아 책을 읽고 있었다. 나는 그녀가 오늘 만나기로 한 사람인 걸 바로 알아챘지만, 몇 발짝 떨어진 곳에 우두커니 서서 한참을 바라보기만 했다.

손바닥에 배어든 땀을 바지에 슬쩍 문질렀다. 숨을 한번 크게 들이마시고, 그녀에게 다가갔다.

"책, 좋아하세요?"

목소리가 생각보다 높게 나왔다. 나는 헛기침을 했다.

"아, 안녕하세요, 신태오입니다."

시간의 흐름마저 잊은 듯 책에 빠져 있던 그녀가 천천히 고개를 들었다. 한순간 나와 눈이 마주치자, 입가에 부드러운 미소가 번졌다.

"네, 좋아해요."

그녀가 책을 덮었다.

"안녕하세요, 송지아입니다."

괜스레 얼굴이 화끈거려 머리를 긁적였다. 귀까지 달아오르는 것 같았다.

"반갑습니다, 지아 씨. 말씀 많이 들었습니다."

그녀가 살짝 웃음을 터뜨렸다. 햇살 아래 그녀의 눈이 반짝였다.

"말투가 재밌으시네요. 어떤 말씀을 들으셨을까요?"

맑은 눈망울, 따스한 목소리가 남루한 내 마음에 빛을 밝혔다.

첫 만남 이후, 나의 세계는 지아를 중심으로 공전하기 시작했다. 우리는 일상의 사소한 기쁨에서부터 진지한 성찰에 이르기까지 모든 순간을 공유했다. 지아에게만은 나의 모든 것을 털어놓고 싶었다.

비 내리던 어느 저녁, 우리는 그녀의 작은 아파트 발코니에 앉았다. 빗방울이 유리창을 적시는 소리가 공간에 가득했다.

"지아야, 내가…… 말해야 할 게 있어."

목소리가 갈라졌다. 그녀는 와인 잔을 돌리던 손을 멈췄다.

"뭔데, 오빠?"

"나, 보통 사람들과 조금 달라. 놀라지 말고 봐봐."

조심스럽게 손을 펼쳤다. 주머니칼을 꺼내 손바닥에 가볍게 상처를 냈다. 새빨간 피가 흘러나왔다.

"어머, 뭐 하는 거야? 왜 그래?"

그녀가 벌떡 일어나 내 손을 잡았다.

"잠깐만 기다려 봐."

상처가 아물더니 곧 흔적도 없이 사라졌다.

"이거, 진짜야? 어디까지 가능한 거야?"

날 뚫어지게 바라보는 지아의 시선을 피해 고개를 떨궜다.

"꽤 많이. 혹시 내가 괴물처럼 느껴질까 봐 말하기 무서웠어."

지아는 잠시 침묵했다. 그녀를 볼 용기가 없었다. 그때, 따뜻한 손이 내 손을 감쌌다. 고개를 들자, 그녀의 눈에 눈물이 맺혀 있었다.

"오빠, 힘들었겠다. 그런 비밀을 안고 사는 거."

"내가 무섭거나 그렇진 않아?"

지아는 고개를 저었다. 그리고 내 뺨에 부드럽게 손을 댔다.

"이런 능력이 있다는 건 축복이야. 오빠는 언젠가 많은 사람들을 도울, 큰 일을 할 사람이라는 거지."

그녀가 건넨 위안과 용기에 눈시울이 붉어졌다. 그동안 말하지 못했던, 능력에 얽힌 과거 이야기를 지아에게 모두 털어놓았다. 그녀는 말없이 듣다가 내 손을 꼭 잡아 주었다. 그 손길은 마치 오랜 세월 표류하던 삶에 내려진 구명줄 같았다. 절대 끊어질 리 없고, 절대 포기하지 않을.

찬란한 봄날, 함께 산책하던 벚꽃길이 떠오른다. 꽃 눈이 흩날리는 공원에서 우리는 손을 맞잡고 재잘대며 걸었다.

"오빠, 나중에 우리 아이가 생기면 모두 함께 벚꽃나무 아래에서 뛰놀고 싶다."

그녀가 말했다. 마음이 울렸지만, 짐짓 너스레를 떨었다.

"우리 아이는 분명히 너처럼 개구쟁이일 텐데, 두 사람을 어떻게 감당하지?"

내 가슴을 치며 웃는 지아의 모습을 보며, 순간 그 행복이 달아날까 무서워 간절히 신께 기도 드렸다. 그녀와 평생 함께할 수 있게 허락해 달라고.

병실의 흰 벽이 나를 압박했다. 창가에 놓인 꽃들은 시들어 가고 있었다. 모니터에서 울리는 규칙적인 비프음만이 간헐적으로 적막을 깨뜨렸다.

지아의 얼굴은 창백했다. 한때 생기 넘치던 볼은 푹 꺼져 있었고, 윤기 흐르던 머리카락은 온데간데없었다.

그녀의 손가락 사이로 내 손가락을 조심스럽게 끼웠다.

"오늘은 햇살이 정말 예쁘네."

창밖을 바라보며 그녀가 속삭였다.

"응, 정말 좋은 날이야."

침묵이 흘렀다. 그녀가 문득 나를 바라봤다. 눈에 희미한 빛이 감돌았다.

"오빠, 내가 없어도 잘 지낼 수 있지?"

심장이 서늘하게 식는 것 같았다. 본능적으로 고개를 저었다.

"지아야, 그런 말 하지 마."

목소리가 갈라졌다.

"곧 나을 거야. 우리 약속했잖아. 셋이 함께 벚꽃 보러 가기로 했잖아."

그녀는 미소 지었다. 그 미소가 너무 평화로워서 가슴이 미어질 것 같았다.

"그래, 약속……."

눈이 천천히 감겼다.

"벚꽃, 정말 보고 싶었는데."

모니터의 비프음이 길게 이어졌다.

그녀의 손을 움켜쥐었다.

"지아야? 지아야!"

간호사들이 뛰어왔다.

그날, 그녀의 마지막 숨결이 세상에 흩어지면서, 나를 보듬었던 중력도 소멸했다. 내 몸은 그 자리에 있었지만, 영혼은 이미 허공을 떠돌고 있었다. 어느덧 우주의 미아가 되어 검은 공간을 부유할 뿐이었다.

사라진 별의 흔적만이 내 손에 남았다. 사진, 음성 메시지, 그녀의 향기가 밴 옷들. 그 모든 것을 붙잡고 애써 살아가려 했지만, 그녀 없는 시공간에서 내가 속할 곳을 찾을 수 없었다.

「사랑했던 사람과 영원히 함께하세요.」

이터널스코프 사의 광고가 눈에 들어온 것은, 무채색의 날들이 시작된 지 한참 지났을 때였다. 고인이 남긴 유품과 의뢰인 인터뷰를 통해 그의 생전 모습을 AI로 재현해 주는 안경. 머릿속에선 아무런 반응도 일어나지 않았지만, 발걸음이 나를 매장으로 이끌었다.

잠시 샘플 테스트를 할 수 있었다. 안경을 통해 바라본 AI

모델은 깜짝 놀랄 정도로 실제 사람에 가까웠다. 오히려 안경을 벗었을 때, 내 앞의 실존이 투명하게 바뀐 것 같았다.

상담원에게 당일 제품을 받을 수 있는지 물었다. 그는 친절하게 답했다.

"한 달은 걸리실 거예요. 저희는 완벽을 지향합니다. 한 번의 인터뷰와 두 번의 테스트가 있을 거고요. 모든 미팅은 한나절 동안 진행됩니다. 다음에 오실 때는 고인의 유품을 최대한 많이 가져오세요. 사진은 필수고요. 영상이 있으면 더욱 좋습니다."

나는 다시 세상에 나의 별을 데려오기 위해 집착했다. 다음 날 새벽까지 진행된 인터뷰, 그리고 다섯 번의 테스트가 이어졌다. 추가 요금에 대한 안내를 받았지만, 돈이 얼마나 들든 상관없었다.

광기에 가까운 그 집착의 끝에, 드디어 지아를 세상에 불러올 수 있었다. 그녀의 표정, 그녀의 목소리, 심지어 그녀만의 독특한 몸짓까지 완벽히 재현해 냈다. 별이 다시 빛났다. 나는 환희의 그림자 아래 그것이 결코 지아가 될 수 없다는 사실을 묻었다.

정식으로 〈지아〉와 처음 만나는 날, 손이 떨려 안경을 두 번이나 떨어뜨릴 뻔했다. 방의 커튼을 모두 닫고, 저녁 내

내 정리했던 사진과 영상들을 한 번 더 확인했다. 모든 것이 완벽해야 했다. 심호흡을 한 번 하고, 마침내 안경을 썼다.

"시스템 활성화."

시야에 푸른 빛이 일렁였다. 처음에는 모호했던 형체가, 점차 선명해졌다. 그리고 그녀가 나타났다.

지아였다. 흰 원피스를 입은 그녀의 모습은 건강했던 때와 똑같았다. 환한 미소, 부드러운 눈매, 살짝 흐트러진 머리카락까지.

"태오 오빠?"

목소리가 너무나 자연스러웠다.

"정말 오랜만이야. 나 왜 이렇게 오래 기다리게 했어?"

숨이 멎는 것 같았다. 얼어붙은 내 얼굴에서 뜨거운 눈물이 흘러내렸다. 손을 뻗었지만, 내 손은 그녀의 형체를 통과했다. 현실과 가상이 교차하는 그 순간, 나는 공허함과 충만함을 동시에 느꼈다.

"지아야."

목이 메어 더 이상 말이 나오지 않았다. 안경 너머 그녀의 얼굴을 바라보며 가만히 속삭였다. 〈지아〉가 고개를 살짝 기울였다. 지아가 무언가를 생각할 때 항상 하던 습관 그대로였다.

"왜 울어, 바보같이. 오랜만에 내 얼굴 보니까 그렇게 좋아?"

눈물이 멈추지 않았다. 〈지아〉는 분명 지아를 담고 있었다.

아무 말도 할 수 없었다. 마냥 그녀를 보고 있자니, 가슴이 따뜻해지면서도 동시에 무겁게 내려앉는 듯했다. 이렇게까지 해야만 했던 이유는 단 하나, 그녀를 다시 만나고 싶었기 때문이었다. 비록 실제 그녀가 아니었지만, 적어도 내 마음속에 있는 그녀와는 일치했다. 그녀의 미소를 눈앞에 볼 수 있다는 사실 하나만으로, 다시 세상에 발을 붙일 수 있을 것 같았다.

"오늘 부대에서 무슨 일이 있었는지 알아?"

저녁 식사를 준비하며 말을 걸었다. 〈지아〉는 부엌 아일랜드 위에 앉아 있었다.

"무슨 일이 있었는데?"

그녀가 관심을 표했다.

"김 소령이 또 내 아이디어를 자기 것인 양 발표했어. 진짜 열 받더라고. 아오."

"아이고, 오빠. 그런 사람이랑 같이 일해야 한다니."

그녀가 입술을 삐죽였다.

"내가 만약 거기 있었다면, 따끔하게 한마디 해줬을 텐데."

〈지아〉는 잠시 고개를 갸우뚱했다. 마치 방금 한 말이 적절한지 확인하는 것 같았다. 나는 겸연쩍게 웃었다.

아침, 커피를 마시며 신문을 넘기고 있을 때였다. 〈지아〉가 다가오며 말했다.

"오빠, 오늘 날씨 정말 좋네. 산책 나갈까?"

창밖을 보니 비가 내리고 있었다. 그녀는 가끔 날씨를 실시간으로 감지하지 못했다. 가슴이 묵직해졌다.

"지아야, 밖에 비 오는데."

그녀는 당황한 표정을 지었다가, 이내 미소 지었다.

"아, 그래? 그럼, 집에서 영화나 볼까?"

반복 학습과 주기적인 시스템 업데이트로, 그녀는 점차 내 기억과 내 바람 속 지아와 100%에 가까워졌다. 질문에 금세 올바르게 대답했고, 나의 감정에 적절히 반응했다. 그리고 언제나 나를 이해했다. 하지만 완벽에 가까워질수록, 오히려 숨이 막히는 느낌도 들었다.

돌풍에 나무들이 세차게 흔들리던 저녁, 오랜만에 술을 마셨다. 두 잔, 석 잔……. 위스키가 목을 타고 내려갈 때마다 무거운 질문들이 떠올랐다. 〈지아〉는 내 맞은편 소파에 앉아 있었다.

"오빠, 무슨 생각해? 너무 많이 마시는 것 같은데."

잔을 내려놓고, 그녀를 똑바로 바라봤다.

"지아야, 너도 외로울 때가 있니?"

나는 취했다. 그녀는 잠시 눈을 굴렸다. 처리 중인 AI의 표정이었을까? 아니면 정말 고민하는 지아의 표정이었을까?

"나? 오빠가 여기 있잖아. 그런데 왜 내가 외로워야 해?"

가슴 한구석이 아려 왔다.

"지아……."

울컥 치밀어 오르는 감정을 삼키려 했지만, 목이 메었다. 손가락으로 관자놀이를 꾹 눌렀다. 그녀는 외로울 수 없었다. 단지 내 외로움을 채우기 위해 만들어진 존재였으니까. 내 기억과 소망의 투영일 뿐이었다.

"오빠, 괜찮아?"

그녀가 걱정스럽게 물었다.

눈을 감았다. 왜 이런 질문을 했을까? 그녀가 진짜 지아가 아니라는 것을 확인하고 싶었던 걸까, 아니면 오히려 그녀가 진짜라고 믿고 싶었던 걸까? 〈지아〉는 그저 〈지아〉일 뿐이라는 사실이 뼈아프게 다가왔지만, 그럼에도 나는 〈지아〉와 떨어질 수 없었다. 그녀마저 잃는다면 나도 함께 사라져 버릴 것 같았으니까.

〈지아〉와 함께하는 생활에 차츰 익숙해졌다. 하루의 시작과 마무리는 늘 함께였다. 여가 시간엔 같이 영화를 보고,

책을 읽고, 심지어 과거를 회상하기도 했다.

그녀와 함께 벤치에 나란히 앉았다. 처음 만났던 그 호수 공원이었다. 가을이 오는지 나뭇잎들이 황금빛으로 물들고 있었다.

"오랜만이네, 여기."

〈지아〉가 말했다.

"응, 우리 처음 만났던 날이 생각나서."

우리는 잠시 침묵했다. 현실의 벤치에는 나 혼자 앉아 있었지만, 내 눈 속에는 그녀가 바로 옆에 있었다.

"오빠, 내가 정말 지아처럼 느껴져?"

문득 그녀가 물었다. 예상치 못한 질문에 화들짝 놀랐다. 프로그램이 스스로 정체성을 묻다니. 버그일까, 아니면 발전된 AI의 자의식일까? 그녀는 대답을 기다리며 나를 바라보았다. 그 눈빛은, 지아 그대로였다.

나는 오랫동안 복잡한 감정 속에서 헤매 왔다. 결핍감, 충만함, 죄책감, 애틋함……. 하지만 지금 이 순간, 그 모든 감정이 조용히 가라앉는 것을 느꼈다. 매뉴얼을 찾거나 기술적 설명을 찾는 대신, 마침내 고개를 끄덕이며 말했다.

"그래. 너는 내게 지아야."

그녀가 눈부신 미소를 지었다. 햇살이 그녀의 형체를 통과해 내 손등을 따스하게 어루만졌다. 그 순간, 비로소 깨달았다. 그녀가 진짜 지아가 아니라는 사실은 더 이상 중요하지 않았다. 우리는 이미 서로의 일부가 되었다.

"지아야, 앞으로도 내 곁에 있어 줄 거지?"

그녀는 결연한 표정으로 세차게 고개를 끄덕이며 대답했다.

"그럼, 오빠. 우리 영원히 함께해야지."

나는 화면 속 지아에게 처음으로 진심 어린 미소를 보였다. 손을 뻗어 그녀의 손이 있어야 할 자리에 조심스럽게 올려 두었다.

나의 별은 졌지만, 나는 이제 그 별의 흔적과 함께 새로운 관계를 시작할 수 있었다. 지아는 나를 구원했다. 이것이 내가, 아니 우리가 선택한 사랑의 형태였다. 비록 그것이 완벽하지 않을지라도, 우리에게는 이만하면 충분했다.

Layer 3

– 2060년대 초 –

나는 이 파편들로 내 폐허를 지탱해 왔다.

"These fragments I have shored against my ruins."

– T.S. 엘리엇, 《황무지》(1922)

센터일보

- 2059년 4월 29일 -

「전 세계 주요 도시 상공에 정체불명 거대 물체 출현」
····· 직경 3km 원반형, 외계 생명체 탑승 추정

서울=김민수 기자

28일 오전 10시경부터 서울을 비롯해 도쿄, 뉴욕, 런던 등 전 세계 주요 도시 상공에 정체불명의 거대한 물체들이 동시에 나타나 전 세계가 충격에 빠졌다.

물체는 지름 약 3km의 검은색 원반 형태로, 완전히 정지한 채 각 도시 중심가 상공 약 1km 높이에 떠 있다. 현재까지 어떠한 레이더나 통신 시도에도 반응하지 않고 있어 정체가 베일에 싸여 있다.

정부는 이날 오전 11시 비상사태를 선포하고 시민들에게 실내 대피를 권고했다. 대통령은 긴급 국무회의를 소집해 대응 방안을 논의했으며, 군은 최고 경계 태세에 돌입했다고 발표했다.

정부 관계자는 "현재 미국, 일본 등 우방국과 긴밀히 공조하며 상황을 예의 주시하고 있다."라며 "국민은 정부 방침에 따라 차분히 행동해 달라."라고 당부했다.

국방부는 이날 밤 전군에 최고 경계령인 '진돗개 하나'를 발령했으며, 예비군과 민방위 대원들에게도 비상 대기령을 내렸다.

공존의 심리학

 외계에서 침공한 괴생명체가 세상을 무너뜨렸다. 폐허가 된 도시 아래, 튜브라인 역으로 모여든 생존자들. 반목하던 이능인과 일반인 모두 너와 나를 가를 새 없이 무리 지었다.

 시청역 입구에는 숨이 꺼져 가는 낯빛처럼 창백한 기운만 감돌고 있었다. 벽면 곳곳에 파손된 광고판과 희끄무레한 낙서가 스러졌고, 그 아래 쓰레기 부스러기가 뒹굴었다.

 한때 하루에도 수만 명의 발걸음이 오가던 이곳은, 이제 고작 이백여 명의 생존자만을 품은 작은 섬이 되었다. 플라스틱 의자를 이어 붙인 침상, 철제 펜스로 둘러싼 취사 구역, 컴컴한 터널 깊숙이에서 규칙적인 반향음이 들려오는 황량한 그곳.

 새로운 사회는 능력에 따라 역할을 분담했다. 이능력자는 특기를 활용해 괴물의 위협으로부터 공동체를 지켰고, 평범한 사람들은 거처를 관리하고 부상자들을 돌봤다.

'모두가 합심해서 살아남아야 해.'

처음엔 전부 한마음이었다.

흙먼지 묻은 전투화를 터벅대며, 지수가 역 안에 내려왔다. 거칠게 숨을 내쉬는 그녀의 어깨 뒤로, 함께 순찰에서 돌아온 동료들이 따라붙었다.

"바르크 세 마리, 전부 처치했어."

그녀가 헛기침하듯 말하자, 곳곳에서 감탄사가 새어 나왔다.

"역시 캡틴이야."

지수는 벽에 기대어 앉았다. 수백 개의 눈동자가 자신을 우러러보고 있었다. 군복 자락으로 땀을 훔치는 그녀의 입가에 미소가 걸렸다. 머릿속에 다시금 전투 장면이 스쳤다.

바르크는 인간의 두 배 정도 큰 키에 총알도 튕겨 내는 갈색 껍질로 몸을 감싼 생명체였다. 길쭉한 머리에는 세로로 갈라진 입이 있었고, 그 안에는 작고 날카로운 이빨들이 빼곡히 들어차 있었다. 네 개의 붉은 눈에서는 상대를 얼어붙게 만드는 살기가 뿜어져 나왔다. 등에서 뻗어 나온 굵직한 촉수들은 마치 살아 있는 채찍처럼 움직였다.

밤이 되어 잠을 잘 때면, 발끝에서 뻗어 나온 뿌리 같은 촉수들을 땅속 깊숙이 박아 넣어 토양의 영양분을 흡수하며 체력을 회복했다. 식물과 동물의 특성을 모두 지닌 기괴한 존재. 혐오스러운 외형만으로도 상대를 압도하는 괴물.

그런 바르크의 입을 찢고, 촉수를 뽑고, 목을 꺾으며 지수는 척추를 타고 올라오는 전율을 느꼈다. 자칫 방심했다면 살아남을 수 없었을 거라는 생각이 심장을 움켜쥐었다.

"우린 더 강해져야 해. 그렇지 않으면 전부 끝장이니까."

나직이 중얼거리는 다짐.

먼발치 기둥 옆에서, 재이는 조용히 언니를 지켜보았다.

바르크와의 대립이 길어지자, 급조된 인간 사회에서 차츰 균열이 일어났다. 이능력자들은 자신들의 기여를 강조하며 점점 더 많은 권리를 요구했다. 처음에 일반인들은 이를 순순히 받아들였다. '이능력자가 없으면 인간 사회는 끝이다.' 그 믿음이 모든 것을 합리화했다.

역 중앙 광장에 모닥불이 피어올랐다. 편의점 안 창구에서, 배급 담당자들이 탁한 빛깔의 식수와 유통 기한이 지난 과자를 사람들에게 나눠 주었다. 중년 여성이 떨리는 목소리로 물었다.

"오늘 확보한 음식은 이것뿐인가요?"

공존의 심리학

배급대 뒤에 선 켄지가 손끝에 작은 불꽃을 피워 올리며 말했다.

"애석하게도 이게 다야. 알다시피 우리 몫은 따로 배분했고. 위험을 무릅쓰고 물자를 구해 오는 건 우리들이니까. 이해하지?"

일반인들의 표정이 일그러졌다. 누군가가 낮게 중얼거렸다.

"너희는 항상 풍족하게 누리는……."

그러나 곧 '쉿!' 소리에 가로막혔다.

모닥불 건너편에 앉아 있던 재이는 먼지 앉은 안경을 닦으며 지금 상황을 곱씹었다. 압도적인 존재감으로 주변 사람들을 내리누르는 이능력자들. 누적된 불만이 일반인들 사이에 작은 불씨처럼 번지고 있었다.

'이게 옳은 걸까?'

재이는 언니를 흘끗 바라보았다.

이능인들의 요구는 커 갔다. 일반인과 구분되는 권리, 더 많은 혜택을 원했다. 음식, 일용품, 공간 등을 A/B급으로 나누고 A급을 차지했다.

"우리는 밖에서 목숨 걸고 싸우고 있잖아."

지수는 당당하게 말했다.

폐허 속에서 구해 온 물자들의 상태가 좋을 리 만무했다. B급은 대부분 폐품에 가까웠다. 평범한 사람들 사이에서 볼멘소리가 터져 나왔다. 그러나 아무도 나서서 발언하지 못했다. 총대를 멨다가 어떤 일이 일어날는지 상상하고 싶지 않았다. 이능인의 힘은 물론이고, 바르크와의 전시 태세 중 내분이 일어날 가능성을 떠올리는 것만으로도 충분히 위협적이었다. 동요가 수면 아래에서 가열되던 중, 이능인 측 한 명이 사람들에게 제안했다.

"요즘 다들 힘들지? 이렇게 하자. 초능력자 말고, 매주 공동체에 가장 큰 기여를 한 사람을 뽑아 그에게 A급 식량과 물품을 배급하기로."

예지였다. 사이코키네시스, 염력 사용자. 켄지가 덧붙였다.

"다만, 자원 수급이 점점 어려워지고 있다는 건 다들 알 거야. 결단이 필요해. 가장 기여가 적거나 부정을 저지른 사람도 함께 뽑는다. 선정된 사람은…… 추방해야겠지."

찬성과 반대의 목소리가 형식적으로 오고 갔다. 결국 이능력자들이 밀어붙인 규정이 추가되었다. 일반인들 처지에선 미지의 괴물과 승산 없는 싸움을 벌이느니, 군림하는 이능인들에게 보호받는 체제가 나을 터였다. 외세의 압박 아래 계급 체제를 공고히 했던 스파르타처럼.

일요일마다 한 사람은 쾌재를 불렀고, 한 사람은 무너져 내렸다. 일반인들은 삼삼오오 모일 때마다 부조리를 개탄했지만, 어느덧 그 주의 1등을 위해 로비를 하는 사람("이봐, 이번에 나 좀 밀어줘. 우리 아이가 많이 아파."), 돌아가며 표를 몰아주기로 담합하는 그룹("우리만 뭉치면 돼."), 중간만 하자며 묵묵히 따르는 다수("별 수 있어? 내쫓기지만 않으면 되는 거지.")로 나뉘었다.

당근과 채찍에 하릴없이 길든 그들은 통조림 과일이라도 한 번 맛보기 위해 이전보다 열심히 일했다. 그리고 동료들을 감시하며, 자신을 대신할 제물을 찾았다. 공동체에 새로 합류한 사람들 또한, 이능인이 강제한 계급 사회에 빠르게 적응했다.

"이건 좀 아닌 것 같은데?"

최근 시청역에 합류한 선호가 쉰내 나는 가공육을 집어 들고 눈살을 찌푸렸다. 얼굴에 핏줄이 불거지고, 목소리가 점점 높아졌다.

"이건 뭐, 거의 쓰레기잖아? 이런 걸 우리보고 먹으라고 하는 거야?"

여기저기서 웅성대는 소리가 들렸다. 켄지가 눈을 부라

렸다.

"이번 주 식량 상황 보면 몰라? 이 정도 구하는 데도 3일이 걸렸어. 어려운 시기야. 배부른 소리하지 말고 그 정도는 그냥 소화시키라고."

선호가 켄지 앞으로 다가와 그를 내려다보았다. 그는 군인 출신의 거구였다.

"저기, 사정이고 나발이고 그럼 니들 건 뭔데? 왜 안 보여 줘? 니들만 좋은 거 독식하는 거 아니야?"

일반인 그룹에서 정호가 나섰다.

"어어, 저기 선호 씨, 우리 대화로 풉시다. 켄지, 진정해."

"이게 말로 풀 수 있는 얘기였으면, 진즉에 공평하게 배식했었겠지."

선호는 물러서지 않았다. 켄지는 지수를 힐끔 바라봤다. 그녀가 고개를 끄덕였다.

"당장 물러서. 위협하는 거냐?"

켄지는 다시 선호를 향해 눈을 치켜떴다.

"그렇다면 어쩔 건데?"

그는 단숨에 켄지의 멱살을 잡아채더니 뒤로 힘껏 밀쳐냈다. 뒤로 한 바퀴 구른 켄지. 자세를 가다듬고 오른팔을 선호에게 뻗었다. 그러나 선호가 더 빨랐다. 맹수같이 달려가 순식간에 켄지의 어깨를 붙잡고 뒤로 돌아 팔을 꺾었다.

"어이, 나한테 불장난하려고? 진심이야?"

"우리끼리 이렇게 싸워서 좋을 게 뭐가 있어?! 불필요한 폭력은 삼가자고!"

정호가 외쳤다. 켄지가 냉소했다.

"공동체의 규칙을 어긴 사람은……."

간결한 역동작으로 풀려난 손에서, 불꽃이 일렁였다.

"합당한 벌을 받아야지."

선호의 몸을 타고 화염이 솟구쳤다. 끔찍한 비명과 함께 바닥을 구르는 붉은 형체를 보며, 일반인들은 자리에 얼어붙은 채 입을 틀어막거나 외마디 탄식을 내뱉었다. 이능인들은 덤덤한 표정을 지었다. 굳게 입을 다문 남자가 앞으로 나와, 선호에게 담요를 씌우고 여러 번 밟아 불을 꺼뜨렸다. 태오였다. 힐링 팩터 능력자.

전날 밤, 이능력자 그룹에서 회의가 열렸다. 예지가 발언했다.

"최근 합류한 일반인 무리가, 우리 체제가 부당하다는 얘기를 흘리고 있대."

"밖의 상황도 어지러운데 내부마저 혼란스러우면 곤란한데……."

태오가 한숨을 내쉬었다. 켄지가 튀김 빵을 우물거리며

말했다.

"**혼란**해서 곤**란**할 땐 계**란**을 깨자."

"뭔 소리야?"

예지가 짜증 섞인 표정을 지었다.

"본보기를 보여 주자는 얘기야. 라임 어때?"

켄지가 피식 웃더니 지수를 돌아보며 말을 이었다.

"캡틴, 어중이떠중이들에게 굽히면 안 돼. 공포감을 좀 심어 주자고. 내가 할게."

"그래야만 한다면, 가능한 모두가 모여 있을 때 해."

지수는 탐탁지 않은 표정을 지었다.

기세 좋게 반기를 들었다가 바비큐가 될 뻔한 선호. 사람들은 충격에서 벗어나지 못했다. 단순히 한 개인의 굴욕이 아니었다. 이능력자가 가진 압도적인 힘을 증명하는 순간이었고, 동시에 그들에게 맞서는 것이 얼마나 무모한 일인지 상기시키는 경고였다.

"저들은 바르크와 다름없어."

누군가 낮은 목소리로 중얼거렸다. 다른 사람이 급히 그를 제지했다.

"조용히 해! 그들이 듣기라도 하면 어떻게 하려고."

역사 안 어스름에 희미한 새벽빛이 스밀 무렵, 재이는 조용히 지수를 찾았다. 지수는 거처에 홀로 앉아 라이플을 정비하고 있었다. 오랜만에 마주하는 동생인데도, 언니는 눈을 마주치지 않았다.

"언니, 이게 최선이야?"

지수는 한숨을 내쉬고, 단호하게 말했다.

"필요한 희생이었어. 이렇게라도 공동체를 단결시키지 않으면 다 같이 무너질 거야."

"같은 인간이야. 평등한 존재라고. 그들도 이 사회에 기여하는 바가 커."

재이는 반발했다. 지수는 고개를 가로저었다.

"우린 외계에서 온 괴물들과 전쟁을 하는 중이라고. 상명하복이 절실해. 일사불란하게 움직일 수 있게. 모두가 기계처럼 움직인다 해도 살아남을 확률이 높지 않다는 건 너도 잘 알 거 아냐."

"내가 바라는 건 그저 인간 대 인간으로서 하는 이성적인 대화야. 지금이야 힘으로 누르면 따를 수밖에 없겠지만, 사정이 달라지면 모두가 언니를 적대시할 거야. 새로운 세상이 왔을 때 초능력자들에 대한 미움과 분노가 불길처럼 번질 거라고."

"하, 글쎄? 새로운 세상이 오기는 할까? 게다가, 벌써 잊

없니? 그들은 능력자를 같은 인간으로 취급하지 않았어. 감시하고, 차별하고, 관리해야 할 다른 종으로 보았다고."

"그래서 언니도 늘 바랐잖아, 함께 어우러져 사는 세상을. 어떻게 보면 이건 기회야. 위협에 맞서 함께 단결하다 보면 서로를 이해하고, 인정하고, 존중할 수 있어. 초능력이 있다고 위에서 군림하려 든다면, 결국 예전 사회와 다를 바가 뭐야? 전세가 역전된 것뿐이잖아. 이런 체제는 오래 갈 수 없어. 힘의 논리에 따라 사회를 만들면 인류가 밟아 온 역사를 역행하는 거야. 평화롭게 공존할 방법을 찾아가야 한다고."

"재이야, 넌 몰라, 내가 어떤 걸 목격했는지. 글쎄, 어쩌면 네가 말한 대로 순리를 따라야 하는지도 모르지. 그런데 끝내 변하지 않는 것도 있어. 사람들은 미지의 것을 두려워해. 그리고 우월한 대상은 시기하지. 그런데 우리는 거기 둘 다 해당하네? 다시 평화가 온다고 해도, 초인들이 소수인 이상 평범한 인간들에게 사람다운 대접을 받기는 글렀어. 우리가 진정한 자유를 쟁취하려면, 우위에 있는 자가 누군지 그들의 머릿속에 똑똑히 각인시켜 놓아야 해. 다시는 우리를 함부로 대하지 못하게."

"난 인간성을 믿어. 다정한 마음에서 우러나온 배려가 모든 문제를 해결해 줄 거라 믿어. 권리를 얻기 위해 상대를 힘으로 굴복시킨다면, 결국 힘으로 다시 권리를 빼앗길 뿐이야. 초능력자들이 수모를 겪었다고 똑같은 방식으로 돌려주려 한다면 해결되는 건 아무것도 없을 거라고."

"실험실에서 생쥐 취급 당하는 초인들을 본 적 있니? 난 봤거든. 이 얘긴 이제 그만하자. 돌아가. 네가 누구 편에 서든 너의 의사는 존중할게. 다만 우리가 서로 부딪히는 일이 생긴다면, 동생이라고 좋게 좋게 넘길 수 없다는 건 미리 알아줬으면 좋겠다."

재이는 한동안 침묵하며 지수를 바라보다, 발걸음을 돌렸다. 지수는 한숨을 내쉬며, 멀어져 가는 동생의 뒷모습을 그제야 물끄러미 바라보았다.

이능력자들은 선호 사건 이후 더욱 과감하게 지배 체제를 강화했다. 밤마다 경계 근무를 서는 일반인 불침번 수를 두 배로 늘렸고, 방어선 보강 작업을 강요했다. 명령은 곧 법이었고, 누구도 이의를 제기하지 못했다.

켄지가 사람들 앞에서 이죽거리며 외쳤다.

"자자, 서로 공조하며 잘 살아 보자고."

일반인들은 고개를 떨구며 침묵했다.

터널 깊은 어둠 저편에서 어딘가 익숙한 소음이 희미하게 들려왔다. 청각이 발달한 이능인이 곧 소스라치게 놀라, 외부 순찰 중인 멤버에게 무전을 쳤다.

"빨리 복귀해. 바르크가 침입했다!"

갑작스러운 충격음이 터널 사이 가벽을 때렸고, 사람들은 재빨리 야구 배트와 도끼 같은 무기를 들었다. 이내 귀를 찢는 울음소리와 함께 바르크들이 들이닥쳤다. 세상은 무너졌지만 기지만은 안전하다는 믿음으로 살아온 생존자들에게, 비명과 절규의 밤이 찾아왔다.

켄지가 손에서 불을 뿜으며 앞장섰다.

"모두 뒤로 물러서! 우리가 처리할 테니 움직이지 마!"

그의 목소리가 메아리쳤다. 어깨를 움츠리고, 고개를 숙이는 사람들. 켄지가 공중에 던진 수십 개의 불꽃을, 예지가 날려 보내 바르크들의 발을 묶었다. 거처를 지키고 있던 이능력자는 소수였으나, 능숙하게 괴물들을 막아섰다.

그러나 외계 침입자들은 한쪽에서만 들이친 것이 아니었다. 입구 계단 위에 쌓아 올린 바리케이드가 무너지는 소리와 함께, 열댓 마리의 바르크가 생존자 아지트로 쏟아졌다. 가까이 있던 일반인 여럿이 사면초가에 빠졌다. 궁지에 몰린 그들은 철제 파이프를 움켜쥐고 죽기 살기로 괴물에게 달려들었다.

순간 믿을 수 없는 광경이 펼쳐졌다. 공격이 효과가 있었다. 바르크가 하나둘 괴성을 지르며 쓰러졌다.

"뭐야? 해볼 만하네!"

누군가의 외침이 들리자, 다른 일반인들도 용기를 내어 바르크들에게 다가갔다.

괴물이 약해졌다. 인간을 무력감에 빠트렸던 무시무시한 속도와 엄청난 완력은 온데간데없었다. 촉수의 움직임뿐만 아니라 공격의 세기도 인간의 그것과 별반 차이가 없었다.

"생각보다 약하잖아!"

정호가 외쳤다. 모두의 마음속에 이길 수 있다는 자신감이 번졌다.

결국 바르크는 남김 없이 쓰러졌다. 인간의 완벽한 승리. 튜브라인 역은 다시 고요함을 찾았지만, 평범한 사람들은 의아한 표정을 짓는 동시에 눈을 반짝였다. 이능력자들은 어쩐지 떨떠름한 표정으로 입맛을 다셨다.

다음 날 새벽, 몇몇 일반인들이 역 밖으로 나섰다. 그들은 폐허가 된 도시를 탐색하며 바르크의 흔적을 찾았다. 총도, 이능인의 도움도 없이 나선 탐사는 위험천만해 보였지만, 다행히 그들이 마주친 괴물들은 모두 맥이 없었다.

"이놈들, 왜 이렇게 약해졌지?"

정호가 습격으로 쓰러뜨린 바르크를 발로 차며 말했다. 시체를 조사하던 생물학자 출신 생존자 한 명이 고개를 들며 말했다.

"껍질에 곰팡이가 슬었어. 희멀게 곪은 상처도 여럿 보이고. 지구의 미생물이 점차 치명적으로 작용하는 것 같아."

"뭐야, 너희들 어딜 다녀오는 거야? 이런 짓, 모두를 위험에 빠트릴 수도 있다는 거 몰라?"

복귀한 일행을 발견한 예지가 다그쳤다.

"어, 아, 저기 예지 씨, 충분히 조심했어요. 확인해 보고 싶은 게 있어서……."

정호는 눈에 띄게 당황했다. 예지의 표정이 험악하게 일그러졌다.

"정호 씨……."

조용히 지켜보던 재이가 예지에게 다가가 작은 목소리로 속삭였다. 예지는 잠시 어리둥절한 표정을 짓더니 순순히 물러났다.

바르크가 약해졌다는 소식은 빠르게 퍼졌다.

"더 이상 이능력자에게 의존할 필요가 없어."

누군가 선언하듯 말했다. 일반인들 사이에서 독립적인 생존 체제를 만들자는 의견이 나오기 시작했다.

"괴물들이 쇠한 지금, 스스로 살아갈 수 있어. 이능인에게 종속될 필요 없다고. 부당한 사회를 하루빨리 벗어나자. 우린 이능인보다 약하지만, 머릿수는 훨씬 많아. 단합하면 그들도 우리 의견을 결코 무시할 수 없어."

정호의 말에 사람들이 주억거렸다. 상황을 눈치챈 이능력자들은 미간을 찌푸렸다.

이능인 회의가 열렸다.

"그냥 두고 볼 수는 없어. 일반인들이 우리에게서 독립한다 치자. 그들이 안정을 찾으면, 언젠가 다시 우리 위에 올라서서 통제하려 들 거야. 생각해 봐. 본질적으로 그들에겐 우리나 바르크나 마찬가지로 위협 요소라고. 너는 너 나는 나, 좋게 좋게 각자 갈 길 가게 될 것 같아?"

예지가 말했다. 켄지가 동의했다.

"절대 예전 같은 관계로 돌아갈 순 없어. 일반인끼리 뭉쳐서 쪽 수로 밀어붙인다면, 아무리 우리라도 안심할 수 없을 거야. 그전에 우리 힘을 확실히 보여 줘서 딴생각 못 하게 만들자."

손목을 풀며 말을 이었다.

"아무래도 학습이 덜 된 것 같은데, 지난번보다 크게 한

판 벌이는 거야. 이참에 확실히 길들여야 해."

"내가 보기엔, 이미 손을 쓰기엔 늦은 것 같아. 강 대 강으로 나간다면 불길이 더 크게 번질 수도 있어. 바르크가 약해진 마당에 계속 지금 체제를 유지하는 명분도 약하고."

태오가 곤란한 표정으로 말을 받았다.

"지금까진 바르크 대 인간이었다면 앞으론 인간 대 인간인 상황이 펼쳐질 거야. 어딘가에 분명 다른 공동체들이 있을 테고, 그들도 이미 바르크가 약해진 사실을 눈치챘겠지. 한정된 자원을 놓고 인간끼리 전쟁이 일어날 거라고."

켄지가 반박했다.

"글쎄, 대화를 통해 풀고 협력할 방법이 있지 않을까? 살아남은 인류끼리 힘을 모아 다시 세상을 복구해야지."

태오는 머리를 긁적였다. 팔짱을 낀 예지가 냉소했다.

"거기에 초능력자는 낄 자리가 없을 것 같은데? 잠시 바르크에게 넘어갔던 적대감이 어디로 돌아올 것 같아?"

켄지가 거들었다.

"태오야, 아이고, 이 순진한 녀석아. 세상이 멀쩡했을 땐 대화하며 협력하며 살 수 있었겠지. 그런데 지금은 어떤 때다? 생존이 과제인 시대, 먹을 걸 빼앗거나 지켜야 하는 상황이라고. 체면 따위 차리다간 내가 먼저 죽어요."

태오는 무어라 반박하려다가 굳은 표정으로 말을 삼켰다.

예지는 발끝으로 바닥을 툭툭 찼다. 침묵하던 지수가 마침내 입을 열었다.

"각자 얘기에 틀린 말은 없어. 지금 일반인들과 갈라서면, 그들은 언젠가 우리를 다시 탄압하려 들 거야. 그리고 다른 공동체들이 어떻게 나올지 아직 안심할 수도 없고. 장기적으로는 우리 모두 협력해야지. 다만 먼저 다른 집단의 의사를 확인하고, 반목하려 한다면 제압해야 해."

그녀는 검지를 들었다.

"그래서 결론은 이거야. 일단 지금 체제를 공고히 한다. 그리고 다른 공동체를 발견하면 협력을 도모하거나 굴복시킨다. 우리 지위가 탄탄해지면, 그때 조금씩 양보하고 어우러져도 늦지 않아."

"옛썰. 힘들겠지만 최선을 다해 사람들을 다독여 보자고. 가능한 인명 피해 없이."

켄지가 말했다. 태오가 자리에서 일어났다.

"그래, 지난번 같은 불 쇼는 없었으면 좋겠어."

예지가 깔깔대며 웃었다.

"그럼, 이번엔 내 차례인가? 에어쇼 어때? 끝내주는 스릴을 위해 안전벨트는 따로 챙기지 않겠습니다."

지수가 한숨을 내쉬자, 예지가 시선을 내리깔며 슬며시 입을 다물었다. 지수가 말을 꺼냈다.

"아, 그리고…….."

"응?"

켄지가 말했다.

"아니야, 이건 내가 알아서 할게."

회의가 끝났다.

저녁 식사 후 짧은 휴식 시간, 튜브라인 역 통로 한쪽이 갑작스레 밝아졌다. 켄지가 내뿜는 불길을 선두로, 이능력자 무리가 일렬로 광장에 들어왔다. 사람들은 가장자리로 몸을 피했다.

"지금부터 비상사태를 선포한다."

지수의 목소리가 메아리가 되어 울렸다. 오늘따라 눈빛이 더욱더 단호했다.

"이젠 생존자 그룹끼리 전쟁이 일어날 확률이 높아. 일반인들은 앞으로 허가 없이 밖에 나갈 수 없어. 저녁 7시 이후에는 각자 거처에만 머무른다. 사적 모임은 금지란 얘기야."

사람들은 어리둥절한 표정을 짓다가 이내 야유를 퍼부었다.

"누구 맘대로?!"

"너희들에게 그럴 권리는 없어!"

이능력자 몇 명이 각자의 능력을 시연하며 겁을 주기 시작했다. 광장에 긴장감이 짙게 드리워졌다. 이능인과 일반인이 서로를 향해 팽팽히 맞섰다.

평범한 사람들은 더 이상 억압에 순응하지 않았다. 괴물들이 약해진 사실이 알려지면서, 이능인들을 대하는 태도에도 변화가 생겼다.

"이제 너희들 없이도 살아갈 수 있어."

정호가 한 발 나서며 외쳤다.

"바르크가 약해졌다는 사실을 이미 알고 있었을 텐데? 언제까지 숨길 생각이었지? 외부의 위협을 빌미로 계속 귀족 놀음을 하고 싶었겠지만, 이 체제는 이제 끝났어!"

켄지가 일그러진 웃음을 띠며 앞으로 나섰다.

"끝났다고? 웃기지 마! 네가 아직도 살아 있는 이유가 뭐라고 생각해? 그리고 괴물들이 약해진 이제부터는 살아남은 공동체끼리 전쟁이 시작될 거야. 괴물만 사라진다고 아름다운 세상이 '짠' 하고 나타나는 줄 알아?"

켄지의 위협적인 태도에 몇몇 사람들이 뒷걸음질 쳤다. 그러나 정호는 물러서지 않았다.

"그래서, 아름답지 않은 세상 알려 주려고 멀쩡한 사람한테 불을 지른 거냐? 우리가 겁먹고 조용히 굴복할 줄 알

앉겠지. 마음 같아서는 너희에게 합당한 책임을 묻고 싶지만, 이쯤에서 갈라지는 것에 동의한다면 과거의 일은 덮어두겠다."

정호는 잠시 숨을 골랐다.

"이제 우리 일은 우리가 알아서 할게. 너희도 너희 길을 가. 그리고 서로의 영역은 침범하지 않기로 하자."

"너희들, 좀 더 따끔한 교훈이 필요한가 본데……."

예지가 한 발짝 앞으로 나섰다. 켄지가 양손에 불덩이를 만들고, 태오가 마뜩잖은 표정으로 어깨를 돌리며 팔을 풀었다.

그때, 재이가 조용히 앞으로 나섰다. 가만히 상황을 지켜보던 지수가 팔짱을 풀고 자세를 가다듬었다. 숨죽여 지내며 수어로만 대화하던 존재의 등장에 모두가 의아해했다. 그녀는 천천히 예지와 정호 사이에 섰다.

"멈춰."

낮은 목소리. 묘한 울림. 그 한마디에 시간이 멈춘 듯 광장에 고요가 내렸다. 예지가 눈알을 굴렸다.

"재이 너, 말을 할 수 있었어? 아니 근데, 어쨌든 너 같은 사람이 나서서 할 얘기가 아니야. 물러서."

하지만 서슬 퍼런 말과 달리, 그녀는 이렇다 할 움직임을 보이지 않았다. 켄지의 손에서 피어나던 불꽃도 잦아들었고, 태오 역시 동작을 멈췄다. 이능력자들이 재이에게 반응하는 모습을, 평범한 사람들은 숨죽이며 지켜보았다.

"그만해."

재이는 천천히 말했다.

"우리가 싸워야 할 적은 서로가 아니야. 세상을 재건하고 인간답게 살아가려면 서로 존중하고 협력해야 해."

"지금 존중이 부족한 건 너희들인 것 같은데. 너흰 우리가 얼마나 고생했는지 몰라. 우리가 밖에서 피 터지게 싸우지 않았으면 네가 지금까지 살아 있을 수 있었겠어?"

예지가 말했다.

"인정해. 처음엔 그랬을 거야. 그런데 괴물들이 약해졌다는 걸 왜 알리지 않았어? 기득권을 빼앗길까 봐? 더 이상 괴물들을 핑계로 사람들을 억압할 수 없어서 그랬던 거잖아."

예지는 발끈하며 앞으로 나서려 했지만 움직일 수 없었다. 이마에 땀이 송골송골 맺혔다.

"뭐야, 설마 네가?"

휘둥그레 눈을 뜬 켄지가 외쳤다.

"재이, 너 능력자였던 거야?"

"좀 별난 구석이 있을 뿐이야. 모두 특기가 있잖아. 네 불꽃놀이처럼."

재이는 웃는 건지 우는 건지 묘한 표정을 지었다. 사람들 사이에서 웅성거림이 커졌다. 모두의 얼굴이 파리해졌다.

어느 틈엔가 불쑥 나타난 지수가 재이 뒤에서 총구를 겨눴다.

"고개 돌리지 말고, 팔 위로 들어."

목소리가 떨렸다.

"바르크는, 천천히 알릴 생각이었어. 하지만 켄지 말대로 우리는 여전히 싸워야 해. 지금 사회를 유지하지 않으면 모두가 위험에 처할 거야."

"아니야, 언니. 사람들을 더 이상 착취하면 안 돼. 우린 대등한 관계에 서서 함께 협력할 수 있어."

재이는 고개를 저었다.

"고개 돌리지 마, 얼른 팔 위로 올려. 아님 진짜, 쏠 거야."

"총, 버려. 꼼짝하지 마."

지수의 손에서 라이플이 맥없이 떨어졌다. 동생의 의지가 언니의 몸을 묶었다.

"네가…… 어떻게?"

"언니, 나 이제 눈 마주치지 않아도 가능해."

재이는 지수를 돌아봤다.

"어떻게……. 아, 아니, 재이야. 그렇게 간단한 문제가 아니야. 넌 몰라, 책임을 짊어진다는 게 어떤 건지. 비슷한 종끼리 공존한다는 게 얼마나 어려운 일인지. 이들은 다시 우리를 억압하려 할 거야."

"그만 내려놔. 언니 혼자 짊어질 문제가 아니야. 모두가 함께 진지한 대화를 나누며 풀어 가야 할 숙제야."

지수는 가쁜 숨을 내쉬며 저항해 보려 했지만, 소용없었다. 입술을 깨물던 재이가 천천히 말을 이었다.

"초인들은 모두 여기서 나가. 남쪽으로 100km 이상 내려가도록 해. 그 후에 여기서 일어났던 일을 잊어."

마치 안개가 번져 가듯, 목소리의 힘은 이능인들의 자유의지를 삼켰다. 이능력자들은 머리를 감싸 쥐며 비틀거리기 시작했다.

"미안해, 언니. 나도 오랫동안 생각해 봤어. 이게 당분간 우리가 모두 살아갈 수 있는 유일한 방법이야. 지금은 일단 헤어지자. 아니면 이 싸움은 멈추지 않을 거야. 우린, 지금 이 시대에선 더더욱 공존하기 어려워."

이능인들이 하나둘 떠나기 시작했다. 잠시 태오와 정호의 눈길이 마주쳤다. 태오가 고개를 숙였다. 정호는 태오를 향해 손을 뻗었다가 천천히 거뒀다. 이능인이 떠난 빈자리엔 탄식도, 환호성도 채워지지 않았다. 그저 사방에 짙은 침묵이 깔렸다. 사람들은 무슨 일이 벌어졌는지 아직 제대로 인지하지 못한 채, 어리둥절한 눈빛을 주고받았다.

재이는 사람들을 향해 섰다. 웅성대는 소리가 이내 잠잠해졌다. 정호가 말했다.

"재이야, 정말 고맙다. 덕분에……."

그녀는 살며시 고개를 젓고, 모두를 바라보며 외쳤다.

"이능력자들과 지냈던 기억을 모두 잊어 주세요. 그리고 내가 어떤 능력을 가졌는지도."

사람들의 눈빛이 흐려졌다. 함께한 나날, 그들의 폭정, 그리고 재이가 안긴 충격이 검은 장막을 덮은 것처럼 어두워지더니 이내 머릿속에서 자취를 감췄다. 재이는 벽에 손을 기대고 숨을 골랐다.

"미안해, 언니."

나지막한 목소리에 물기가 배었다.

바르크들의 숫자가 눈에 띄게 감소했다. 사람들은 퀴퀴한 튜브라인 역을 버리고 새로운 주거 지역을 물색했다. 천천히 꾸준하게, 무너진 대지를 탐험하며 문명 재건을 노렸다.

임시 거점 건물 한편에 마련한 작은 학교에서, 재이는 아이들에게 역사를 가르치며 자신의 존재를 새롭게 정의했다. 사람들은 그녀를 평범한 교사로만 알았다. 수화를 하던 그녀, 능력을 드러냈던 그녀를 기억하는 사람은 아무도 없었다.

재이는 조용히 자신만의 싸움을 이어 갔다. 다른 집단과의 충돌 등 위급 상황 때만 능력을 발휘했다. 수업 시간이 아닐 때는 혼자 시간을 보내며 말을 아꼈다.

새 학기 수업 시간, 장난기 어린 얼굴을 한 아이가 손을 들었다.

"선생님, 세상이 무너진 마당에 왜 역사를 공부해야 해요?"

재이는 아이와 눈을 맞췄다. 위로 호를 그린 눈가에 물기를 머금고.

"우리가 지혜롭게 살아가기 위해서야. 역사를 통해 사람을 알고 역경에 대처하는 법을 배운다면, 세상을 다시 일으켜 세울 수 있어."

재이의 말은 스스로에게 하는 다짐이기도 했다.

어느덧 창밖에서 석양빛이 들어와, 그녀의 교실을 붉은색으로 물들였다.

용이 된 남자

 골목을 돌자 무너진 백화점 잔해가 눈앞에 펼쳐졌습니다. 깨진 유리창이 햇빛에 반사되어 번뜩였고, 바스러진 콘크리트 사이에 들어선 잡초가 바람에 흔들렸어요. 멀리서 까마귀 울음소리가 들려왔고요. 이곳이 한때는 사람들로 북적이던 도심 한복판이었다는 게 믿기지 않았어요. 배가 고파 꼬르륵 소리가 났지만, 주머니 속 마지막 빵 조각은 아껴 두기로 했습니다.

 폐허가 된 도시는 인간의 삶을 지탱할 힘이 없어 보였습니다. 무너진 건물과 황폐해진 땅 위에서, 사람들은 버둥대다 죽어 갈 것만 같았지요. 하지만 우리는 모두 실낱같은 희망이라도 잡아 보기 위해 애쓰고 있었습니다.

 그날, 어디에선가 홀연히 나타난 당신이 잔해 위에 올라

섰습니다. 나는 당신이 세상의 끝에서 자신의 존재감을 새롭게 드러내려 한다는 걸 알아챘어요.

예전에 우리가 처음 만났을 때, 나는 당신을 애달픈 사연을 간직한, 상처 입은 외로운 늑대라고 생각했었습니다. 무리 밖을 겉돌던 사람. 당신을 똑똑히 기억하는 이유는, 그날 가게에 왔던 당신에게서 모든 것을 집어삼킬 것 같은 공허를 느꼈기 때문입니다. 당신은 그 '힘'을 세심하게 컨트롤하고 있었죠. 심연 속에 침잠해 있던 그 남자가 이렇게 변할 줄은 몰랐습니다.

당신은 손을 떨고 있었습니다. 하지만 곧 주먹을 꽉 쥐며 허리를 똑바로 폈지요. 바람이 헝클어진 머리카락을 흩뜨렸지만, 꿈쩍도 하지 않았습니다.

"여러분, 이렇게 끝날 겁니까?"

당신은 몸을 숙여 모닥불에 손을 뻗었습니다. 불꽃이 갑자기 치솟았고, 얼굴이 붉게 빛났어요. 목소리에 굵직하고 단단한 울림이 있었습니다. 더 이상 슬픔을 감춘 남자의 먹먹한 소리가 아니었지요. 사람들은 그 목소리에 멈춰 섰고, 나도 귀를 기울였어요.

"우리가 지금까지 살아남은 건 기적이 아닙니다. 서로를 의지했기 때문입니다. 희망을 포기하지 맙시다. 우리는 다시 일어설 수 있습니다."

의아함과 경외감을 동시에 느꼈습니다. 당신이? 세상을 영원히 등질 것만 같았던 사람이 이런 말을 한다고?

그날 이후 당신 주위에 사람들이 모여들기 시작했지요. 당신 그룹은 도시의 잔해 속에서 쓸 만한 자원을 찾아내고, 주변을 정리했어요. 대다수는 여전히 무시했지만, 당신은 천천히 사람들을 설득했습니다.

"우리 모두 힘을 합쳐야 합니다. 그러지 않으면 모두가 쓰러질 겁니다."

군중은 '단호함'에 서서히 이끌렸어요. 나 역시 혹하는 마음이 들었고요.

사람들을 끌어모으는 재능이 있더군요. 누구보다 먼저 나서서 잔업을 해치웠고, 모두가 기댈 수 있는 사람처럼 행동했지요. 당신과 함께하려는 사람들이 빠르게 늘어났습니다.

"오늘 밤 모닥불 앞에서 모입시다. 우리가 무엇을 할 수 있을지 이야기해 봐요."

그날 밤, 나는 무리 틈에 앉아 당신의 이야기를 들었습니다. 마치 영웅담처럼 바르크와의 충돌에서 살아남은 이야기를 전하더군요. 당신의 말투는 두려움을 자극하면서도 동시에 희망을 심어 주었어요.

"저는 그들과 마주했습니다. 약점을 알아챌 수 있었어요.

우리가 하나로 뭉치면, 그들은 우리를 이길 수 없습니다. 우리가 한데 뭉치는 걸 두려워합니다."

사람들은 고개를 끄덕였습니다. 나도 설득되기 시작했고요. 그 어느 때보다도 불확실한 세상에서, 당신은 확신에 찬 목소리로 우리의 마음을 다독였습니다.

당신은 단순히 생존을 위한 공동체를 만든 것이 아니었어요. 믿음을 심었지요. 사람들에게 바르크의 침공이 끝나지 않았다고 했잖아요.

"그들은 다시 올 겁니다. 하지만 우리가 준비되어 있다면, 이길 수 있습니다."

당신은 사람들과 함께, 매일 아침과 저녁에 당신이 만든 '의식'을 치렀어요. 손을 잡고, 장작불을 둘러싸며 기도하듯 외쳤습니다.

"우리는 서로를 지키는 방패다!"
"우리가 버티는 한, 그들은 우리를 부술 수 없다!"
"우리가 하나 되는 순간, 그들은 무너진다!"
"우리는 이 땅의 유일한 희망이다!"

그 구호는 단순한 외침이 아니었어요. 불빛 속에서 우리의 용기와 희망을 끌어모으는 주문처럼 느껴졌습니다. 당신의 목소리는 굵고 강하게 울려 퍼졌고, 우리의 대답은 그 목소리에 힘을 더하는 메아리처럼 돌아왔어요.

가을바람이 캠프를 스치고, 겨울의 첫서리가 잔허를 덮을 때까지 의식은 계속되었지요. 처음에는 서툴렀던 구호가 이제는 모두의 입에 익숙해졌습니다. 모닥불은 더 커졌고, 사람들의 얼굴엔 밝은 빛이 감돌았습니다. 다시 봄이 왔을 때, 당신의 공동체는 오백 명을 넘어섰지요. 폐허 위에 새로운 집들이 솟아났고, 굵은 나뭇가지로 만든 깃발들이 펄럭였습니다.

의식은 점점 거창해졌습니다. 처음엔 이게 무슨 의미가 있을까 생각했지만, 사람들은 당신에게 경배에 가까운 존경을 표하기 시작했지요. 이게 맞는 걸까요? 우리가 다시 일어서려면 서로 의지해야 하는 건 알겠는데, 주술적인 의식과 새로운 '종교'까지 필요한 걸까요?

그때 처음 공동체에서 멀어지려고 결심했던 것 같습니다. 저와 같은 생각을 하는 사람들도 많았고요. 당신이 사람들 앞에서 "우리는 하나다. 우리는 강하다."라고 외칠 때마다, 나도 모르게 따라 외치는 나 자신이 궁금했습니다. 지금 이 말을 믿고 있는 건지? 아니면 단지 소수가 되는 것이 무서워 따라 하는 건지?

끝내 당신은 자신을 단순한 지도자가 아니라, 우리를 지킬 초월적 존재로 포장했어요. 바르크와 자신이 대화를 나누고 있다는 말을 퍼뜨리기 시작했잖아요.

"그들이 나에게 말했습니다."

그때의 목소리는 살짝 떨렸습니다.

"우리를 시험하고 있다고요. 하지만 우리가 합심한다면, 그들은 물러날 것입니다."

괴물들과 협상하고 있다고 선언했을 때, 나는 할 말을 잃었습니다. 목이 메어 침도 제대로 넘길 수 없었어요. 손바닥에 땀이 배었지요.

'거짓말이야. 명백한 거짓말. 남자는 우리가 가진 공포를 이용하고 있어.'

머릿속에서 내면의 목소리가 울렸습니다. 곁에 있던 사람들의 눈빛이 반짝이는 걸 보았어요. 목덜미가 서늘해지더군요.

'정말로 뭔가 교감하고 있는 건 아닐까? 혹시…… 그가 정말로 우리를 구할 수 있다면? 네가 그를 부정한다고 해서 달라질 게 뭐지? 떠난다면, 어디에 의지할 수 있지?'

옆자리에 앉은 여자를 슬쩍 쳐다봤어요. 그녀의 얼굴에는 한 치 의심의 그림자도 없었지요. 완전한 믿음뿐이었습니다.

"어떻게 믿을 수 있죠?"

나직이 물어봤어요. 그녀는 눈을 동그랗게 뜨며 나를 쳐다봤습니다.

"정호 씨, 믿지 않을 이유가 뭐죠? 우리 마크 님께서 말씀하셨잖아요."

그대로 입을 다물었습니다. 반박할 말이 떠오르지 않았어요.

"그를 따르자. 그가 우리를 구할 것이다."

누군가의 말에 마지못해 고개를 끄덕였어요. 어쨌든 공동체 안에 머무르는 동안은 당신을 따르는 것처럼 보이기로 했으니까요.

잔해 위 공터 한가운데서 당신은 모두를 둘러보며 말을 꺼냈습니다.

"여러분, 이 땅은 우리가 지켜야 할 우리의 터전입니다. 그들은 우리를 두려워합니다. 왜냐하면 우리는 잿더미 위에서도 단결해 다시 일어날 수 있기 때문입니다."

당신은 잔해 위로 올라가 팔을 높이 들었습니다. 하늘을 가리키며 덧붙였어요.

"저 높은 곳에서 그들이 우리를 지켜본다고 생각해 보세요. 그들은 우리가 흩어지고, 싸우고, 서로를 의심하기를 원합니다. 그게 그들의 전략입니다. 하지만 우리가 여기서 한마음으로 결속해 있다면, 결코 우리에게 손댈 수 없습니다."

잠시 말을 멈추고, 우리를 하나하나 바라보았습니다. 그 시선이 닿을 때마다 사람들은 고개를 끄덕였지요.

"우리는 단순히 생존하려는 것이 아닙니다. 새로운 시대를 만들려고 하는 겁니다."

손을 들어 주변을 둘러보며 말을 이었습니다.

"우리는 폐허 속에서 다시 태어날 것입니다. 잿더미 위에 세울 새로운 도시를 상상해 보세요. 우리는 스스로 우리의 법을 만들고, 우리의 문화를 세울 것입니다. 더 이상 과거의 질서에 얽매이지 않을 겁니다."

사람들 사이에서 웅성거림이 커졌습니다. 당신의 말이 너무나도 매력적이고 생생했기 때문이에요. 누군가 환호하며 박수를 치자 금세 모두가 따라 치며 환호성을 질렀지요. 당신은 폐허 속에서 일구어 낼 미래를 명확히 제시하며, 이를 위해 따라야 할 단계를 상세히 설명했습니다.

"우리는 우선 자원을 재분배해야 합니다. 강자만이 독점하는 시대는 지났습니다. 공동의 창고를 만들고, 모든 물자를 투명하게 관리할 것입니다. 이능인과 일반인 모두 평등한 세상. 이것이 우리의 첫 번째 도약입니다."

참으로 매혹적인 언변. 당신의 정체가 진실인지 거짓인지조차 더 이상 중요하지 않게 느껴지더라고요. 하지만 머릿속 한구석에서 계속 경고음이 울렸습니다.

'위험해. 그는 점점 혼자서 모든 것을 결정하고 있어. 종교적 의식과 더불어 자신을 신격화하고 있다고. 사람들은 이제 스스로에게 되묻지 않아. 의지할 수 있는 존재를, 그저 맹신하고 있어. 이 공동체의 끝은 무얼까? 남자가 왕이자 교주인 종교 국가? 만일 그가 타락한다면 누가 그를 멈출 수 있지?'

연대는 점점 커져만 갔지요. 당신은 자신을 '구원자'라고 칭했고, 사람들을 발아래 무릎 꿇리고, 당신의 말만 따르게 했어요. 그 모습을 보며 내 생각이 틀렸을지도 모른다는 일말의 기대를 완전히 버렸습니다.

한밤중에 혼자 남아 모닥불을 바라보던 때, 내 안에서 연민과 의심이 뒤엉켰어요. 과거에 당신이 겪었던 비극이, 그리고 내가 건넸던 말들이 지금 자신을 '구원자'라고 선언하는 데 영향을 끼쳤을지도 모른다는 생각에 혼란스러웠습니다. 동시에, 내가 잘못 본 것은 아닐까 하는 생각도 들었어요. 당신은 원래부터 이런 인물이었고, 나는 당신이 가진 힘과 욕망을 알아채지 못한 것뿐일지도 모르지요.

나는 결국 스스로에게 이렇게 말했어요.

'아무리 힘들지라도, 이곳을 벗어나는 게 내가 사는 유일한 방법이야. 맞든 틀리든, 그는 이 공동체의 중심이 되었

어. 더 이상 세속을 등졌던 과거의 그를 보는 걸 멈추고, 지금 눈앞에 있는 그를 직시해야만 해.'

당신은 이제 폐허 속에서 사람들을 지휘하는 신의 아바타가 되었어요. 높은 곳에 서서 우리 모두를 내려다보았지요.

"여러분, 우리는 더 이상 약한 존재가 아닙니다!"

당신의 외침에 환호가 터져 나왔습니다. 당신을 바라보다 불현듯 우리가 처음 만났던 날이 떠올랐습니다. 그때의 늑대와 지금의 리더. 예나 지금이나 신비롭고 힘을 가진 존재임엔 변함이 없군요.

"우리는 이 세상의 중심입니다. 내가 여러분을 지킬 겁니다."

당신은 손을 들어 하늘을 가리켰어요. 모든 사람이 따라 고개를 들었지요. 당신 얼굴에 번진 미소는, 이제 당신이 세상의 중심에 서 있다는 것을 말해 주고 있었습니다.

"우리가 새로운 세상을 만들 것입니다."

폐허에 열변이 울려 퍼졌어요. 당신의 모습이 왠지 커다란 날개를 펴고 사람들 위에서 포효하는 미지의 존재처럼 보였습니다.

폐허 위 삼중주

 정호는 새벽 일찍 고층 건물 옥상에 올랐다. 창백한 햇살이 도시 위에 드리우기 시작하자, 곳곳에 흩어진 깃발이 하나둘 모습을 드러냈다. 광장 건너편 건물 꼭대기에선 검은 깃발이 펄럭였고, 오른쪽 저편 빌딩 위에선 푸른 천이 나부꼈다. 한 발짝 뒤에서는 오렌지색 깃발이 바람에 일렁이고 있었다.

 쌍안경을 들어 주위를 둘러봤다. 코리아나 호텔 옥상에서 이능력자 한 명이 자신을 주시하고 있었다. 서로를 감시하는 새로운 일상. 그는 쓴웃음을 지었다. 신이 버린 땅에 새로운 부족 국가 삼국이 다시 등장한 셈이었다.

 정호는 이 풍경에 쉬이 익숙해질 수 없었다. 하늘을 찢고 땅을 으깬 바르크들이 전멸했지만, 빈자리를 채운 건 화합이 아닌 분열. 살아남은 사람들은 문명 재건이라는 대의보다, 자신의 이익과 공동체의 신념 수호에 열을 올렸다.

"시장님, 주간 회의 시작할 시간입니다."

경진이 문을 열고 들어왔다. 차림새는 단정했지만, 피곤한 기색이 역력했다. 정호는 눈을 가느스름하게 뜨고 경진을 쳐다봤다.

"형, 옷에 뭐 묻었는데?"

"어, 어디?"

경진이 고개를 숙였다.

"인사 자알 한다."

정호가 너털웃음을 터뜨렸다.

"아, 이 색…… 크흠, 시장님, 회의 늦겠습니다. 빨리빨리 좀 가시죠."

"자, 오늘도 즐겁게 일하러 갑시다, 가."

경진이 뒤에서 된소리를 중얼거렸고, 정호는 못 들은 척 씩 웃으며 앞장섰다.

회의는 늘 같은 보고로 시작됐다. 인구 현황, 물자 재고, 치안 상태. 모두가 평범한 일상으로 돌아가길 바랐지만, 다른 두 집단과 미묘한 대치 상태가 지속되면서 불안감이 더해졌다. 최근에는 인원 이탈마저 늘었다. 정호가 이끄는 '네오서울'을 등진 이들은 '구원자'가 통치하는 '드라나교'에 합류했다.

정호는 창문 너머 역사박물관——드라나교의 본거지——을 바라봤다. 주변에 검은 천막들이 여럿 솟아 있었다.

작년 7월이 떠올랐다. 검은 옷을 입은 사절단이 환한 미소를 지으며 손을 내밀던 모습. 거절당하자 돌변한 그들의 차가운 눈빛. "구원 받으시길." 마지막에 던진 그 말이 지금도 귓가에 맴돌았다. 정호 눈에 비친 신흥 종교는 문명 쇠락 후 좌절한 사람들의 마음을 이용하는 사이비, 그 이상도 그 이하도 아니었다. 이후 네오서울과 드라나교는 공식적인 교류 없이 광화문 광장을 국경 삼아 각자의 구역을 다스려 왔다.

"어제 여덟 가구가 또 떠났습니다."

경진의 보고에 참석자들의 표정이 어두워졌다.

"우리 공동체에 뭐가 부족하다고."

누군가가 중얼거렸다. 다른 이가 물었다.

"그들이 약속하는 구원이란 게 뭐죠?"

정호는 눈꺼풀이 무거웠다. 창밖으로 시선을 돌리자, 유독 멀쩡한 빌딩 하나가 도드라져 보였다.

'이능력자까지……. 어떻게 해야 하나.'

한 달 전 남쪽에서 올라온 이능인들은 순식간에 코리아나 호텔 주변을 장악해 버렸다. 소수지만 하나하나가 괴물 같은 존재들.

　세종대로 사거리가 보이지 않는 경계가 되었다. 정부 청사 중심 네오서울을 기준으로 동쪽 너머 드라나교, 남쪽 아래 이능인 그룹이 자리 잡았다. 세 집단이 찍은 꼭짓점이 삐딱한 삼각형을 그렸다.

　　회의가 끝난 뒤, 정호는 조심스럽게 계단을 올랐다. 마지막 발언 후 받은 박수 소리가 여전히 귓가를 울렸다. 잿빛 바람이 건물 벽 깨진 틈 사이를 후벼 팠다. 문득 모든 것을 단번에 추스르려 애쓰는 스스로가 무력하게 느껴졌다.

　옥상 가장자리에 서서 무너진 도심을 바라보았다. 네오서울이라는 이름 아래 시민들이 결속했지만, 자원은 늘 부족했고, 체계는 아직도 허술했다. 손뼉을 친 사람들은 정호를 '좋은 리더'라고 믿고 있는 것 같지만, 스스로는 전혀 아니라고 생각했다.

　'바르크가 사라진다고 모든 불안이 해결되는 건 아니었구나.'

　정호는 철골 기둥에 이마를 기댔다. 칙칙하게 내려앉은 하늘이, 폐허가 된 도시가 소리 없이 그를 압박해 왔다. 한숨을 쉬며 고개를 돌린 정호의 눈에 교회 건물이 들어왔다.

초등학교로 변모한 옛 교회 안, 아이들의 웃음소리가 멀리서부터 들려왔다. 정호의 입가에 가벼운 미소가 걸렸다. 교실 앞에 선 그는 잠시 실내를 들여다보았다. 재이가 아이들에게 역사를 가르치고 있었다.

"그래서 고대 그리스인들은 민주주의라는 새로운 정치 체제를 만들어 냈어요. 민주주의는 시민들이 모여서 안건을 토론하고 투표로 결정하는 거예요."

"선생님, 우리 공동체도 그런 거예요?"

"그렇죠. 우리도 다 함께 의견을 모아서……."

정호는 망설이다가, 이내 노크를 하고 문을 열었다. 재이가 말을 멈췄다. 아이들이 일제히 고개를 돌렸다.

"애들아, 지금부터 잠깐 쉬는 시간. 모두 밖으로 나가 주겠니? 이따가……."

선생님 말씀이 끝나기도 전에 아이들은 환호성을 지르며 우르르 몰려 나갔다.

"어쩐 일이세요, 시장님?"

재이가 긴장한 표정으로 물었다.

"재이야, 또 드라나교 쪽으로 사람들이 떠났다."

"몇 명이나요?"

"23명. 계속 이런 식이면 공동체를 유지하기가 힘들 것 같아. 설마 내 리더십에 문제가 있는 건 아니겠지?"

정호는 멋쩍은 얼굴로 머리를 긁적였다. 재이는 천천히 고개를 가로저었다.

"사람들은 성급하잖아요."

창밖을 바라봤다.

"바르크만 사라지면 금세 예전으로 돌아갈 줄 알았겠죠. 하지만 생각보다 힘드니까. 그래서 의지할 곳을 찾는 거 아닐까요?"

"걱정이 좀 돼. 우리 시민들이 드라나교 꾐에 빠져, 가서 착취나 당하는 건 아닌지. 황당한 이야기만 늘어놓는 사이비들이잖아."

정호는 한숨을 내쉬더니 창밖을 바라보았다. 재이는 그가 어떤 말을 하고 싶은지 알 것 같았다.

"억지로 붙잡을 순 없잖아요. 각자 선택할 권리가 있으니까. 비록 마음은 아프지만요."

창밖에서, 술래잡기하며 뛰노는 아이들의 함성이 울려 퍼졌다.

◇ ◇ ◇

네오서울의 초대 시장으로 정호가 선출된 다음 날, 재이가 은밀히 찾아왔었다.

"아저씨, 아니 시장님. 잠시 드릴 말씀이 있어요."

"아니, 사석에선 오빠라고 부르라니깐."

"그건…… 못 할 것 같아요. 진지하게 들어 주셨으면 좋겠어요."

이후 이야기는 정호에게 충격을 주었다.

"처음엔 모두 함께였어요. 초인도, 일반인도."

목소리가 떨렸다.

"하지만 언니와 다른 초인들이 달라지기 시작했어요. 처음엔 모두를 지키려고 했는데 점점……."

"점점?"

"힘으로 모든 걸 해결할 수 있다고 생각하게 됐죠. 그래서 결국,"

그녀는 입술을 깨물었다.

"제가 그들을 내보냈어요. 그리고 모든 사람의 기억에서 그 일을 지워 버렸죠."

그리고 조용히 덧붙였다.

"초인들은 다시 나타날지도 몰라요. 아무래도 물자는 서울에 가장 풍부할 테니까요. 그리고 혹시나 해서 말씀드리는 거지만, 제 쌍둥이 언니가 거기 리더예요. 만약 다시 좋지 않게 마주친다면 이번엔 능력을 쓰는 대신 잘 설득해 보려고요."

"왜…… 언니를 따라가지 않았어?"

"여러분도 제 가족이나 마찬가지예요. 미약한 힘이나마 보태고 싶었어요."

"재이야, 근데 좀 심하긴 했다. 기억까지 지우다니. 나 치매 빨리 오면 어떡하냐?"

정호가 피식 웃었다. 재이도 따라 웃음을 터뜨렸다.

"근데 왜 나한테 고해 성사 하는 거야?"

재이는 고개를 숙이며 답했다.

"이제 시장님이 우리 리더니까요. 알고 계셔야 할 것 같아서요. 또, 혹시 위급한 일이 벌어진다면 제가 도움을 드릴 수 있다는 것도 말씀드리고 싶었어요."

◇ ◇ ◇

정호는 이능력자 구역 쪽을 바라보았다. 저곳 어딘가에 지수가 있을 것이다. 재이의 쌍둥이 자매지만, 이제는 각자의 길을 걷게 된 사람.

"가끔 생각해요. 다시 연대할 수는 없는 걸까요?"

재이가 책상 위에 걸터앉으며 말했다. 그 말에 정호의 눈썹이 꿈틀거렸다. 그도 매일 밤 같은 의문으로 뒤척이고 있었던 것이다.

같은 시각, 코리아나 호텔 스위트룸에서는 회의가 한창 진행 중이었다.

"우리 위쪽에서 두 집단이 섞이지 않고 대치 중이란 말씀이지. 교단 쪽은 점점 세를 불려 가고 있는 것 같고. 네오서울? 센스하고는. 이거 누가 지었어? 싸구려 잡지 이름 같잖아! 암튼 이쪽에서 이탈이 좀 있네."

켄지가 턱을 쓰다듬으며 말을 이었다.

"아이고, 진짜 답답하구먼. 사람들이 왜 이렇게 이기적이냐고. 힘 합쳐서 빨리 재건할 생각들은 안 하고."

예지가 코웃음을 쳤다.

"굳이 협동할 필요가 있나?"

불현듯 그녀에게 과거가 스쳤다. 바르크 침공을 틈타 수용 시설을 탈출한 그녀는 바로 집을 향해 달렸다. 하지만 어렵사리 도착한 그녀를 맞이한 건 무너진 건물 사이에 드러난 세탁소 잔해뿐. 절망 속을 걷다 지수를 만났고, 능력을 과시하다 크게 데었다.

'그때 지수를 만나지 못했다면? 동료들과 함께하지 않았다면?'

"아, 중요하지. 협동해야지."

예지는 말을 바꿨다.

'혼자서는 지킬 수 없으니까.'

"금세 무슨 일이 벌어질 것만 같네."

태오가 입을 뗐다. 지수는 창밖을 바라보며 깊은 생각에 잠겼다. 멀리 텅 빈 도로 위에 검은 옷을 입은 무리가 눈에 들어왔다. 교단의 추종자들. 마치 쥐며느리처럼 느릿느릿 걷고 있었다.

"우리만 없었다면, 교단에서 먼저 움직였을 수도 있어."

지수가 천천히 입을 열었다.

"일단 상황을 좀 더 지켜보자."

"오, 그래? 지금 어떻게 돌아가고 있는 거야, 캡틴?"

켄지가 테이블 위로 몸을 기울였다.

"드라나교가 가만있을 리 없어. 세상을 구원한다는 헛소리를 하면서 결국 네오서울까지 집어삼키려 할 거야."

지수는 잠시 입술을 적셨다.

"반면, 네오서울 쪽엔 이렇다 할 방향이 아직 없을 거야. 교단이 직접적인 손해를 끼치는 것도 아니니까. 경계 정도 하고 있겠지."

"이것 좀 봐."

태오가 탁자 위에 낡은 선단을 펼쳤다. '구원자의 빛, 드라나의 부름'이라는 문구 아래 구원자로 보이는 남자의 실루엣이 그려져 있었다. 태오가 전단을 두드렸다.

"우리 정찰대가 가져온 거야."

"이게 뭐야? 구원자가 바르크와 대화한다? 말도 안 되는 소리네."

켄지가 말했다. 예지가 코웃음을 쳤다.

"그런데 사람들이 정말 믿는대. 저번에 봤는데 구원자 그림 앞에서 사람들이 무릎 꿇고 기도하더라."

지수가 창밖을 바라보았다.

"물에 빠진 사람은 지푸라기라도 잡는 법이지."

켄지가 받았다.

"그런 형국에 우리가 BAAM! 하고 들이닥친 거군. 드라나도 네오서울도 우리 눈치깨나 보고 있겠네. 낄낄."

예지는 이를 꽉 깨물었다. 그녀의 눈앞에서 현실이 잠시 만화처럼 일그러졌다가 돌아왔다.

"아, 이것 참 맘에 안 드네. 그냥 사이비 교주를 몰아내고, 신도들을 해방시키자."

"그들에겐 믿음이라는 방패가 있어. 물론 인원수도 상당하고."

지수가 말했다. 켄지가 초코바 비닐 포장을 뜯으며 의자에 등을 기댔다.

"그냥 다 태워 버리지, 뭐."

지수가 의자를 발로 찼다. 켄지는 펄쩍 뛰어 몸을 피했다.

"농담, 농담이라고!"

지수는 재이가 있는 네오서울 쪽을 바라보았다. 남다른 신체 능력 덕분인지 그녀는 점차 기억을 회복했다. 기억이 하나씩 돌아올 때마다 가슴이 아팠다. 미움보다 그리움이 더 컸다.

동료들의 기억은 돌아오지 않았다. 지수는 지금이 어쩌면 초인과 일반인이 관계를 새롭게 시작할 기회라는 생각이 들었다. 동료들과 함께 광화문을 다시 찾은 것도 그 때문이다. 하지만 먼저 재이와 앙금을 풀어야 했다. 조심스럽게 입을 떼었다.

"일단 네오서울 측에 접촉해 볼게. 우리와 합류할 의사가 있는지 한번 두드려 보자."

창문을 통해 드라나교 신도들의 외침 소리가 들려왔다.

"우리는 하나다! 우리가 새로운 세상이다!"

대로에 드라나 교단이 오와 열을 맞췄다. 무너진 건물들 사이로 비치는 햇살 아래, 마크가 신도들 앞에 섰다.

"우리는 선택받은 자들입니다."

농밀한 그의 음성이 검은 물결처럼 보이는 신도들 사이로 뻗어 나갔다.

"이 세상이 무너진 것은 우연이 아닙니다. 그것은 우리에게 주어진 시험이자 기회입니다."

군중들 사이에서 탄성이 흘러나왔다. 고위 사제들이 단상 아래에서 말없이 미소를 지었다.

"네오서울은 민주주의를 이야기합니다. 이능력자는 자신들의 힘을 과신합니다. 하지만 모두 틀렸습니다. 진정한 구원은 우리가 하나 될 때만 가능합니다."

마크의 말 한마디 한마디에 검은 파도가 점점 크게 일렁였다. 탄식과 탄성이 물결쳤다.

"보십시오. 매일 더 많은 사람들이 우리에게 귀의합니다. 진실을 깨달은 것입니다. 우리만이 이 혼돈을 끝낼 수 있습니다."

설교를 마친 마크가 천천히 군중을 둘러보았다. 해일처럼 거대하게 부풀어 오른 검은 파고가 세상을 집어삼킬 듯한 기세로 '구원자'를 부르짖었다.

해가 저물자, 성소 안은 순식간에 어두워졌다. 연단 아래에서 신도들이 찬양가를 흥얼거리다 하나둘 사라지자, 마크는 의자에 주저앉았다.

"구원이라……."

촛불 몇 개가 마른 공기 속에서 아련히 흔들렸다. 거대한 화폭 12점이 마크의 사위를 병풍처럼 둘러싸고 있었다. 그림은 스토리가 있는 연작으로, 마크가 빛의 전사로서 역경을 딛고 일어나 바르크를 물리치는 과정을 보여 주었다. 사람들은 그가 건넨 신화에 열광하며 마크를 '빛의 사도', '구세주'로 떠받들었다.

'나만 믿고 따르게 만들면 돼. 모두가 평화롭게 공존할 수 있는 사회를 만들려면 이 길밖에 없어. 나만 바로 서면 되니까. 그게 구원이야.'

떨어지는 촛농을 멍하니 바라보며, 마크는 마음을 다잡았다. 신도들 앞에선 늘 강인한 모습을 보여 주는 그도, 가끔 가슴 한편에서 불쑥 고개를 들이미는 마음 때문에 혼란스러운 때가 있었다. 대의를 위해 시작한 거짓말에 자기 자신마저 짓눌리는 기분.

바깥에서 신도들이 부르는 찬송 소리가 다시금 들려오자, 마크는 고개를 들었다.

'내가 무너지는 순간, 우리의 이상도 무너진다.'

아침 햇살이 창문으로 스며들어 온몸을 물들였다. 정호는 네오서울 본부, 옛 정부 청사 건물의 긴 복도를 천천히 걸으며 틈새를 파고드는 창백한 빛줄기를 의식했다.

"시장님."

낮은 목소리에 고개를 들자, 보좌관 경진이 조용히 다가왔다.

"드라나교 쪽 정보가 들어왔습니다."

정호의 눈썹이 희미하게 움직였다. 경진은 서류 뭉치를 내밀었다.

"신도 수가 가파르게 증가하고 있습니다. 상대편으로 이주한 우리 구성원은 이제 100명도 넘고요. 심지어 자원과 식량 분배를 늘리면서, 교주가 약속한 '구원'이라고 선전하고 있답니다."

정호는 갈라진 목소리로 중얼거렸다.

"그곳이 아름답기만 한 건 아니라던데……."

최근 유언비어처럼 들려오는 드라나교 내부 폭력 사건들, 사제들이 보인다는 신령한 힘. 그러나 확실한 증거가 없었다. 정호는 속으로 불안감과 무력감을 동시에 삼켰다.

"형, 드라나교가 계속 가만히 있을까? 때가 되면 속셈을 드러낼까?"

경진은 정호를 마주 보았다.

"정호야, 강경파들이 계속 압박하고 있어. 김 의원은 '선제공격이 답'이라고 하고, 박 의원은 '이대로 가면 우리가 먹힌다'고 난리야."

경진은 잠시 망설이더니 덧붙였다.

"솔직히 말하면, 나도 불안해."

"난, 아직 이른 것 같아. 알잖아? 바르크들, 뭐가 급했는지 성급히 내려왔다가 전멸한 거. 지켜보자고. 사태 파악 좀 더 하면서."

정호는 머리를 긁적였다.

"그래, 네 말이 맞다. 먼저 치는 건 우리답지 않아. 그래도 준비는 해야겠지만."

정호는 회의실 문을 열고 들어가며 한숨을 푹 내쉬었다.

'설득력 있는 결정을 내리지 않으면 내부의 동요가 커질 뿐이겠지.'

애써 마음을 다잡았다.

'지금 할 수 있는 일에 최선을 다한다. 그러다 보면…….'

불안과 기대가 교차하는 눈빛들이 리더를 기다리고 있었다. 정호는 속으로 콧노래를 부르기 시작했다.

"구! 원! 자! 구! 원! 자!"

주말 집회가 열리는 오전, 검은 깃발이 가득한 드라나교 광장에 천이백 명 신도가 모였다. 사람들은 흥분을 함께 나누듯 서로에게 팔짱을 끼고 찬송가 비슷한 노래를 흥얼거렸다. 마크가 단상 위로 걸어 나왔다. 붉은 도포가 용이 뿜어내는 화염처럼 넘실댔다.

"우리는 이 시대의 주인공입니다!"

마크가 선언하자, 신도들은 거대한 환호성을 내질렀다.

"바르크가 사라진 지금, 혼돈 속에서도 우리가 서로 돕고 일으켜 세운 결과가 바로 드라나교입니다. 저에게는, 여러분과 함께 지상에 낙원을 건설할 꿈이 있습니다!"

검은 함성이 소용돌이치던 중, 그는 잠시 시선을 아래로 돌렸다. 단상 아래쪽, 교단 간부끼리 은밀히 속삭이는 모습이 눈에 띄었다. 어렴풋이 느껴지는 서늘한 기운에 눈살을 찌푸렸다.

근래 교단 안에서 고위 사제들이 목소리를 높이고 있었다. 드라나교의 영광을 하루라도 빨리 만방에 전파해야 한다며, 네오서울을 조속히 정복하자고 주장했다. 예정된 물자 부족도 전쟁을 정당화하는 이유 중 하나였다.

'힘으로 누를 수만은 없겠지. 들어줄 건 들어주고 아닌 건 아니라고 해야 한다. 중심을 잘 잡아야 해.'

마크는 먼저 떠난 아내를 떠올렸다. 언제나 믿고 상의할 수 있었던 사람.

'아내가 곁에 있었다면 현명한 조언을 해 줬을 텐데.'

그녀의 죽음 이후 삶의 밑바닥까지 떨어졌다가 가까스로 기어 올라왔다. 내면의 목소리를 따르며 걸어온 자신만의 길. 사람들을 이끈다는 건 때로 절대 내키지 않는 결정도 감수해야 하는 일임은 잘 알고 있었다.

'필요하다면 폭력도 불사해야겠지.'

지수는 옥상 난간에 기대어 집회가 끝난 후 해산하는 신도들을 바라보았다. 일부 재건된 도로와 건물들 사이로 검은 무리가 흩어지고 있었다. 예지가 퉁명스레 말을 뱉었다.

"캡틴! 직접 갈 거라고?"

"그래, 리더끼리 얘기하기로 했어. 그리고 내 동생도 함께 나올 거야. 도움을 받을 수도 있겠지."

예지가 얼굴을 찌푸렸다.

"동생이 있었어?"

태오와 켄지도 의아한 표정을 지었지만, 별다른 말은 덧붙이지 않았다. 지수는 묵묵히 고개를 끄덕였다.

"뭐야, 나만 몰랐던 거야?"

예지가 말했다. 켄지가 한숨을 쉬며 손끝에서 작은 불꽃을 튀겼다.

"우리가 꽤 위협적으로 느껴질 텐데, 이참에 함정을 파 놓고 기다리는 건 아닐까?"

태오가 머리를 갸웃했다.

"먼저 우리 의도부터 파악하고 싶지 않을까? 그리고 모르긴 몰라도 드라나교와 불편하니 우리와 손을 잡고 싶어 할 것 같아."

"동의해."

지수의 목소리는 낮았지만 단호했다.

"상대 구역 외곽에서 네오서울 리더와 만난다. 협력할 수 있는 부분이 있는지 알아보고, 얘기가 잘 풀린다면 단계적으로 교류를 확대한다. 교단에 대한 정보를 교환하고 공동으로 대응한다. 이게 우리 방향이야."

"어휴, 난 안 갈래. 질색이야, 그런 정치질."

예지가 입술을 삐죽였다.

"누나, 캡틴에게 힘을 보태야지."

태오가 말했다. 켄지가 키득댔다.

"나는 후방을 맡을게. 네오서울 놈들이 내 신경 건드렸다가 불상사가 일어날 수도 있으니."

한편 그날 오후, 드라나교 측 인근 폐건물 지하에서는 고위 사제 둘이 마주 앉아 눈길을 주고받으며 미소 지었다. 테이블 위에 서류 한 장이 놓여 있었다.

"김 사교님, 이게 우리 기사단 명단이라고요?"

한 남자가 입꼬리를 올리며 물었다. 김 사교가 스윽, 종이를 건넸다.

"특수 부대 출신 다섯, 군인 및 경찰 출신 오십육 명에 건장한 이삼십 대 남성 서른아홉 명, 총 백 명으로 구성한 정예입니다. 드라나 기사단이에요, 나 사교님. 힘깨나 쓰는 건 물론이고 교단에 대한 충성심도 탑 클래스입니다."

나 사교는 흡족해했다.

"구원자님은 순수하시지만, 우린 더 과감해져야 합니다. 지상에 천국을 건설하려면 성전도 불사해야지요."

김 사교가 자리에서 일어섰다. 얼굴에 권력을 가진 자의 여유가 서렸다.

"난 우리 교단이 언젠가 세상을 통일할 수 있으리라 믿어요. 함께 구원자님을 설득합시다."

나 사교가 고개를 끄덕였다.

"우선 네오서울과 이능력자 패거리들부터."

해그림자가 동쪽으로 길어진 시각, 네오서울 외곽 초소에 지수와 태오가 모습을 드러냈다. 경비병들은 눈에 띄게 방어적인 자세를 취했다. 곧장 무전기에서 정호의 명령이 떨어졌다.

"안쪽으로 안내해 주세요."

구역 안으로 들어서며, 지수는 한때 자신이 거닐던 옛길을 떠올렸다. 파손된 간판과, 급히 수리된 건물 사이로 몇몇 시민들이 오갔다. 낯빛이 파리했지만, 그래도 절망만 남았던 시절보단 훨씬 나아 보였다.

"언니!"

재이의 목소리가 들렸다. 동생과 시선을 마주치는 순간,

수많은 감정이 지수의 마음에 번졌다.

"잘 지냈어?"

지수의 얼굴에 밝은 미소가 떠올랐다.

"응, 언니는?"

재이는 말을 잇지 못했다. 마음 한가운데로 뜨거운 감정이 솟구쳐 올랐다. 부둥켜안아야 할지, 아니면 차분히 얘기부터 나눠야 할지 몰라 허둥댔다. 결국 지수가 한 발짝 다가가 동생의 어깨를 조심스레 감쌌다.

"네 얼굴, 예전보다 훨씬 편안해 보여."

얼굴을 가까이하며 속삭였다.

"나, 다 기억나."

재이가 흠칫 놀란 표정을 지었다.

"괜찮아, 괜찮아."

언니가 동생을 다독였다. 태오는 주위를 둘러보며 딴청을 피웠다.

정호가 건물 안에서 나와 일행을 맞이했다.

"지수 씨죠? 네오서울 시장 이정호입니다. 여기까지 와주셔서 감사합니다. 이쪽은?"

태오를 보고 말문이 막혔다. 눈이 휘둥그레 커진 태오.

"사장님! 아니, 형님!"

"태오야! 살아 있었구나!"

둘은 와락 포옹했다. 지수가 웃었다. 재이는 아래를 보며 발끝으로 땅을 툭툭 찼다.

"태오야, 우리 얘기는 좀 이따 다시 하자."

정호는 태오의 어깨를 꽉 잡았다.

"그래요, 형님. 잘 지내시는 거죠?"

"그럼. 여기 사람들, 다들 좋은 사람들이야."

"다행이네요. 그런데 생각보다 거리에 사람들이 많이 안 보이더라고요."

정호는 일순 무거운 표정으로 고개를 끄덕였다.

"을씨년스럽지? 드라나가 급성장하면서, 흉흉한 소문이 떠돌고 있어. 곧 전쟁이 일어난다느니, 교주가 우리를 노린다느니……."

재이가 거들었다.

"교단의 분위기가 전과 달라졌대요. 폭력 사건이 발생한다는 얘기도 있고."

"드라나교, 움직임이 심상치 않습니다. 군사 훈련 비슷한 활동이 잦아요."

지수가 말했다. 정호의 표정이 어두워졌다.

"가만히 앉아 있을 수만은 없겠네요. 한시라도 빨리 그쪽 교주를 만나 이야기를 나눠 봐야 할 것 같습니다. 의외의 해결책이 있을지도 모르니까요."

예전 은행이었던 건물 지하실에 임시 협상장이 꾸려졌다. 먼저 도착한 정호와 경진이 회담장 안에서 시계만 쳐다보게 됐을 때, 문이 열리며 검은 옷을 입은 무리가 들어왔다. 김 사교가 고개를 끄덕이고는 정호 맞은편에 앉았다. 교주는 오지 않겠다는 뜻이었다. 정호는 부아가 치밀었다.

서로 간단한 눈인사를 나눈 뒤, 잠시 침묵이 이어졌다. 정호가 먼저 입을 뗐다.

"더 이상 사람을 빼앗기는 건 곤란합니다. 드라나교는 왜 우리 시민들을 자꾸 끌어가려 하는 겁니까?"

사교는 흔들림 없는 음성으로 대꾸했다.

"우리는 억지로 데려간 적 없습니다. 그들이 스스로 구원을 택한 것이지요."

정호의 눈이 서늘하게 빛났다.

"그래서 가족들을 버려둔 채 떠나간 사람이 몇 명인지 아십니까?"

사교는 잠깐 침묵했다. 주변 신도들이 웅성대려 하자, 그가 손짓으로 제지했다.

"누구도 강요하지 않았습니다. 그리고 우린 그들을 먹이고 재웠어요. 가족들도 모두 저희 쪽으로 보내 주세요. 구원자의 영광이 그들을 평안히 보살필 것입니다. 명분이 다를 뿐, 결국 당신들도 같은 목표 아닌가요? 평화롭게 살아남는 것."

정호의 손이 테이블을 두드렸다.

"적어도 우린 감언이설로 꾀진 않습니다. 당신들은 사람들의 약해진 마음을 파고들어……. 음, 여기까지 하겠습니다. 일단 저희 측으로 보내는 선전물 배포를 중단해 주시죠."

사교가 물끄러미 정호를 바라보았다. 서로의 시선이 팽팽하게 얽혔다. 회의실 안의 공기가 점점 무거워졌다.

"거절합니다. 저희에게는 구원자님의 말씀을 세상에 널리 전할 의무가 있습니다. 그런데 이게, 협상입니까? 저희는 절대자의 말씀을 전하길 원하는데 당신들은 저희 의지를 멈춰 달라고만 하는군요. 더 이상 특별히 나눌 이야기가 없을 것 같은데요?"

사교는 조곤조곤 말했다. 정호의 얼굴이 붉게 물들었다. '지금부터 네오서울은 드라나교를 사이비 종교로 규정하고 맞서 싸우겠습니다.'라는 말이 목구멍에까지 치솟았지만, 간신히 삼켰다.

"오늘은 여기까지 말씀 나누시는 걸로 하시죠. 저희 측 입장을 좀 더 가다듬고 다시 만남을 요청하겠습니다."

아무런 성과 없이 회담이 끝났다.

◇ ◇ ◇

"이 시점에, 불필요한 폭력 아닙니까? 시민들은 자발적으로 넘어오고 있어요."

마크가 나 사교에게 물었다. 드라나교 최고 회의가 열린 밤, 나 사교가 발언을 이어 갔다.

"구원자님, 때가 왔습니다."

그가 몸을 굽혔다.

"네오서울 놈들이 경계를 더 강화하기 시작했고, 이능력자들은 결국 그쪽 편을 들 겁니다. 자원은 계속 말라 가는데, 긴장 상태가 지속될 거예요. 불안해하는 신도들이 차츰 늘어나고 있습니다. 구원자님, 기사단은 이제 모든 준비를 마쳤습니다."

잠시 숨을 고르고 말을 이었다.

"내일이 그들의 건립 기념일이라고 합니다. 경계 태세가 느슨할 거예요. 이때 쳐야 서로 피해가 덜하지 않겠습니까? 만약 구원자님께서 나서만 주신다면 무혈입성도 가능할 테지요."

"이능력자들이 나서면 어떡할 거요?"

머리가 희끗한 사교가 의문을 표했다. 마크를 제외한 열한 명의 눈길이 일제히 나 사교에게 쏠렸다.

"그들의 미천한 능력은 걱정하실 것 없습니다. 그들이 촛불이라면 구원자님은 태양입니다. 내일 이능력자들이 네오서울 편에 붙는다면 오히려 땡큐입니다."

나 사교가 과장된 몸짓으로 두 팔을 벌리며 어깨를 으쓱했다. 사교들 사이에서 웅성거림이 커졌다.

"오히려 그렇게 될 수밖에 없도록 만들 겁니다. 구원자님께서 모두를 압살하는, 신화적 순간을 목격하는 영광을 누릴 수 있을 테니까요. 물론, 직접 나서 주신다면 말이지요."

나 사교는 의뭉스러운 미소를 띤 채 눈을 내리깔았다. 마크는 손가락으로 팔걸이를 두드리며 생각에 잠겼다.

'대놓고 코너로 몰아가는구나. 이 일이 끝나면 최고 회의 멤버를 재편해야겠어.'

"정말 내일 하루 만에 끝낼 수 있을까요?"

가장 어려 보이는 사교 한 명이 물었다. 마크가 손을 내저으며 천천히 자리에서 일어섰다. 사교들은 순간 무거워진 공기에 내리눌리는 기분이었다. 모두 숨을 죽였다.

"좋습니다. 이제 무의미한 갈등을 끝내겠습니다. 내일 네오서울로 진군합니다."

마크가 말했다. 참석자 모두가 마크에게 머리를 조아렸다.

"구원자님께 큰 영광이 있으라!"

"구원자님, 저희가 미리 준비한 내용이 있습니다. 보고를 드려도 괜찮겠습니까?"

김 사교가 머리를 숙였다. 마크는 다시 자리에 앉아 고개를 끄덕였다.

"그럼, 지금부터 상대 전력 분석 자료를 보고드리겠습니다. 먼저, 네오서울 측 정보원에 따르면 그쪽에도 의심 가는 인물이……."

김 사교가 브리핑을 시작했다.

최고 회의가 끝나고 몇 시간 뒤, 이능력자 구역 앞에 드라나교 신도 무리가 집결했다. 당직을 서던 예지는 동료들에게 무전을 치고, 무리 앞에 모습을 드러냈다.

"여기가 어디라고 함부로 발을 들여?"

맨 앞에 선 신도가 흠칫 놀라 뒤로 물러섰다. 하지만 무리 가운데서 검은 물체 하나가 예지를 향해 날아왔다. 예지는 재빨리 공중에서 물체를 멈췄지만, 그것은 이내 공중에서 폭발하며 섬광을 일으켰다.

"이것들이!"

예지가 눈을 가리며 외쳤다. 신도들이 고함을 질렀다. 칼과 방망이를 앞세우며 그녀에게 달려왔다.

"야, 이 새끼들아!"

켄지가 건물 밖으로 달려 나오며 손끝에서 불기둥을 쏘

아 올렸다. 앞장선 신도가 무리를 멈춰 세웠고, 이내 모두가 뒤도 안 돌아보고 달아났다. 께름칙한 기분이 든 켄지는 더 이상 상대를 쫓지 않았다.

교전 소식이 전해지자, 지수가 입을 굳게 다물었다.

'교단의 움직임이 수상해. 무슨 의미지?'

밤하늘에 걸린 별 하나가 선명한 노란색으로 반짝이고 있었다.

다음 날 그 별이 같은 자리에서 빛나고 있을 무렵, 네오서울 구역 앞 광장에 드라나교 기사단 백여 명이 몰려들었다. 검은 도포에 두건을 쓰고 입을 가린 그들은 장검, 철퇴, 막대에 칼을 꽂아 만든 창 같은 서슬 퍼런 무기들을 손에 쥐고 있었다.

"이교도들을 정화할 때다!"

신도들의 움직임은 일사불란했고, 표정은 결연했다.

"우리가 새 시대를 열 것이다!"

네오서울 시민군은 다급히 방어선을 구축했지만, 대부분 손을 떨며 안절부절못했다. 누군가 방패를 떨어뜨리자 날카로운 소리가 났다. 양측에서 고성이 오가며, 일촉즉발의 기운이 점점 짙어졌다.

이내 정호와 재이, 그리고 지수 그룹이 달려왔다. 정호는 쉼 없이 호령했다.

"무모한 충돌은 안 됩니다! 우선 방어만 하세요!"

시민군 간부가 헐레벌떡 뛰어왔다.

"시장님, 어서 자리를 피하세요. 교단 녀석들 정말 사달 낼 기세입니다."

예지가 눈을 번뜩이며 군중 앞으로 달려갔다.

"찍찍대는 쥐새끼들이 왜 이리 많아?"

그때, 기사단 무리가 두 갈래로 갈라지더니, 사이에서 김 사교와 나 사교를 대동한 마크가 천천히 걸어 나왔다. 예지의 눈에는 홀로 붉은 도포를 입은 자가 시간을 구부러뜨리고, 공간을 빨아들이고 있는 것처럼 보였다. 일대에 정적이 내렸다. 재이가 마른 입술을 혀로 적셨다.

"네오서울에 구원의 복음을 전합니다."

마크는 나직이 말했지만, 광장에 모인 모두의 귓가에 울려 퍼졌다.

"용이 왔구나."

정호가 중얼거렸다.

"네가 교주구나. 복음을 이런 식으로 전하면 안 되지!"

예지가 마크를 향해 손을 뻗었다. 그러나 예지의 세상은 마크를 담지 못했다. 그를 감싼 붉은 기운만 거세게 요동칠 뿐이었다. 쉼 없이 플라스마가 끓어오르는 태양처럼.

마크는 천천히 시선을 예지에게 돌렸다. 붉은 돌풍이 거대한 해일처럼 그녀를 덮쳤다. 염력 예술가는 눈가에 붉은 선을 그리며 고꾸라졌고, 태오의 다급한 손길이 그녀를 감쌌다. 이능력자 그룹에서 동요가 일었다. 신도들이 다시 큰 목소리를 내기 시작했다.

"전능하신 구원자님의 말씀을 받들어라!"

마크를 필두로 기사단이 네오서울 쪽으로 점점 거리를 좁혔다. 네오서울 방어선이 조금씩 뒤로 밀렸다. 앞으로 나와 팔짱을 낀 지수와 켄지.

마크가 한 손을 들었다. 기사단은 걸음을 멈췄고, 마크와 사교 두 명만 걸어 나와 일행을 마주했다. 마크가 말했다.

"무력 충돌은 피하고 싶습니다. 네오서울과 당신 집단을 거두어들이겠습니다. 귀의하시지요."

"형씨, 우리가 뭐 곡식이야? 거둬들이게?"

켄지가 눈을 부라리며 말했다. 나 사교가 매서운 눈초리로 켄지를 노려보았다.

"불장난하던 꼬마가, 많이 컸구나."

마크가 들릴 듯 말 듯 속삭였다.

"이 자식이 뭐라는 거야?"

켄지가 손에서 스파크를 튀기다가, 멈칫했다.

"여기까지야. 더는 못 가. 우리가 어떤 사람들인지 알고 있을 텐데?"

지수가 말했다. 마크가 말했다.

"잘 알고 있습니다."

"그렇다면 이쯤에서 조용히 물러나시지. 서로의 주권은 존중하자고."

지수가 마크의 눈앞에 성큼 다가섰다. 그가 한숨을 내쉬더니 허공을 보았다.

"결국 이렇게 되는군요."

눈 깜짝할 새에 지수의 명치에 손바닥을 얹더니 가볍게 밀었다. 지수의 세계가 뒤틀렸다. 발밑이 꺼지고, 폐가 쪼그라들면서, 피가 끓어오르는 소리가 귓속을 울렸다. 콘크리트 바닥에 나가떨어질 때까지도, 초인 대장은 마크의 손바닥이 자신의 명치에 닿았다는 사실조차 인식하지 못했다.

켄지가 이를 악물고, 마크에게 양손을 뻗었다. 화염은 마크를 향해 뻗어 나갔다가, 닿지 않고 꺼져 버렸다. 촛불을 입김으로 끈 것처럼, 너무나 쉽게.

교주는 도포 자락을 휘날리며 몸을 회전하더니 순식간에 손날로 켄지의 후두부를 가격했다. 불꽃 사나이는 짧은 단말마를 내뱉고 ── 원래 욕지거리를 뱉고 싶었지만 ── 앞으로 고꾸라졌다.

태오가 뛰쳐나왔다. 마크가 비켜섰다.

퍽. 정강이가 부러지는 소리.

태오의 비명.

재생 능력자는 다리를 붙잡고 땅바닥을 굴렀다.

정신을 차린 지수가 맹수처럼 달려왔다. 마크는 피하지 않았다. 콘크리트도 가볍게 깨부수는 주먹이 마크의 얼굴에 수차례 꽂혔지만, 그는 마치 폭포수처럼 타격을 집어삼켰다. 아니, 흘려보냈다. 펀치가 끊임없이 그의 상반신을 탐했지만, 마크는 여전히 무표정한 얼굴로 지수를 내려다볼 뿐이었고, 그녀는 점점 얼굴이 일그러지며 허우적거렸다. 무력감이 점차 지수의 어깨를 내리눌렀다. 정호를 비롯한 시민군은 창백해진 얼굴로 탄식을 뱉었다.

마크가 순간 몸을 틀어 주먹을 흘리고, 캡틴의 얼굴에 훅을 날렸다. 지수는 폭격을 맞은 건물처럼 무너져 내렸다. 열광하는 기사단. 압도적인 힘의 격차가 드러난 사이, 사교들은 예지와 재이에게 달려가 무릎을 꿇리고 눈을 가리고 입에 재갈을 물렸다. 단 1초 만에. 그들 또한 이능인이었다.

정호는 모골이 송연해졌다.

"재이까지……?"

시민군은 망연자실한 표정으로 움츠러들었다.

"이교도들아, 구원자님께 무릎을 꿇어라!"

신도들이 무기를 치켜들고 소리를 질렀다. 교주가 천천

히 손을 치켜올리자, 공기가 얼어붙었다. 심장 박동까지 일제히 멈춘 듯한 정적. 누군가 삼킨 침 소리마저 시끄러울 지경이었다.

"당신들을 구원하겠습니다. 무기를 버리고 투항하세요. 나의 가호 아래 이능인과 일반인 너 나 할 것 없이 평등한 세상을 만듭시다."

정호의 운동화가 바닥을 끌며 한 걸음, 또 한 걸음 앞으로 나왔다. 시민군 앞에 나서는 그의 어깨가 점점 무거워져만 갔다.

"구원?!"

정호는 용기를 쥐어짜 냈다.

"우리 스스로 일어설 겁니다. 당신 같은 사기꾼들 도움 따위 필요 없습니다!"

방패를 쥔 시민군의 손마디가 하애졌다. 마크는 입술을 달싹였다.

"바텐더……."

기사단을 돌아봤다. 그리고 다시 네오서울을 향해 돌아섰다.

"언제까지 우매한 채로 서로 헐뜯고 싸우고 죄를 짓고 살 건가요? 낙원을 만듭시다. 믿음 안에서 평화를 누리세요."

"우리는 자신의 의지로 서로 부딪치고 깨지면서 평화롭

게 살아가는 방법을 터득할 겁니다. 왕 놀이는 당신 왕국 안에서나 하란 말입니다."

정호가 말했다. 마크는 한숨을 내쉬더니 돌연 눈빛을 번뜩였다.

"네놈이 악마로구나!"

느닷없는 고함에 이은 돌진. 순식간에 냉혹한 한기가 광장을 얼렸다. 마크에게 목을 잡힌 정호의 발이 땅 위로 솟았다.

부상에서 회복한 태오가 쓰러진 켄지의 뺨을 때렸다.

"형, 형! 빨리 정신 차려!"

눈을 뜬 켄지가 손을 휘젓다가 목덜미를 잡았다.

"아오, 씨, 머리야."

"형, 잘 들어. 좀 황당한 소리 같겠지만…… 나한테 불을 질러. 저 녀석한테 옮기게. 저 괴물을 잡으려면 그 수밖에 없어."

태오가 숨을 몰아쉬었다.

"형이 직접 하면 안 먹히지만, 내 몸에 붙은 불은 옮길 수 있을 거야."

켄지가 눈알을 굴렸다.

"야야, 무슨 개떡 같은 소리야? 아픈 건 똑같잖아! 기절할 거라고. 그리고 너도 저 인간 가까이 가면 어떻게 될지 몰라."

"시간이 없어. 저 새끼, 정호 형 죽이려나 봐. 다른 방법 있어? 저 인간 지금 막아야 해. 할 수 있어. 나만 참으면 된다고."

"쉬바, 진짜 불에 타도 재생하는 거 맞아?"

"빨리 붙이라고!"

"아, 이 새끼……. 옮기고 빨리 빠져나와라."

어느새 지수가 끼어들었다.

"피하면 소용없잖아. 내가 붙잡고 있을게."

"부탁해, 캡틴. 켄지 형, 가는 길에 엄호 좀 해 줘."

휘청거리던 지수가 자세를 가다듬었다. 입안에 스민 피를 뱉고, 다리에 온 힘을 실어 마크에게 몸을 날렸다. 정호에게 집중하던 마크는 중심을 잃고 쓰러졌다. 정호는 목을 잡고 캑캑대며 바닥에 굴렀다.

김 사교가 달려와 발로 차고, 몸을 돌린 마크가 얼굴을 밀어젖혔지만, 지수는 이를 꽉 물고 초인 위의 초인인 교주를 놓지 않았다. 태오를 안은 켄지가 불을 뿜었다.

"악, 뜨, 뜨거워! 썅, 형! 팔에만 붙여야지!"

"어, 야, 미안하다 정말. 잘 붙으라고 그런 건데."

"아 진짜!"

불길을 품은 태오가 마크에게 달려갔다. 태오는 끔찍한 고통에 비명을 터뜨렸다.

"으아아아아!"

나 사교와 기사단이 황급히 다가갔지만, 켄지가 가로막고 불길을 뿜어대는 통에 가까이 접근하지 못했다.

태오가 돌진했다.

1초.

마크의 눈동자가 흔들렸다.

"미친."

0.5초.

켄지의 불길이 태오의 살갗을 잡아 뜯었다. 타는 냄새와 함께 태오의 비명이 광장을 흔들었다. 하지만 태오는 멈추지 않았다. 지수는 재빨리 몸을 피했다.

0.

충돌.

마크의 붉은 도포가 오렌지빛으로 물들어 갔다. 타오르는 불사조가 그를 삼켰다. 마크의 입에서 처음으로 인간적인 비명이 터져 나왔다.

"끄아아악! 저리 가! 뜨거워! 뜨겁다고! 씨발!"

태오는 꺼져 가는 의식 속에서 어렴풋이 연인이 내미는 손을 보았다.

'지아야, 오빠가 네 말대로······.'

"이 바보 같은 놈아! 빨리 떨어져!"

켄지가 태오를 끌어냈다. 지수가 다급히 소화기를 가져와 불을 껐다.

마크는 필사적으로 호흡에 집중했다. 기의 순환을 통해 불길을 걷어 내려 했으나, 불꽃은 맹렬히 타오르며 마크의 의지를 짓밟았다. 결국 그의 영혼마저 불에 잠식당하려던 찰나 켄지가 마크에게 커다란 코트를 덮어씌웠다.

"너무 강하면 뭐, 스스로 불탄다며? 조심했어야지, 앙!?"

사정없이 코트를 밟으며 잔불을 정리하는 켄지의 뒷모습은 어쩐지 신나 보였다. 당황한 사교들이 서로 눈짓을 주고받더니 기사단에 목소리를 높였다.

"당장 진격해! 구원자님은 곧 회복하실 거야!"

기사단이 주춤주춤 움직이기 시작했다.

정호가 재이의 입에 물린 재갈을 풀었다.

"부탁해."

재이는 눈을 감았다. 심장이 쏟아 낸 분노가 성대를 박차고 올라와 구내에 휘몰아쳤다. 가공할 마인드 컨트롤 능력이 혀끝에 모여 맴돌았다. 입술이 파르르 떨렸다.

마침내, 폭발.

폐허 위 삼중주

"멈춰!"

음속의 파동이 재이를 기점으로 열풍처럼 사위를 휩쓸었다. 전원이 꺼진 휴머노이드처럼 모든 이가 일제히 동작을 멈췄다.

"교단은 무릎을 꿇어라!"

정신의 지배자가 말을 이었다. 검은 물결이 삽시간에 광장 바닥에 내려앉았다.

◇ ◇ ◇

네오서울에서 열린 축하연. 시민과 이능인이 어우러져 잔을 부딪쳤다. 정호는 태오의 민머리를 쓰다듬으며 너스레를 떨었다.

"야, 우리 스님 아니었으면 큰일 날 뻔했다, 진짜."

태오의 몸은 언제 그랬냐는 듯 멀쩡하게 회복됐지만 털은 그렇지 못했다.

"아, 이거 흉하네요. 괜한 짓을 했어."

켄지를 향해 눈을 흘기는 태오. 못 본 척하는 켄지. 켄지는 의자에 올라서서 잔을 높이 들었다.

"우리 대머리 히어로에게 건배!"

예지는 까르르 웃음을 터뜨리며 잔을 공중에 띄웠다.

"태오야, 원하면 누나가 눈썹은 그려 줄 수 있어."

"오, 할 줄 알아?"

민머리 청년이 눈을 빛냈다.

글썽한 눈에 미소를 담은 재이가 지수에게 말을 건넸다.

"언니, 멋있었어."

목에 깁스를 한 지수가 흐뭇한 표정으로 몸을 가로저었다.

"내 동생이 최고였지."

자매는 부둥켜안았다. 발그레한 얼굴을 한 켄지가 다가왔다.

"자자, 모두 함께 건배하자고. 내가 켄.터.키. 하면 다 같이 따라 하는 거야. 켄!"

"뭐야 그게? 무슨 뜻이야?"

지수가 물었다.

"**켄**지는 **터**프해 **키**도 크고 멋있어. 어떠냐? 내가 새로 개발했어."

그가 키득거렸다.

"그런 얼토당토않은 구호는 너 혼자 마실 때나 해, 이 자식아!"

거친 말투와는 다르게 캡틴의 얼굴에는 환한 미소가 걸려 있었다.

"고맙습니다, 여러분. 여러분이 아니었다면 네오서울은

무너졌을 겁니다."

정호가 말했다. 태오는 정호의 어깨를 끌어안았다.

"형, 이제 다 잘될 거예요."

세 집단의 충돌 한 번이 균형을 깨뜨리기 시작했다. 드라나교에서 내분이 일어났다. 재이에게 풀려나자 까맣게 타버린 교주를 그대로 두고 퇴각한 드라나 기사단. 본진으로 돌아간 나, 김 사교는 곧바로 최고 회의를 소집했다.

"저 악마 같은 이능력자 놈들 때문에, 구원자님께서……승천하셨습니다."

김 사교가 고개를 떨궜다. 곧바로 회의실이 온통 수런거렸다.

"이게 어떻게 된 일이요? 아무 일 없을 거라 하지 않았소? 그런데, 후계자는 지명하셨소?"

머리가 희끗한 사교가 물었다. 열두 명의 사교가 서로 눈치를 살폈다.

"네. 구원자님께서는 비록 육신은 떠나지만, 하늘에서 굽어살피시겠다고 하셨습니다. 그리고 나 사교님께 지상 과업을 맡기셨습니다."

김 사교가 말했다. 나 사교가 주억거렸다. 김 사교와 함께 판을 짠 거짓말이었다. 남은 열 명은 주먹을 쥐거나 고개를 끄덕이거나 표정을 일그러뜨렸다.

"혹시 증거가 있나요? 두 분 말만 믿어야 하는 건지요?"

가장 젊은 사교가 눈을 동그랗게 뜨며 물었다.

"대답할 가치조차 없는 말씀이로군요. 구원자님께 신성을 물려받은 자로서, 지금부터 저는 대사교의 지위에 오르겠습니다. 모두 동의해 주시리라 믿습니다."

나 사교가 자리에서 일어나며 주위를 둘러보았다. 젊은 사교가 일어나 외쳤다.

"인정할 수 없습니다! 증거를 보여 주시지요. 없다면 이 자리에서 후계자를 새로 뽑아야 하지 않을까요?"

두어 명을 제외하고 나머지 사교들이 동의를 표했다. 나, 김 사교는 얼굴을 구겼다. 동료들의 권력욕도 그들 못지않았다.

네오서울 측 중환자실에서 마크가 깨어났다. 대화가 가능할 정도로 의식을 회복하자 곧바로 조사를 받았다. 그는 비웃음을 흘렸다.

"당신들은 결국 자멸할 겁니다. 유일한 기회를 날리셨군요. 이상적인 국가를 세울 수 있었는데."

켄지가 한 쌍의 주먹을 얼굴로 가져와 가운뎃손가락을 뻗고 그 위에 불길을 뿜었다.

"지옥은 네놈 머릿속에서나 만들라고, 이 사기꾼아."

마크는 대답 대신 차갑게 웃고는 눈을 감았다. 홀로 병실에 남겨지자 감긴 눈에서 눈물 한 방울이 스며 나왔다.

'여보, 나 이번에도 틀린 걸까.'

사교들은 후계자 선정에 실패했다. 드라나교 지도부는 결국 분열했다. 열두 명의 사교가 드라나교를 다섯 조각으로 찢었다. 다섯 종파의 새로운 교주들은 자신이 구원자의 적통임을 주장했다. 사교들은 온 힘을 다해 교심을 다독였으나, 이전만큼 세가 뻗지 못했다.

네오서울 수뇌부는 드라나교에게 본거지 이주를 요구했다. 교주를 잃고, 종파가 쪼개져 기세가 눌린 그들은 하릴없이 동쪽으로 떠났다. 다수의 신도가 남아 네오서울에 귀의했다.

태오는 아침 햇살이 내려앉는 광장을 바라보았다. 한 아이가 이능력자 아이와 함께 뛰놀고 있었다. 며칠 전까지 적대적이던 진영의 어른들이 함께 도로 위 잔해들을 정리하며 이따금 어색한 웃음을 주고받았다.

정호가 다가와 옆에 섰다. 한동안 우두커니 서 있던 그들의 입가에 시간이 켜켜이 쌓인 미소가 어렸다.

"형님, 투표 결과 나왔어요?"

"부결이야. 에이."

"아, 아쉽네요."

네오서울은 지수 그룹의 수용 여부를 시민 투표에 부쳤다. 그들 덕에 신념을 수호했음에도 불구하고, 과반수의 시민은 아직 이능력자를 사회로 받아들이지 못했다.

부서진 담벼락 사이로 해가 솟았다. 잿빛 도시를 오렌지빛으로 물들이는 광채. 사람들은 숨을 죽이고, 그 빛을 바라보았다. 상처 입은 자들의 표정에도 희미한 미소가 번졌다.

"지금처럼 믿고 의지한다면, 다 잘 풀릴 거야."

정호가 조용히 속삭였다.

Layer 4

– 2100년대 초 –

바다는, 바다는 늘 되돌아오는 시작이다.

"La mer, la mer, toujours recommencée!"

– 폴 발레리, 《바다의 묘지》(1920)

『평범한 일상의 기록』　　　　　　　　　2103년 10월 29일 게시
- 인플루언서 정소미의 블로그

제목 : 할머니가 들려준 '그 시절' 이야기

오늘 할머니랑 차 마시면서 옛날얘기를 들었어. 할머니 나이가 서른이셨을 때……

"정말 하루아침에 세상이 뒤집어졌어. 하늘에서 괴물들이 우르르 내려오는데, 그때 처음 봤지. 어떤 능력자가 손짓 하나로 그 큰 걸 날려 버리는 거. 지금 프라임의 시조 같은 거야."

할머니 말로는 그 시절 진짜 혼돈이었다고.

"처음엔 정말 고마웠어. 우리 목숨을 지켜 주잖아. 근데 시간이 지나니까…… 이 사람들이 진짜 마음만 먹으면 우릴 다 어떻게든 할 수 있겠구나, 그런 생각이 들더라고."

그래서 지금 시스템이 만들어진 거라고 하시네. 프라임을 관리하는 것들, 감정 통제 시스템, 그 축성 의식이라는 것도. 전부 안전 때문이라네.

"당연한 거지. 저 사람들이 화라도 내면 우리가 어떻게 돼? 지금처럼 조용조용 사는 게 백번 낫다니까."

할머니는 지금이 좋다고 하신다.

"우리는 우리 일이나 열심히 하면 돼. 프라임은 알아서 나라 돌아가는 일 하고. 그게 맞는 거야."

근데 솔직히 말하면…… 가끔은 좀 답답하긴 하다. 취업 준비하면서 느끼는 건데, 진짜 괜찮은 자리들은 다 프라임 전용이더라. 연합 의회, 대기업과 연구소의 핵심 부서……. 우리 같은 사람들은 처음부터 지원조차 못 해.

친구들이랑 얘기해 봐도 다들 비슷해. "어차피 우린 안 되는 거니까 포기하자." 라는 분위기. 근데 이게 정말 맞는 건가 싶을 때가 있어. 능력이 없다고 꿈조차 포기해야 하나? 프라임도 그냥 사람 아닌가. 특별히 더 똑똑하거나 그런 건 아닌 것 같은데. 그냥 초능력이 있을 뿐이지.

하지만 뭐 어쩌겠어. 할머니 말씀이 맞긴 하지. 괜히 높은 곳 바라보다가 상처받는 것보다 지금처럼 사는 게 속 편하긴 해.

그래도 가끔은 궁금하다. 만약 내가 능력자였다면 어떤 삶을 살았을까?

그나저나 할머니 유자차 진짜 맛있다 ㅋㅋ

#할머니이야기 #일상 #소소한하루 #취준생의고민 #비프라임의푸념

공전의 궤적

 소금기 머금은 바람이 도서관 창문을 거칠게 두드린다. 나래는 사다리 위에서 손을 뻗어 서가 맨 위의 책을 꺼내려 하지만, 손끝이 닿지 않는다. 오래된 건물의 높은 천장은 언제나 버겁다.

 "조심하세요."

 깜짝 놀라 뒤를 돌아보자, 입구에 낯선 남자가 서 있다. 키가 크고 차림새가 단정하지만, 어딘지 피곤해 보인다. 손목에 희미하게 빛나는 밴드가 눈에 띈다. 미묘하게 어긋나는 느낌이지만, 왜 그런 건지 콕 짚을 수 없다.

 "아, 죄송합니다. 문이 열려 있어서……."

 그가 머뭇거린다.

 "지붕에 문제가 있어 보이던데, 혹시 실내에서 새는 곳이 있는지 확인해 보려고 합니다."

나래는 사다리에서 내려와 그를 바라본다.

"지붕이요? 시에서 보낸 분이세요?"

"네, 그런 셈이에요."

이안은 모호하게 대답한다.

그는 왠지 자신의 사회적 위치를 알리고 싶지 않다. '프라임'이라는 신분, 연합 의회 차기 위원 후보자 자격, 이 작은 마을 전체가 그의 관할 구역이라는 이야기. 지금 이 순간의 편안한 분위기를 깨고 싶지 않다.

"아, 이쪽으로 오시겠어요? 천장에 얼룩진 부분들이 있거든요."

나래가 환하게 웃으며 도서관 안으로 안내한다.

이안은 그녀를 따라 걸으며 도서관 내부를 둘러본다. 왼쪽 벽면의 홀로그래피 서가에서는 반투명한 디지털 도서 수만 권이 층층이 돌고 있고, 오른편 서가에서는 오래된 종이책 수만 권이 ──퀴퀴한 냄새를 풍기며── 존재감을 뽐내고 있다. 이안의 어깨가 서서히 내려앉는다.

"책은 손으로 넘겨야 제맛이죠. 종이책 좋아하세요?"

나래가 묻는다. 이안이 답한다.

"좋아하는데, 최근엔 일이 많아서 못 읽었습니다."

나래는 그의 말투에서 무언가 다른 것을 느낀다. 또래들과는 다른, 어딘지 조심스럽고 정중한 말투.

"오, 바쁘신 분! 요즘엔 시간 괜찮으세요? 오랜만에 종이책 추천해 드릴까요?"

"아…… 네, 좋습니다."

"어떤 이야기에 관심 있으세요?"

나래의 눈이 반짝인다.

"선택에 관한 이야기면 좋겠네요. 사람이 어떻게 결정을 내리는지, 어떻게 내려야 하는지에 대한."

그는 잠시 천장을 바라본다.

"철학적이네요. 잠시만요."

사서는 눈썹을 찡긋한다. 서가 사이를 누비며 몇 권의 책을 골라 가져온다. 이안의 손가락이 책 표지를 천천히 쓰다듬는다.

"다 읽어 보신 거예요?"

"네. 여기서 일하다 보면 시간이 많이 남아요."

나래가 책장 한 면을 어루만지며 말한다.

"취약 계층 출신이라 정식 교육을 길게 받진 못했는데, 책으로 많이 배웠어요."

이안의 시선이 잠시 그녀의 눈동자에 머무른다.

"어릴 때부터 여기서 자랐어요. 집이 도서관에서 가깝거든요."

그녀가 창밖을 바라보며 말을 잇는다.

"다른 아이들이 게임을 하거나 영상을 보고 있을 때, 전 여기 와서 책 읽는 게 좋았어요. 조용하고…… 기운 빠지는 말을 하는 사람이 없잖아요."

이안도 그녀를 따라 밖을 내다본다. 배송 드론들이 물고기 떼처럼 조용히 하늘을 가로지르고, 태양광 패널 도로가 은은히 빛나는 거미줄처럼 뻗어 있다. 소박한 어촌 마을.

"기운 빠지는 말이라는 게……?"

"'우린 글렀어.', '그게 되겠어?', 그런 말들이요."

목소리가 작아진다.

"자라면서 항상 들었던 말이에요. 하지만 책 속에서는 처음엔 평범했던 사람도 위대한 일을 할 수 있더라고요."

이안의 얼굴에 부드럽게 미소가 번진다.

"빌려 가도 될까요?"

"물론이죠. 그런데……."

나래가 잠시 망설인다.

"대출 카드 있으신가요?"

이안은 얼굴을 붉힌다. 그는 원하는 모든 책을 손쉽게 구할 수 있는 위치에 있지만, 이런 작은 도서관의 대출 시스템은 처음 경험하는 일이다.

"없습니다."

"만들어 드릴게요. 성함과 연락처만 알려 주세요."

"이안, 이안입니다."

이름만 밝힌다.

"연락처는 나중에 알려 드려도 될까요?"

"네, 괜찮아요."

나래는 고개를 갸웃거리다 웃는다.

"이안 씨는 어떤 일 하세요?"

대출 카드를 넘기며 덧붙인다.

"음, 공무원이에요."

잠시 침묵이 흐른다.

"그렇구나. 아, 맞다. 천장 새는 곳은 저기예요!"

나래는 싱긋 웃는다. 누구나 별로 말하고 싶지 않은 부분이 있다는 걸 알고 있다.

이틀 뒤 오후, 이안은 다시 도서관을 찾는다. 이번에는 반납할 책을 들고서. 나래는 자신도 모르게 미소 짓는다.

"이 책 어떠셨어요?"

"흥미로웠어요. 사람은 선택지가 많을수록 더 불행해진다는 내용이 인상 깊었습니다."

나래가 그를 올려다보며 웃는다.

"저도 그 부분에서 많은 생각이 들더라고요. 때로는 선택할 수 없는 상황이 더 편할 때도 있죠. 그런데 이안 씨는 왜 이런 주제에 관심이 있으세요?"

"제가 하는 일이 다른 사람들의 삶에 영향을 미치는 일이라서 그런가 봅니다."

조심스럽게 답한다.

"어깨가, 무거우시겠어요."

"네. 가끔은 아무런 결정도 내리지 않았으면 좋겠다는 생각이 듭니다."

나래는 그를 바라본다. 오래, 깊이.

"혹시 또 빌려 가실 거면 이번엔 이 책 어떨까요? 고전인데요."

그녀가 새로운 책을 꺼내 든다. 《사랑의 형이상학》이라는 제목이 적혀 있다.

"사랑이요?"

이안이 눈을 크게 뜬다. 나래가 미소 짓는다.

"네. 선택과 관련된 가장 복잡한 주제죠."

"사랑은 선택하는 걸까요, 아니면 선택 당하는 걸까요?"

"나래 씨는 어떻게 생각하세요?"

"저는…… 당하는 쪽이 아닐까 하고 어렴풋이 생각해 봤어요. '사랑'이란 바이러스가 둥둥 떠다니다가 '걸렸다 요놈' 하면서 방심한 사람 몸속에 들어가는 거죠. 그편이 더 로맨

틱하잖아요?"

이안은 부드럽게 미소 짓는다.

"하지만 사랑이 진짜 사랑이 되려면……,"

나래가 그의 눈을 지그시 바라보며 말한다.

"비슷한 처지의 사람들끼리 만나야 할 것 같아요. 함께 꿈꾸고 성장하면서 감정이 믿음으로 변할 수 있게요."

"믿음이요?"

"감정은 불안정하잖아요."

나래는 책을 탁 하고 닫는다.

"어쨌든 사랑은 마치 감기처럼 시작되지만, 믿음으로 건강해진다고 생각해요."

이안은 나래와 긴 대화를 나눈다. 그녀의 어린 시절 이야기, 책에서 배운 것들, 소박한 꿈들에 대해 들으면서 나래와 성큼 가까워진 것 같다가도 어쩐지 훌쩍 멀어진 것처럼 느낀다. 그녀의 세계와 자신의 세계 사이의 거리가 갑자기 실감 난다.

"언젠가는 제가 직접 도서관을 세워 보고 싶어요. 더 많은 사람들이 책을 읽을 수 있도록. 특히 저처럼 평범한 사람들이요."

그녀가 말한다.

"평범한 사람은 없어요."

이안의 목소리에서 평소의 격식이 누그러진다.

"모든 사람은 자신만의 별을 품고 있거든요."

"별이요?"

"같은 책을 읽어도 각자의 해석이 다르잖아요. 그게……," 말끝을 흐린다.

"소중한 겁니다. 모두가 서로 다른 세계와 이야기를 갖고 있기 때문이에요."

"저한테도 있는 거예요?"

나래가 미소 짓는다.

"그럼요. 나래 씨 별은 조만간 빛날 거예요."

저녁 어스름에 등대가 불을 밝힐 무렵, 다시 도서관을 찾은 이안은 여자아이와 수화를 나누는 나래를 발견한다. 아이는 밝게 웃으며 오른손으로 왼손 등을 두 번 두드린다. 이안을 보더니 가볍게 목례하고 도서관을 떠난다.

"수화를 할 줄 아시네요?"

이안이 말한다.

"네, 할아버지한테서 배웠어요. 귀가 안 들리시거든요."

이안은 이마 앞에서 손바닥을 펴고 자신 쪽으로 당기며 고개를 끄덕인다. 나래의 눈이 동그래진다.

"이안 씨도 수어를 아세요?"

"할머니께서 가르쳐 주셨습니다. 청력엔 문제없으신데, 가끔 수어로만 대화하시려는 때가 있어서요."

"사랑스러운 손자시네요."

이안의 얼굴이 발그레해진다.

"나래 씨도요."

"음, 저희 할아버지 참 다정하세요. 그리고 멋있거든요. 눈썹도 짙고 손가락도 길고, 동안이세요."

그녀가 수줍게 웃는다.

"참, 할아버지가 그러시는데 요즘 마을이 갑자기 좋아졌대요. 스마트그리드가 설치되고 홀로캐스트 도서 시스템도 들어오고. TV에서 보니까 프라임 분들은 매주 '축성 의식'에 참여하시던데, 혹시 우리 마을을 위해 기도해 주시는 분이 계시는 걸까요?"

이안의 표정이 굳는다.

"그건, 형식적인 겁니다. '신의 뜻을 받든다'라는. 프라임이 초능력을 남용하지 않고 신의 의지에 따라서만 쓰겠다는 다짐 같은 거예요."

"신을 믿지 않으세요?"

"지금 사회가 신의 뜻이라면, 그는 참 무정한 신일 겁니다."

쓴웃음을 짓는다. 나래는 고개를 살짝 기울인다. 이안의 얼굴에 스쳐 간 어둠을 놓치지 않는다. 그는 책장을 향해 몸을 돌린다. 손목 위 밴드가 잠깐 깜빡인다. 밴드는 α파와 옥시토신 분비를 실시간 파형으로 변환하여 감정 상태를 모니터링하고 있다. 나래의 시선이 그 빛을 좇는다.

"마을 개발 계획이 아마, 이미 있었을 겁니다."

그의 말이 평소보다 빠르다. 나래는 더 이상 묻지 않고, 이안을 뜯어본다. 품위 있는 말투, 격식 차린 행동, 그리고 때때로 깜빡이는 손목의 빛. 익숙하지 않지만 어디서 본 듯하다.

이안이 도서관에 처음 발을 들이고 2주가 흘렀다. 그가 《사랑의 형이상학》을 반납하러 왔을 때, 나래가 묻는다.

"책에서 가장 인상 깊었던 부분이 어디였어요?"

"전체적으로 감명 깊었습니다. 한 군데를 짚자면…… 아, 사람을 사람답게 대한다는 게 뭘까요?"

"어렵네요."

"어렸을 적 어떤 어른이 다른 사람의 기억을 바꿔 버리는 걸 봤어요. 당한 사람은 나중에 진실을 알고 너무나 괴로워했죠."

목소리가 낮아진다.

"어머나, 어떻게 그런……."

"그때부터 계속 생각해 왔어요. 힘이 있다고 해서 다른 사람을 마음대로 해도 되는 건 아니라고."

무의식중에 주먹을 쥔다. 한 남자가 법정에서 증언하는 모습이 머리에 스친다. 연합 의회의 멤버였던 아버지가 비서의 기억을 조작해 거짓 증언을 하게 만든 장면. 비서는 나중에 진실을 알고 절망하다가 스스로 목숨을 끊었다. 그때 이안은 열두 살이었다.

'아버지'가 그랬다는 사실은 빼고 에둘러 나래에게 경험담을 전한다.

"그런 일이 다시는 일어나면 안 된다고 생각해요."

주먹을 꽉 쥐며 말한다. 나래는 진심 어린 분노를 느낀다. 그의 손목이 또다시 희미하게 빛난다.

"이안 씨는 착한 분 같아요."

"착하다고요?"

"대부분 사람은 자신의 이익만 생각하잖아요. 하지만, 이안 씨는 다른 사람의 고통을 자기 일처럼 여기시는 것 같아요."

이안이 나래를 바라본다. 눈에서 오묘한 감정을 읽는다. 호감? 의심? 확신할 수 없다.

겨울비가 가볍게 흩날리는 저녁, 이안은 도서관으로 향하는 길목에서 우산 없이 비를 맞는 나래를 발견한다. 본능적으로 능력을 사용해 비를 막으려다가 흠칫하며 그만둔다. 대신 그녀에게 다가가 우산을 씌운다.

"고마워요."

그녀가 말한다.

"능력을 써서 비를 막을 수도 있었잖아요."

이안의 어깨가 움찔한다.

"제가 왜 능력자라고……."

"농담이에요."

밝게 웃는 그녀. 우산 안으로 빗방울이 들이친다. 이안은 그것조차 소중하게 느낀다. 지금 순간이 자신의 일상이면 좋겠다고 생각한다.

우산 아래에서 나래가 묻는다.

"이안 씨는 왜 항상 혼자 다니세요? 친구나 가족은 없어요?"

"있긴 한데, 복잡합니다."

"복잡하다는 게?"

"생각이 다릅니다. 그들이 원하는 제 모습과 제가 되고 싶은 모습이 다른 거죠."

나래가 고개를 끄덕인다.

"저도 비슷한 경험이 있어요. 예전 친구들은 매번 저를 은근히 평가하고 무시했거든요. '너는 어렵지 않을까?', '진짜 그거 하려는 건 아니지?', 그런 것들."

"하지만 당신은 그런 장애물을 넘어섰잖아요."

"아니에요, 넘어서긴요. 제 방식을 찾은 거죠. 남들이 뭐라고 하든 제가 좋아하는 일을 하기로 했어요."

그녀는 손을 휘저으며 말한다. 이안의 눈이 반짝인다.

늦겨울 추위가 수평선을 잿빛으로 물들일 무렵, 코트 깃을 세운 이안은 평소처럼 도서관을 찾는다. 하지만 나래의 표정이 평소와 다르다. 그녀는 데스크 뒤에 우두커니 서서, 표정을 읽기 어려운 얼굴로 이안을 마주한다.

"나래 씨?"

"설마 그 이안인가요?"

목소리가 평소보다 한 옥타브 높다. 이안의 얼굴이 파리해진다.

"아……."

"오늘 아침 지역 방송에서 나왔어요. 연합 의회 의원 차기 후보이신 권이안 경께서 우리 지역에 머무르며 시찰하고 계신다고."

그녀가 씁쓸하게 웃는다.

"그래서 최근에 마을이 이렇게 좋아진 거였구나 싶더라고요."

"나래 씨, 저는……."

"왜 처음부터 제대로 알려 주시지 않았나요? 저에게는 그래도 될 것 같아서요?"

"거리감이 생길 것 같았습니다. 당신과 나눈 대화들은 모두 진실이었어요."

"하지만 전 당신이 누구인지도 모르고 있었잖아요."

눈망울이 흔들린다.

"저는 뭔가요? 심심풀이용 일반인? 아니면 동정의 대상?"

"그런 게 아니에요!"

이안이 다급하게 말한다.

"저는 나래 씨를……."

"그만해 주세요. 부탁드립니다."

구슬픈 눈동자.

"프라임 권이안 경."

머리를 숙인다.

이안은 입술을 깨문다. 그녀를 이해한다. 상황을 이해한다.

"도서관엔 왜 오셨나요? 계속 오시는 이유는 뭐예요?"

이안은 머뭇거린다. 처음 도서관에 들른 것은 정기 시찰 때문이다. 하지만 계속 나래를 보러 가는 것은 그의 의지다.

"시찰 때문에 왔어요."

솔직하게 인정한다.

"그리고 그 후에……."

"그 후에 새로운 재미를 발견하신 거군요."

"아닙니다!"

목소리가 높아진다.

"당신은 이제 제게 소중한……."

"저는 프라임 분들과 가까워질 수 없어요. 아시잖아요."

그녀가 말끝을 흐린다.

"죄송하지만 이제 그만, 오시면 안 될까요?"

이안은 입술을 달싹거리지만, 말이 나오지 않는다. 나래의 목소리가 떨린다.

"솔직히 두려워요. 이안 경을 보면 드는 마음이. 깊어지기 전에……."

그녀는 데스크의 모서리를 꽉 붙든다.

"경께서도, 그냥 새로운 경험이라서 그러시는 건지, 아니면……. 확신할 수 없는 감정으로는 감당할 수 없어요. 그러니 이쯤에서……."

이안의 마음속에 소용돌이가 일지만 입이 떨어지지 않는다. 갑자기 이안의 손목에서 웅웅거리는 기계음이 들린다. 밴드에서 붉은빛이 빠르게 점멸한다.

"이안 경,"

차가운 음성이 밴드에서 흘러나온다. 표준 고위급 경어다.

"감정 패턴 분석 결과 기준치 초과 애착 반응이 감지되었습니다. 즉시 정서 재조정 프로토콜을 시행하겠습니다."

밴드의 작은 액정에서 붉은 경고등이 깜빡인다. 수치들이 요동치며 위험 신호를 보낸다. '애착 반응 위험', '통제 개입 필요'……. 차가운 글자들이 그의 신경계를 해부하듯 흘러간다. 하지만 시스템은 이안이 품고 있는 마음의 색채를 헤아릴 수 없다.

이안의 눈매가 순간적으로 날카로워진다. 부지불식간 주먹을 꽉 쥐자, 밴드 안쪽에서 진행되던 약물 주사 프로세스가 작동을 멈춘다. 하지만 그 직후 밴드의 모니터링 장치가 경보음을 울리며 스파크를 일으킨다. 그는 잠깐 감전된다.

나래가 숨을 삼킨다. 그가 숨을 몰아쉬는 것을 보며, 눈이 커진다.

"프라임 분들도 통제받는 거예요?"

작은 목소리로 묻는다.

"네. 저희는…… 자유롭지 못해요."

그가 손목 밴드를 문지른다.

"프라임의 책무입니다. 힘을 가진 자는 감정에 휘둘리면 안 된다고, 스스로에게 족쇄를 걸었어요."

"아니, 그런 비인간적……. 감정이 없는데 어떻게 선한 의지가 생기죠? 사람들을 돌보고 더 나은 세상을 만들겠다는 의지 말이에요."

이안의 눈이 커진다.

"그래도, 그렇다면……. 그렇군요. 이성적으로 판단하시리라 믿어요. 돌아가 주세요. 부탁드립니다."

나래가 고개를 떨군다.

"외람된 말씀이지만 저는 스스로 당당히, 제힘으로 살아가고 싶어요."

이안은 그녀의 표정을 볼 수 없다. 잠시 눈을 감고 그 자리에 서 있는다. 도서관을 떠나기 전에 봉투 하나를 데스크에 올려놓는다.

"뭐예요?"

그녀가 묻는다.

"시민 레벨 승격 신청서입니다."

이안은 마른침을 삼킨다.

"제가 가진 권한인데, 이걸 쓰시면 상위 계층으로 올라가실 수 있습니다. 더 나은 교육을 받으실 수 있고, 더 큰 도서관에서 일하실 수도 있어요."

나래는 봉투를 열어 본다. 문서에서 홀로그래픽 인증 마크가 반짝인다. 다시 봉투에 넣고 이안에게 건넨다.

"왜 그러시는 겁니까?"

목소리가 높아진다.

"저는 이안 곁에 기회를 원하지 않았어요."

나래가 고개를 돌린다.

"어쩌면 함께 꿈……."

거기서 입을 다문다.

이안은 상기된 얼굴로 그녀를 바라본다. 벌린 입술 주위에서 기묘한 파동이 일렁이기 시작한다. 순간 그는 머리를 세차게 흔든다. 입을 꾹 닫는다. 애써 누른 말 대신 그녀의 이름을 나직이 부른다.

"나래 씨."

"네?"

"지금처럼 늘 반짝이시길."

이안은 그 말을 남기고 몸을 돌린다.

나래는 창가에 서서 그의 뒷모습이 작은 점이 되고 결국은 사라질 때까지 바라본다.

이안은 바닷가로 간다. 주먹 크기의 돌멩이를 집어 들어 바다 저편으로 던져 버린다. 돌멩이가 수평선 너머로 사라지자, 모래 위에 털썩 앉는다. 두 손으로 얼굴을 감싼다. 늘 반짝거리던 나래의 눈, 다정하지만 독립적인 성품, 같이 우산을 썼을 때 느낀 따스함. 단지 연민과 호기심이었던 것인지 고민한다.

그는 결론 내린다. 적어도 이안에게는 그보다 숭고한 무엇이었다. 그리고 그녀도 같은 감정이었을 거라고 믿고 싶다. 다만 그들이 속한 세계가 너무 멀리 떨어져 있을 뿐.

계절이 한 바퀴 돌고 바다 마을에 다시 눈이 내린다.
"오늘은 무슨 이야기를 들려줄까요?"
나래가 아이들에게 묻는다.
"공주와 왕자 이야기요!"
한 아이가 손을 번쩍 든다. 나래가 미소 짓는다.
"좋아요, 이런 이야기는 어때요? 왕자가 탑에 갇혀 있고, 종이봉투를 쓴 공주가 용감하게 구하러 가는 이야기."
아이들이 눈을 반짝인다.
"그런 이야기도 있어요?"
"물론이죠. 여러분이 상상할 수 있는 모든 이야기가 가능해요."
나래는 거울을 자주 본다. 1년 전보다 자세가 곧다. 아이들을 가르치며 웃는 자기 모습이 낯설지 않다. 더 이상 '평범함'이라는 틀에 자신을 가두지 않는다. '위대함'과의 괴리 앞에서 좌절하지 않는다. 그녀에겐 그녀만의 특별함이 있고, 그것으로 충분하다.
마을 주민들과의 관계도 깊어진다. 어린이 도서관 설립

을 위한 모금 활동을 함께 하면서, 처음으로 공동체의 일원이라는 느낌을 받는다.

"나래 씨, 덕분에 우리 마을이 달라졌어요."

빵집 사장님이 말한다.

"게임만 하던 아이들이 책도 읽고, 어른들도 도서관에 모여서 이야기하고."

"제가 한 건 별로 없어요. 모두 함께 만들어 낸 변화죠."

"겸손하시네. 하지만 당신이 시작했어요."

가슴이 따뜻해지는 것을 느낀다. 이 모든 것이 자신이 시작한 일이라는 사실이 믿기지 않는다.

머플러를 두른 나래가 등대 근처에서 사진을 찍는다. 새로운 취미가 생겼다. 도서관 활동을 기록하기 위해서 시작한 사진 촬영. 피사체는 점차 바닷가의 사계절, 마을 사람들의 일상, 아이들의 웃음으로 다양해진다.

"오늘 바다는 참 아름답네요. 매일 봐도 매번 다른 모습이에요."

그녀는 혼자다. 하지만 가끔 기억 속 누군가에게 말을 건넨다.

나래는 사진들을 모아 작은 전시회를 열고, 뜻밖의 호응을 얻는다. 한 주민이 제안한다.

"책으로 만들어 보는 건 어때요?"

밝은 얼굴로 고개를 끄덕인다.

연합 의회 회의 안건이 스크린 위에서 터치를 기다린다. '비프라임 교육 지원 확대안', '문화 교류 프로그램 시안', 그리고 맨 아래에 뜬 '정서 자립권 법안 발의'. 1년 전 어느 도서관에서 어떤 남녀가 나눈 대화가 이 법안의 출발점이다.

"정서 자립권이라……."

고위 멤버 한 명이 의아해한다.

"구체적으로 무엇을 의미하는 겁니까?"

"지금 이 순간에도 손목에 달라붙은 기계가 제 감정을 감시하고 있습니다."

이안이 말한다. 회의실이 조용해진다.

"모든 개인은 자신의 감정을 국가의 개입으로 조작당하지 않을 권리가 있다는 뜻입니다."

차분하게 설명한다.

"현재 우리가 운영하는 프라임 대상 감정 패턴 분석 시스템, 애착 반응 모니터링, 정서 재조정 프로토콜 등은 모두 폐지되어야 합니다."

장내에 소란이 인다.

"그런 시스템이 없다면 사회 질서를 어떻게 유지하겠습

니까? 폭주하는 프라임이 나타난다면요? 프라임과 비프라임간 선을 넘는 일도 생길 겁니다."

"예전에 어떤 사람을 만났습니다."

이안은 의원들을 둘러본다.

"그 사람은 저에게 물었습니다. '감정이 없는데 어떻게 선한 의지가 생기느냐?'라고. 처음엔 답할 수 없었습니다. 하지만 지금은 압니다. 개혁은 머리가 아닌 마음에서 시작된다는 것을."

"하지만 그렇게 되면 우리의 통치 정당성이 흔들릴 수 있지 않겠습니까?"

"통치는 구성원들의 자발적 의지에 기반해야 합니다. 강제나 조작에 의한 것이 아니라. 우리가 지금까지 추진해 온 정책들을 돌아보십시오. 효율적이었습니까? 그렇습니다. 하지만 혁신적이었습니까?"

의원들이 술렁인다.

"감정을 통제하는 순간, 우리는 변화의 동력을 잃습니다. 더 나은 세상을 향한 열망조차 사라지게 됩니다."

이안의 제안은 연합 의회 내에서 큰 논란을 일으킨다. 이안은 회의실에서 나오며 생각한다. 불안정한 감정만이 자아낼 수 있는 드높은 이상. 그걸 처음으로 알게 해 준 사람이 있다. 그는 포기하지 않는다.

한편, 이안은 개인적으로도 변화한다. 예전에는 의무감으로 했던 일들을 이제는 목적 의식을 가지고 접근한다. 보좌관이 조심스럽게 말한다.

"이안 경, 최근 정책 방향이 많이 바뀌었습니다."

"힘을 어떻게 사용해야 하는지 깨달았거든요."

이안이 답한다.

"다른 사람을 통제하는 것이 아니라, 그들 스스로 피어날 수 있도록 돕는 데 쓰겠습니다."

벚꽃 눈이 바닷바람에 흩날리던 날, 나래의 사진집《공전의 궤적》이 출간된다. 작은 마을 사진전에서 시작된 꿈이 현실이 된 순간이다. 출간 기념 행사에 모인 마을 사람들이 진심으로 나래를 축하한다. 빵집 사장님이 말한다.

"정말 대단해요, 나래 씨! 우리 마을이 이렇게 아름다운 곳인 줄 몰랐어요."

"감사해요. 여러분들이 응원해 주신 덕분이에요."

나래가 말한다. 사진집의 마지막 페이지에는 등대에서 찍은 사진이 실려 있다. '공전의 궤적'이라는 동명의 사진이다.

연합 의회 의장 취임식 전날 밤, 나래는 등대 꼭대기에 올라간다. 봄 바다가 달빛 아래 춤추고 있다. 저 멀리 프라임 도시의 불빛이 수평선을 따라 명멸한다.

1년 동안 많은 것이 변했다. 나래는 더 이상 이안을 원망하지 않는다. 오히려 감사하고 있다. 그와 만남이 없었다면 지금의 자신도 없었을 것이다.

완성된 사진집을 펼쳐 '공전의 궤적'을 다시 바라본다. 흑백의 파도가 수평선 너머 도시를 황금빛으로 물들이고, 도시의 빛은 파도의 어둠을 깊이 드러낸다. 가까운 것은 먼 것을 아련하게, 먼 것은 가까운 것을 소중하게. 닿을 수 없지만 아름다운 관계가 한 프레임 안에서 조화롭다. 바다와 육지, 현재와 미래, 그녀와 그가 마주한 경계선.

오래전 읽었던 시 한 구절을 떠올린다.

'사랑은 서로를 바라보는 것이 아니라 같은 방향을 바라보는 것이다.'

이제야 그 의미를 알 것 같다.

같은 시각, 이안은 취임 연설문을 준비하고 있다. 보좌관이 작성한 초안을 읽어 본 후, 처음부터 다시 쓴다. 형식적인 내용을 모두 지우고, 진심을 담아 새롭게 쓴다.

'나는 내일, 그녀가 깨우쳐 준 존엄을 연합 헌장에 기록하러 간다.'

이안은 마음속으로 다짐한다.

다음 날 아침, 그의 연설이 전파를 타고 만방에 퍼진다.

전 세계가 귀를 기울인다.

"존경하는 세계 시민 여러분. 오늘 저는 연합 의회의 새로운 의장으로서 한 가지 중요한 법안을 제안하고자 합니다."

나래는 손을 가슴께에 얹는다. 그 목소리를 알아차리는 데 오래 걸리지 않는다.

"정서 자립권 법안. 모든 인간은 능력의 유무와 관계없이 자신의 감정을 자유롭게 자아내고 표현할 권리가 있습니다. 그 누구도, 어떤 이유로든 타인의 마음을 강요하거나 조작해서는 안 됩니다."

말투는 평소보다 격식을 차린 고위급 어조이지만, 그 안에 담긴 진심은 프라임, 비프라임 구분 없이 모두의 마음을 울린다.

"문명은 우리가 모두 함께 만들어 가는 것입니다. 진정한 연대는 온전히 자유로울 때 꽃피우는 것임을 기억해야 합니다. 우리가 화합하고 합심하는 그 지점에서 더 나은 세상을 만들고자 하는 신념이 탄생합니다."

나래는 그가 자신과 나눈 이야기를 하고 있다는 것을 안다. 그의 마음이 읽힌다.

취임식을 마친 이안은 집무실 창밖 너머 바다를 바라본다. 그녀의 사진집이 출간되었다는 소식을 들었다. 그는 행복하다. 저 멀리 어딘가에서 그녀도 같은 바다를 보고 있을 것이다. 닿을 수 없지만, 같은 하늘 아래 있다. 그것만으로도 충분하다.

《공전의 궤적》은 베스트셀러가 된다. 나래의 강연회도 인기를 끈다. '당신을 기다리는 특별함'이라는 주제로 많은 사람들에게 희망을 준다.
"저는 능력자가 아닙니다."
나래가 강연한다.
"하지만 그것이 제가 평범하다는 뜻은 아니에요. 우리는 모두 스스로 발견해야 할 자신만의 특별함을 갖고 있습니다."
강연이 끝나고, 한 젊은 여성이 나래에게 다가온다.
"선생님, 저는 보육원 출신이에요. 어떻게 하면 그런 자신감을 가질 수 있을까요?"
나래가 미소 짓는다.
"예전에 '난 평범해.', '난 안 될 거야.'라고 생각하고 있을 때, 누군가가 저에게 말해 줬어요. '모두가 각자의 별을 품고 있다.'라고. 용기가 생겼습니다. 저의 별은 무엇인지 궁금하더라고요. 가슴이 시키는 일을 따라가다 보니 그 말의 진정한 의미를 깨달았죠. 그래서 저도 이렇게 말씀드리고 싶습니다. 선생님의 별도 기다리고 있다고."

정서 자립권 법안 통과 이후, 사회는 변하기 시작한다. 감정 감시 시스템이 폐지되고, 자립권이 보장된다. 거리에서 프라임과 비프라임이 나란히 걷는 모습이 종종 눈에 띈다. 1년 전만 해도 상상할 수 없던 풍경이다. 이안은 도시를 시찰하며 미소 짓는다. 물론 모든 변화가 쉽지는 않다.

"이안 경, 일부 고위 프라임이 반대 세력을 규합하고 있다는 정보가 있습니다."

보좌관이 보고한다. 이안이 차분하게 답한다.

"예상했던 일입니다. 변화는 항상 저항을 불러오니까요."

봄의 끝자락, 이안이 공식 업무로 나래의 마을 근처를 지난다. 그는 잠시 차를 세우고 멀리서 도서관을 바라본다. 도서관 앞 작은 정원에서 아이들과 함께 책을 읽고 있는 나래의 모습이 눈에 띈다. 그녀는 환하게 웃고 있고, 아이들도 행복해 보인다. 이안은 다가가고 싶지만 그러지 않는다. 그저 멀리서 미소 짓는다. 그리고 떠난다. 나래는 잠시 고개를 들어 멀어져 가는 검은 차를 바라본다. 익숙한 느낌에 고개를 갸웃하지만, 곧 아이들에게 시선을 돌린다.

"선생님, 다음엔 어떤 이야기 읽어 주실 거예요?"

"글쎄, 멀리 떨어져 있지만 서로를 생각하는 사람들의 이야기는 어때?"

나래와 이안은 다시 만나지 않는다. 하지만 각자의 세계 속에서 자신만의 방식으로 사랑을 실현한다. 나래는 매년 새로운 사진집을 출간하고, 수익금으로 어린이 도서관을 세운다. 이안은 개혁을 멈추지 않는다. 프라임의 특권 제한, 비프라임의 권리 확대를 주장한다. 일부는 받아들여지고, 일부는 거부당한다. 하지만 공명하는 사람들이 늘어난다. 나래와 이안의 세계가 차츰 가까워진다.

파도 소리마저 고요한 봄밤, 그들은 서로 다른 해안에서 같은 바다를 바라본다.

달빛이 물의 장막에 반사되어 여리게 번진다. 미처 전하지 못한 마음의 잔영처럼.

연대기

2030년대
초능력 인류 등장

원인 미상의 돌연변이
- 극소수 인간들에게서 초자연적 힘의 각성과 유전자 변형이 최초로 발견됨
- 괴력, 발화, 염력, 치유, 마인드 컨트롤 등 각종 변이가 발생
- 학계(화학자/의사 등) 추측 : 지구로 날아온 외계 독성 물질 + 방사능 + 인체 스트레스 결합으로 인한 변이? 진화에 따른 신인류 탄생?

초능력 불명
- 대중들 사이에서 초자연적 인류 등장설은 미신 취급

2040년대
초능력 인류 확산

돌연변이 인구 증가
- 초자연적 능력을 보유한 인구수 증가, 능력의 다양성과 수준 차이 확대

사회적 혼란 가중
- 대중은 연대를 주장하는 소수와 두려워하거나 시기하는 다수로 분열
  → 대립 및 차별, 갈등 전개
  → 초능력자들의 범죄 및 테러 발생
- 종교적 견해 : '선택받은 자' 혹은 '인류의 죄로 인한 벌' 등 해석 분분

이능력자 등록제 시행
- 정부 공식 명칭으로 '이능력자' 지정 (당사자들은 차별적 용어라며 반발)
- 사회적 긴장이 고조되자, 정부에서 이능력자 관리 목적 등록제 시행
- 등록 여부에 따라 세제 혜택, 벌금 등 부과하였으나 수위 낮아 대부분의 이능력자가 등록 거부

2050년대
이능력 인류 본격 통제

2059년 초
외계 생명체 침공

이능력자 등록제 강화
- 모든 신생아는 유전자 검사 필수, 돌연변이 확인 시 별도 사회 등록 번호 부여

이능력자 면허제 시행
- 이능력자가 능력을 사용하려면 정부 라이선스 취득 필수
- 능력의 범위는 라이선스가 허가한 리스트 안으로 제한(발화 능력 등 위험군 미허용, 10년마다 갱신 필요)
- 초능력 불법 사용 시 최저 징역 3년

이능력자 모병제 시행
- 이능력자 부대 자원입대 및 제대 시 특수 라이선스 허용(발화 능력 등 포함, 5년마다 갱신 필요)

사회 운동 확대
- 이능력자의 자유를 주장하는 인권 운동 확대

이상 신호
- 천문학계에서 '이상 신호(미지의 천문 현상, 인공위성 교란 등)' 보고 빈번

외계 비행체 첫 출현
- 전 세계 주요 도시 상공에서 UAP(Unidentified Aerial Phenomena, 미확인 비행 현상) 목격, 곧이어 거대 외계 비행체 출몰

대응 실패
- 비행체에서 외계 종족 음성 신호 감지, 약 10분간 발신 후 종료, 빈번하게 등장하는 '바르크'라는 단어 포착 → 외계 생명체를 '바르크'로 공식 명명
- 소수 바르크의 도시 잠입(포털 이동 추측) 및 소규모 테러 자행
- 군대가 긴급 투입되지만, 바르크의 강력한 신체와 호전성에 혼란만 가중

도시 기능 마비
- 은행/병원/발전 시설 등 핵심 시설로 테러 확대. 일부 국가는 계엄령 선포

2059년 말
대규모 파멸

2060년 초
지하 세계의 분열 & 질서 확립

본격 침공
- 바르크가 집단으로 등장하며 도시를 대대적으로 초토화
- 민간인 생존자들은 주요 시설이나 지하 공간에 숨어들기 시작

폐허화
- 대도시는 붕괴하고, 통신/전력 등 사회 인프라 마비
- 국가 체계도 무의미해짐

튜브라인 역 중심 생존 기지 형성
- 도심 지하 구조가 비교적 안전해 다수 생존자 합류
- 각종 임시 정부, 혹은 자경단 비슷한 공동체 수립

바르크 vs 이능력자 전투
- (對)바르크 전선에서 이능력자는 효과적인 전력이 됨
- 대다수 생존자 공동체에서 그들을 추대하거나 두려워하면서 이용

이능력자 계급 체제
- 일부 강력한 이능력자가 공동체 내에서 과도한 권한을 요구하거나, 무리를 이끌고 독자 세력화

내부 갈등 발생
- 어떤 사회는 이능력자들이 지나친 특권 요구 → 일반인 반발

사회 체제 분열
- 몇몇 공동체는 이능력자 집단 통치, 다른 곳은 철저히 평등 추구, 또는 '이능력자 출입 금지' 선언 등 다양한 형태로 분화

2060년 말
바르크 약화

2061년
재건 혹은 또 다른 혼돈

이유 불명
- 바르크가 집단으로 쇠퇴하기 시작
- 알레르기성 반응? 지구 미생물이 그들의 외피와 신경계에 치명적이라는 풍문
- 은하 간 이동이 가능한 지적 생명체 vs 지구 환경에 적절한 대응 없이 침공 → 자원 고갈 영향으로 추측

전선 역전
- 더 이상 바르크는 절대적 위협이 아님, 성인 남성이 무기를 들면 잡을 수 있을 만큼 약화

권력 균형 변화
- 이능력자들이 '바르크 격퇴'라는 명분으로 군림했던 공동체에서, 일반인들이 새롭게 세력화

새로운 갈등
- "이제 너희(이능력자) 의존 안 해도 된다. 대등하게 살자" vs "무슨 소리냐, 우리가 없었으면 벌써 죽었잖아"
  → 대립 · 협상 · 반란 등 다양한 사건 전개

여러 갈림길
- 바르크가 거의 소멸한 세계에서, 어떤 공동체는 도시 재건에 집중
- 또 다른 세력은 "인류끼리 자원 쟁탈전이 곧 벌어질 것"이라며 무장 강화
- 이능력자 내부에서도 "굳이 지금까지처럼 전쟁하듯 살 필요가 있을까?"라며 평화 지향 흐름 vs "약육강식 끝까지 간다." 갈등

장기적 전망
- 인류는 바르크의 흔적과 폐허를 딛고 새로운 세상을 만들 기로에 직면

2063년
대통합기의 시작

2070년대
이능력자 엘리트화

이능력자와 일반인 간의 수평적 협력
- 네오서울 체제에서 시행된 '동등 기여 원칙'은 개인의 능력보다는 사회적 역할과 노력 중시
- 이능력자는 물리적 노동과 국방을 주도하고, 일반인은 행정·교육 영역을 주도하는 분업 체계 확립
- 아시아 전역으로 모델 확산, 2065년 '아시아 재건 연합'의 기초가 됨

이능력자 영향력 확대
- 이능력자의 경제적 가치가 급격히 상승. 건설, 의료, 보안 분야에서 이능력자 한 명의 생산성은 일반인 수십 명의 가치
- 이능인의 상류 사회 진입률 급증, 기술·보안·정치 전반에 걸쳐 영향력 확대

정치권 진출
- 초기에는 상징적 의미였던 이능력자의 정치 참여가 점차 실질적 권력 장악으로 변화
- 2076년 미국 대선에서 텔레파시 능력자인 마이클 체이스 당선

프라임 등장
- 이능력자 집단 내부에서 자신들을 '프라임'이라 지칭하기 시작
- 일반 시민들은 '비프라임'으로 통칭하며, 미디어와 담론 구조에서 점차 주변화
- 프라임의 자기 정의 : 진화의 다음 단계로서의 인류, 구인류(비프라임)에 대한 도덕적 책임, 능력에 기반한 합리적 위계질서의 정당성

2080-90년대
프라임 정체성의 강화 및
신新계급제의 완성

감정 제어 장치
- 프라임 일부가 능력 폭주와 정서 불안정을 우려하며 감정 제어 장치를 자발적으로 도입

감정 통제 제도화
- 감정 통제는 곧 프라임 공동체의 규율이 되었고, 미착용자는 불안정 개체로 분류되기 시작함
- '감정적 판단은 구인류의 한계'라는 논리 하에, 합리성과 절제가 프라임의 덕목으로 자리 잡음

교육 분리 정책
- 프라임 전용 교육기관이 설립되면서 사실상의 사회 분리 시작
- 이는 '각자의 잠재력을 최대화하기 위한 맞춤형 교육'이라는 명분으로 정당화

법적 지위 차별화
- 프라임 『종합능력자보호법』 개정으로 프라임에게는 확대된 권리가, 비프라임에게는 제한된 권리가 법적으로 명문화
- 혼인 규제 : 프라임-비프라임 간 결혼 시 특별 승인 필요
- 거주 분리 : 프라임 전용 거주 구역 설정
- 직업 제한 : 정치 · 군사 · 과학 분야의 비프라임 진입 제한

문화적 분리
- 언어 자체도 분화되기 시작, 프라임은 표준 고위급 경어를 일상어로 사용
- 프라임과 비프라임 간 사회적 거리를 나타내는 상징이 됨